Jan Eik

Goldmacher

Kappes 12. Fall

Kriminalroman

Jaron Verlag

Jan Eik, geboren 1940 in Berlin als Helmut Eikermann, ist seit 1987 freiberuflicher Autor und Publizist. Er schrieb zahlreiche Kriminalromane und -erzählungen sowie Hör- und Fernsehspiele. Zu seinen Veröffentlichungen gehören u. a. «Der siebente Winter» (1989), «Der Geist des Hauses» (Ein Friedrichstadtpalastkrimi, 1998) und «Trügerische Feste» (2006). Im Jaron Verlag erschienen von ihm «Schaurige Geschichten aus Berlin» (2007) und «Der Berliner Jargon» (2009) sowie in der Reihe «Es geschah in Berlin ...» «Der Ehrenmord» (2007) und «Nach Verdun» (2008, mit Horst Bosetzky).

Originalausgabe
1. Auflage 2010

www.jaron-verlag.de
Umschlaggestaltung: Bauer + Möhring, Berlin
Satz: LVD GmbH, Berlin
Druck und Bindung: CPI - Clausen und Bosse, Leck

ISBN 978-3-89773-643-6

EINS

DER MORGEN verspricht, was man nach der lang anhaltenden Kälte von einem Frühsommertag erwartet. Unwirklich blau leuchtet der Himmel über der Stadt. Die kühle Luft weht einen Hauch von Frische durch die Straßen, und der Verkehr in der breiten Allee hält sich in Grenzen.

Kriminaloberkommissar Hermann Kappe genießt das seltene Glück eines morgendlichen Frühstücks auf dem Balkon. Wenigstens für eine halbe Stunde darf er sich rundherum wohl fühlen, bevor er sich wieder dem täglichen Trott ergibt, der längst nicht mehr die alte, gemütliche Gangart ist, an die er sich in 23 Dienstjahren gewöhnt hat. Ein neuer Geist muss und wird hier einziehen, hat Kriminalpolizeirat Brettschieß schon ein paar Mal gedroht, und er und seinesgleichen meinen es ernst, das weiß Kappe. Wenn diese Richtung wirklich einmal an die Macht gelangt, dann gute Nacht, Marie.

So angenehm der Morgen scheint, Kappes Gedanken sind schon wieder im Dienst. Kein Wunder. Längst ist die Atmosphäre im Polizeipräsidium vergiftet von politischen Auseinandersetzungen, die mehr oder weniger offen ausgetragen werden. Die einen, zu denen sich Kappe stillschweigend zählt, halten sich an die verfassungsmäßige Ordnung, andere wie Liebermann von Sonnenberg oder neuerdings auch Nebe, der Chef des Raubdezernats, haben nur ihren Hitler und seine braune Partei im Kopf. Im Augenblick sind SA und SS zwar verboten, doch wen schert das schon. Auf den Straßen herrschen Einschüchterung und Gewalt, ständig gehen Rote und Braune aufeinander los.

Mord und Totschlag – dafür ist Kappe dienstlich zuständig, doch die meisten Delikte werden zurzeit der Politischen Polizei übertragen. Die hat sogar einen Beamten, den Polizeimeister Teichmüller, zur Mordinspektion abgeordnet. Teichmüller muss zwischendurch aber immer wieder im Felseneck-Prozess aussagen. Die Nazis hatten die rote Laubenkolonie überfallen, es hat Tote und Verletzte auf beiden Seiten gegeben, und die Richter versuchen vergeblich, Licht in das Dunkel der Tatnacht zu bringen. Am Ende werden die Braunen wieder gut dabei wegkommen.

Kappe seufzt und trinkt gedankenverloren seinen Kaffee aus.

«Na, sehr redselig bist du nicht gerade», sagt Klara tadelnd. «Dabei hast du extra das Frühstück auf dem Balkon bestellt!»

Das hat er wirklich. Er liebt den Blick über die morgendliche Allee dort unten, in die von Osten her die langerwartete Sommersonne scheint. Mitte Juni, und noch immer ist es kühl. Das Gewimmel der Fußgänger, das Gebimmel der Straßenbahnen – Kappe klingt es angenehm in den Ohren. Selbst Klara hat sich inzwischen an die helle, große Wohnung und wohl oder übel auch an die Gegend gewöhnt. Das Kaufhaus von Hermann Tietz gegenüber mag das Seine dazu beigetragen haben. Dort kann sie immer mal einen Blick hineinwerfen, wenn auch selten etwas kaufen. Zaghaft hatte Klara einmal davon gesprochen, sich dort vielleicht als Verkäuferin zu bewerben. Was für ein Gedanke in diesen Zeiten! Überall wurde Personal abgebaut. Das Geld könnten sie schon gebrauchen. Kappes Gehalt ist gerade mal auskömmlich. Jedenfalls brauchen sie nicht zu hungern, und die Kinder gehen anständig gekleidet in die Schule.

Die verabschieden sich jetzt. Margarete wirkt wie aus dem Ei gepellt, Hartmut ist wie immer ungekämmt. Sie haben auf Klaras Wunsch – «Lasst mich mal ein paar Minuten mit Papa ungestört» – in der Küche gefrühstückt wie gewohnt, wo es den Jüngsten nun nicht mehr hält.

«Du wolltest mit mir in den Zoo, Papa!», kräht der vierjährige Karl-Heinz, Klaras Sorgenkind und Kappes Liebling.

«Aber nicht heute», vertröstet Kappe ihn, «vielleicht am Wochenende.»

Klara ist skeptisch. «Wenn sie bis dahin nicht wieder einen umbringen und du Tag und Nacht im Dienst verbringst», sagt sie spitz.

Kappe weiß, dass sie Recht hat, aber ändern kann er es nicht. Der Mord an einem Ehepaar vor einem Monat hat ihnen eine Menge Arbeit beschert, und jetzt müssen sie sogar noch nach einem gefährlichen Chicagoer Juwelenräuber fahnden. Sollen die Amerikaner sich doch gefälligst alleine um ihre Gangster kümmern! Nicht mal die Entführer und Mörder des Lindbergh-Babys haben die bis heute gefunden.

In Berlin ist die gesamte Kriminalpolizei bis an die Grenze des Zumutbaren überlastet, das muss selbst Polizeivize Weiß zugeben, doch Stadt- und Staatssäckel sind leer, und Weiß muss mehr als Kappe um seinen Posten fürchten. Die Braunen haben sich auf den Vizepräsidenten eingeschossen und verhohnepipeln ihn jeden Tag in ihren Blättern.

«Warum macht man auch einen Juden zum Polizeipräsidenten?», hatte Klara angemerkt.

Es war einer der wenigen Fälle, in denen Kappe die gewohnte Ruhe verlor und die Faust auf den Tisch donnerte. «Weil er ein hervorragender Fachmann und ein guter Deutscher ist!», brüllte er. «Da ist es doch wohl gleichgültig, ob er an Moses oder an die Jungfrau Maria glaubt!»

Klara war richtig erschrocken. «Ich meine ja nur ...», hatte sie sich schwach verteidigt. «Er könnte sich doch eine Menge Ärger ersparen ...»

«Du auch!» Damit war Kappe aufgestanden. So weit war es jetzt schon: Die Politik schwappte in die eigene Familie.

Er tritt aus dem Haus auf den breiten Bürgersteig. Siebzehn Minuten braucht er für den Weg zum Präsidium. Die Straßenbahn benutzt er nur bei starkem Regen. Mit der Untergrundbahn fährt er nicht gerne. Außer dicken Kabelsträngen gibt es im Tunnel nichts zu sehen, da scheint ihm das Fahrgeld für nur zwei Stationen verschwendet. Andererseits gefällt es ihm natürlich, direkt an der neuen U-Bahn-Linie E zu wohnen, die bis raus nach Friedrichsfelde fährt. Weiter als bis zur Frankfurter Allee, zur Ringbahn, ist er allerdings noch nicht gelangt – dienstlich. Was er privat braucht, findet er hier in der nächsten Umgebung, zwischen Weberwiese und Strausberger Platz. Das hat selbst Klara inzwischen eingesehen. Das prächtige Kino im Germania-Palast ist nicht weit, das Rose-Theater liegt beinahe gegenüber, zum Varieté in der Plaza kann man laufen, und im Residenz-Theater am Schlesischen Bahnhof waren sie auch schon mal.

Schlesischer Bahnhof bleibt allerdings ein Reizwort für Klara, mehr als ein paar Schritte wagt sie sich nie in die Frucht- oder Koppenstraße hinein. «Hier beginnt die Unterwelt», pflegt sie naserümpfend zu sagen, und sie hat nicht einmal unrecht. Wobei die Lebuser oder die Fürstenwalder Straße auf der Nordseite der Großen Frankfurter auch nicht gerade vornehme Adressen sind, wie Kappe weiß. Dass sich auf dem Strausberger Platz einst das Berliner Schafott erhob, hat er seiner Frau lieber nicht verraten. Ist da nicht mal einer gehängt worden, der dem König versprochen hatte, aus Blei Gold zu machen?

Ja, der Berliner Osten ist nun einmal ein raueres Pflaster als die beschauliche Idylle von Britz, wo sie vier Jahre lang gewohnt haben. Die Berliner Ringvereine – angeblich gibt es 85 davon –, in denen Hunderte von Straftätern organisiert sind, haben die Stadt in einem breiten Gürtel rings um den Alex fest im Griff und rekrutieren hier ihre Mitglieder. Prostitution, Zuhälterei, Einbruch, Raub, Diebstahl – so etwas geht auf deren Konto. Sexualstraftaten oder Mord allerdings widersprechen dem Ehrenkodex. Zu den rauschenden Vereinsbällen laden sie großherzig die Kripo ein.

Aber eigentlich ist das Vergangenheit. Nicht mal den Ganoven geht es gut in diesen schlimmen Zeiten. Der kriminelle Nachwuchs verspricht sich mehr davon, in die Kampforganisationen der Parteien abzuwandern und auf den Straßen Krieg zu führen. Gerade kommt Kappe an dem Haus vorbei, in dem zwei Jahre zuvor der SA-Führer Horst Wessel erschossen worden ist. Zwei Burschen in bräunlichen Hemden stehen rechts und links vom Eingang als eine Art Ehrenwache. Uniformen dürfen sie nicht tragen, dennoch markieren sie eine straffe, militärische Haltung.

Für den in der Frankfurter Allee erschossenen Oberwachtmeister Kuhfeld steht keiner Ehrenwache, denkt Kappe bitter. Gegen die Polizistenmörder vom Bülowplatz hat noch immer kein Prozess stattgefunden. Zwei der Täter sollen nach Moskau entkommen sein.

Neuerdings führt die Verlängerung der Großen Frankfurter Straße direkt auf die Landsberger Straße zu, doch Kappe biegt vorher in die Kaiserstraße ab und sieht den Ziegelbau des Präsidiums schon vor sich. Er braucht nur noch die Alexanderstraße zu überqueren, das Portal V zu durchschreiten und in den dritten Stock hinaufzusteigen, wo ihn schon Kommissar Gustav Galgenberg erwartet, der treue Kollege seit Kappes erstem Tag bei der Kripo.

Kappe, der seine Herkunft aus Wendisch Rietz nicht vergessen hat, fühlt sich längst als Berliner. Galgenberg jedoch *ist* Berliner. Mit Leib und Seele, nölend und vermeckert und mit seiner respektlos-schnoddrigen Schnauze der Schrecken aller Vorgesetzten. Aber auch der Ganoven. Dem macht keiner was vor, das wissen sie alle.

Wie immer hat Galgenberg die Zeitung vor sich und blickt kaum auf, als Kappe eintritt. Dann jedoch schiebt er das Blatt mit einer verdrießlichen Geste von sich und schlägt mit dem Handrücken drauf. «Debededehakapeh!», sagt er ebenso unverständlich wie verächtlich. Ob er damit die Zeitung oder die darin kritisierte Regierung meint, bleibt offen.

«Wenn du meinst ...», erwidert Kappe. Er hat sich längst abgewöhnt, sich nach der Bedeutung von Galgenbergs eigenwilligen Äußerungen zu erkundigen. Die liefert er meist ungefragt. So ist es auch diesmal.

«Doof bleibt doof, da helfen keene Pillen», erklärt Galgenberg.

Kappe widerspricht ihm nicht.

Beinahe schnurgerade zieht sich die Kantstraße vom Zoo bis zum Funkturm durch den Berliner Westen. Selbst um diese späte Mittagsstunde im Juni ist der Verkehr beachtlich. Fußgänger hasten, Radfahrer klingeln, Kraftwagen hupen. Und dazwischen immer mal ein Pferdegespann, das alle anderen behindert. Vier Straßenbahnlinien der Berliner Verkehrsbetriebe passieren die Straße, die beinahe eine Allee ist, und befördern die Menschen von der Gedächtniskirche über den Lietzensee bis hinaus zu dem bläulich schimmernden Klinkerbau des neuen Funkhauses an der Masurenallee.

Parallel dazu fährt auch noch die rot-gelbe elektrifizierte Stadtbahn. Kein Gedanke mehr an die dampfspeienden Ungeheuer früherer Jahre. Hier scheint alles neu, glänzend und in bester Ordnung. Daran ändert auch der einbeinige Bettler am Fuß der Bahnhofstreppe nichts, an dem der Mann im hellen Staubmantel achtlos vorüberstürmt.

Schrecklich, all diese Invaliden und Arbeitslosen, aber nicht zu ändern. Er hat es eilig und verschwendet keinen Gedanken an die niederschmetternde Wirtschaftslage oder die politischen Querelen. Auch für den Zeitungshändler an der Ecke wie für den Funkturm in der sonnigen Ferne hat er keinen Blick, hastet blind an den Geschäften vorbei und hält Ausschau nach den Hausnummern. *34* – hier ist er richtig.

Im Hausflur umfängt ihn Kühle. Gerade setzt rasselnd der ornamentverzierte Fahrstuhl auf, und eine schwergewichtige Matrone samt Hund entsteigt ihm.

Das Tier bekläfft den Fremden, den die Besitzerin misstrauisch mustert. Was sie sieht, beruhigt sie. Der junge Mensch ist gut gekleidet, trägt eine sorgfältig gebundene Krawatte und einen modischen Hut, den er jetzt höflich, wenn auch ein wenig abwesend lüpft.

Es nützt ihm nichts. Sie umschifft ihn mit einer so hoheitsvoll nichtachtenden Miene, dass ihm jede Frage im Halse steckenbleibt und er seinen Blick doch zum Stillen Portier mit den Namen der Hausbewohner erheben muss. Ergebnislos – wie er befürchtet hat. Selbst im Adressbuch hat er vergeblich nach dem Namen Tirschenreuth gefahndet. Dort sind nur die Namen der Haushaltungsvorstände aufgeführt, wie hier am Brett die Namen der Hauptmieter.

Im ersten Stock hat ein Notar sein Bureau. Daneben praktiziert ein Zahnarzt. Doch bereits im zweiten Stock wird er fündig. Über dem Klingelring im Löwenmaul aus Messing sind unter einem verschnörkelten Namensschild aus dem gleichen Metall drei Kärtchen befestigt: *Enno Damerow, von Kutzschberg* und dazwischen *E. Tirschenreuth, 3x klingeln.*

Erleichtert hebt er den Ring und lässt es dreimal schellen. Kurz nur, schließlich etwas länger. Denn nichts hat sich gerührt in der Wohnung, aus der er das gedämpfte Klappern von Geschirr zu vernehmen glaubt.

Ungeduldig liest er den zur Klingel passenden Namen *Leuwenthal.* Jetzt erinnert er sich auch, ihn aus dem Munde von Fräulein Tirschenreuth vernommen zu haben. In solchen Dingen ist er einfach zu achtlos, und als er nun anhaltend Sturm läutet, verstößt auch das ein wenig gegen die guten Sitten, die hier im Neuen Westen noch gelten mögen. Aber er hat nicht viel Zeit, das Labor wartet.

Immerhin hört er schlurfende Schritte, die sich der Tür nähern, bis eine weibliche Stimme sich in schroffem Ton erkundigt, wer da wie ein Verrückter klingle.

«Entschuldigen Sie bitte», sagt er ehrerbietig und lüftet vor der geschlossenen Tür ganz gewohnheitsmäßig den teuren Hut. «Ich muss bitte dringend Fräulein Tirschenreuth sprechen.»

«Und wer sind Sie?» Die Stimme hinter dem Spion klingt eine Spur weniger schroff, aber immer noch argwöhnisch.

«Mein Name ist Bernsdorff. Dr. Harry Bernsdorff. Ich bin sozusagen der Chef von Fräulein Tirschenreuth.»

Dem Wort Chef scheint eine gewisse magische Wirkung innezuwohnen. Augenblicklich wird ein Sicherheitsschloss zweimal bewegt, die Tür öffnet sich.

«Ja bitte», sagt die verhärmte Frau in der schäbigen Schürze, die da vor ihm steht und so etwas wie einen Knicks andeutet, «womit kann ich dienen?»

Bernsdorff ist ein wenig irritiert. Mit Dienstboten hat er seit Jahren nicht mehr zu tun gehabt, und seine Erzieherin zu Hause in Oldenburg war eine gebildete, überaus charmante Dame gewesen. Um die wechselnden Dienstmädchen hatte sich die Mutter gekümmert.

Stockend sagt er: «Fräulein Tirschenreuth ist heute – ganz entgegen ihrer gewohnten Zuverlässigkeit – nicht in der Firma erschienen. Bis vor etwa einer Stunde lag auch keinerlei fernmündliche Entschuldigung vor.»

Die Frau scheint zu überlegen. Das dauert. «Ich hab sie heute noch nicht jesehen», sagt sie schließlich. «Ich werd mal klopfen.» Unsicher, ob sie ihn einlassen soll, sieht sie ihn an, tut es dann aber doch.

Vor ihm erstreckt sich ein langer, düsterer Korridor, erhellt nur vom Lichtschein, der durch das Milchglas der Küchentür fällt. Direkt gegenüber öffnet sich eine Zimmertür, und eine empörte weibliche Person erkundigt sich, wer da so lautstark ihre geheiligte Mittagsruhe zu stören wage.

Bernsdorff entschuldigt sich ein weiteres Mal und greift wiederum nach dem Hut, was die majestätische Frau im Morgenmantel und mit Lockenwicklern in den pechschwarzen Haaren immerhin huldvoll registriert.

«Ham Sie Frollein Tirschenreuth heut schon jesehen, Frau von Kutzschberg?», erkundigt sich indessen die Türöffnerin.

Der adlig Angesprochenen entschlüpft nur ein nichtssagender Laut des Unmuts. «Emma! Ich bin froh, wenn mir der Anblick dieser *Dame* erspart bleibt», erwidert sie erhobenen Lockenhauptes und knallt die Tür hinter sich zu, Bernsdorff nahezu im Dunkeln zurücklassend.

Ein paar Meter weiter vernimmt er das Pochen an eine andere Zimmertür, hinter der es still bleibt. Er tastet sich bis zu der hohen, doppelflügeligen Tür vor und klopft selbst recht energisch. «Fräulein Tirschenreuth», sagt er vernehmlich, «hier ist Bernsdorff. Sind Sie etwa erkrankt?»

Eine andere Erklärung will er sich im Augenblick gar nicht vorstellen. Es ist kein weiter Weg von hier zum Alex, nur acht Stationen mit der Stadtbahn, kaum eine halbe Stunde, aber auch da kann einer jungen, gutaussehenden Person in einer Großstadt wie Berlin allerlei widerfahren, was Bernsdorff sich lieber nicht ausmalt.

«Ist sie denn gestern Abend pünktlich nach Hause gekommen?», erkundigt er sich und erntet nur ein brummiges «Keine Ahnung».

«Ich kann mich nicht um alle Untermieter kümmern», setzt die Frau noch hinzu, während sie schon die Klinke herunterdrückt, die Tür gibt zu ihrer Überraschung nach.

Im Zimmer ist es ebenfalls schummrig. Es wird auch kaum heller, als sie den Lichtschalter betätigt, der an der hohen Decke eine schwache Glühbirne zum Leuchten bringt.

Abgestandene Luft und ein fremdartig süßlicher Geruch schlagen dem beklommen dreinblickenden Bernsdorff entgegen. Die ganze Angelegenheit ist ihm höchst unangenehm. Uneingeladen hat er noch nie das Schlafzimmer einer Dame betreten, und um eine junge Dame aus gutem Hause mit besten Referenzen handelt es sich bei Fräulein Elisabeth Tirschenreuth ganz zweifellos, sonst wäre sie gar nicht für die weitgehend selbständige Vertrauensstellung in seiner Radiolyt-Vertriebsgesellschaft in Frage gekommen.

Emma, die hagere Frau in der Schürze, ist inzwischen am Fenster angelangt und zieht die schweren Vorhänge auf.

Es ist ein großes, mit schweren, dunklen Möbeln ausgestattetes Zimmer mit Parkettfußboden, eindeutig das ehemalige Herrenzimmer, das irgendwie unaufgeräumt wirkt. An der linken Längswand steht genau vor den Doppelflügeln zum Nachbarzimmer ganz unpassend ein weißes Metallbett, das Bettzeug ist unordentlich daraufgeworfen. Ein schlanker Fuß ragt wächsern darunter hervor, am anderen Ende sind blonde Haare auf dem Kopfkissen zu erkennen.

«Fräulein Tirschenreuth!», ruft Bernsdorff erschrocken aus und tritt unwillkürlich einen Schritt zurück in den Korridor, als würde das Fräulein sich sogleich in höchst unschicklicher Aufmachung vor ihm erheben.

Doch dazu kommt es nicht.

Emma ist an das Bett getreten und hat das Deckbett zurückgeschlagen. Ein jäher Schreckenslaut entfährt ihrer Kehle. Ihre Hand greift der Liegenden ins Gesicht. «Das ist ja 'ne schöne Bescherung», stellt sie erstaunlich nüchtern fest.

Nun wagt auch sich Bernsdorff ein paar Schritte ins Zimmer hinein.

Emma sieht ihn an. «Tot», sagt sie. «Sind Sie nich'n Doktor?»

Bernsdorff schluckt. «Aber kein Mediziner», entgegnet er schwach.

Dennoch überwindet er sich, tritt an das Bett und schlägt das Deckbett vorsichtig ein wenig zurück.

Fahl leuchtet ihre Haut ihm entgegen, ein seltsamer Kontrast zu dem rosafarbenen Hemd mit dem weißen Spitzenbesatz. So nah ist er noch keiner Leiche gekommen, schon gar nicht einer nur mangelhaft bekleideten weiblichen.

Er vermeidet es, in das vertraute Gesicht zu schauen, und greift nach dem nackten Arm von Elisabeth Tirschenreuth. Der lässt sich nicht bewegen. Das muss die Totenstarre sein. Leise sagt er: «Sie ist tatsächlich tot.»

«Sag ich ja. Mausetot. Dafür habe ich einen Blick.»

«Sie müssen einen Arzt verständigen.»

Emma, jetzt ganz Herrin der Situation, misst ihn mit einem abschätzigen Blick. «Das weiß ich selber. Und wer kommt für das alles auf? Den Arzt, den Sarg, das Grab, das alles – Sie etwa?»

Bernsdorff windet sich. «Darüber wird zu gegebener Zeit zu befinden sein», äußert er unklar. Er weiß nicht einmal, ob Fräulein Tirschenreuth Eltern oder Verwandte in Berlin hat. Plötzlich sieht er sich einem Berg von Fragen gegenüber, die er unmöglich beantworten kann. Außerdem drängt die Zeit. Er muss zurück ins Labor.

«Kümmern Sie sich bitte erst mal um den Arzt», sagt er und ist schon auf dem Rückzug, was Emma einigermaßen zu befremden scheint.

Vergebens versucht sie, ihn zurückzuhalten. «Warten Sie wenigstens, bis ich Frau Leuwenthal ...» sagt sie, doch er ist nicht aufzuhalten.

«Ich melde mich morgen wieder», versichert er noch an der Wohnungstür.

Dann ist er weg.

ZWEI

SCHARF UND MISSTÖNEND fährt ihr das Geräusch ins Ohr. Dabei sind alle Türen geschlossen und das Fenster zum engen Hof ebenfalls.

Jetzt bloß nicht auf die Uhr gucken, denkt Adelheid, dann ist es vorbei mit dem Schlaf. Ohne die Augen zu öffnen, wendet sie sich zur Wand.

Warm und stickig ist die Luft in dem kleinen Zimmer. Nachts schläft sie bei offenem Fenster. Am Tage lassen das der Radiolärm der Nachbarn, das Gekreische der spielenden Kinder, das Gepolter der Müllabfuhr und das ewige Leierkastengedudel nicht zu. Manchmal singt jemand im Hof.

Kleng! Da ist es wieder, das hässliche Geräusch. Irgendwer hat einen Stein gegen die Fensterscheibe geworfen. Gegen ihre Fensterscheibe.

Sie dreht sich um und schaut nun doch auf das Zifferblatt des Weckers. Zehn Minuten vor zwei. Könnte schlimmer sein, denkt sie und setzt die nackten Füße auf den schäbigen Teppichrest, der in dieser Bude als Bettvorleger dient.

Kleng, tönt es schon wieder.

«Mein Gott, ja doch!», sagt sie ärgerlich, aber ein bisschen freut sie sich doch, denn sie weiß natürlich, wer da Steinchen wirft, nachdem er wahrscheinlich zehnmal vergeblich die Glocke an der Wohnungstür gedreht hat. Im Vorderhaus gibt es elektrische Klingeln und Lichtschalter, aber bis in die düsteren Gelasse des zweiten Hofes sind derlei Novitäten nicht vorgedrungen.

Vorsichtig zieht sie den Vorhang zurück, damit ihr nicht zu

viel Staub oder gar das ganze Gebammel auf den Kopf fällt, und öffnet den verzogenen Fensterflügel.

Da steht er mitten im Hof, ihr Leo, und wartet auf ihr Zeichen, angetan mit Wickelgamaschen, Lederjacke und Chauffeursmütze, die er grüßend schwenkt. Sehr groß ist er nicht, aber in seiner strammen Aufmachung macht er schon was her. Ihre Kolleginnen gucken sich jedenfalls beinahe die Augen aus dem Kopf, wenn er sie gelegentlich zum Dienst bringt oder von dort abholt. Es gibt viel zu wenige junge Männer in dieser Generation, und Adelheid kann glücklich sein, dass sie einen abgekriegt hat.

Ihr abgetragenes Nachthemd ist ein bisschen dürftig, um Herrenbesuch zu empfangen, doch darum schert sie sich jetzt nicht. Und Leo ist es gerade recht, als sie die Tür öffnet und er sie in die große Küche zurückdrängt, als wolle er gleich auf dem Küchentisch über sie herfallen.

«Bist du meschugge!», mahnt sie. «Meine Wirtin kann jeden Augenblick zurück sein!»

Doch Leo ist kaum zu bremsen. «Keine jüdischen Wortspiele!», sagt er und fletscht voller Vorfreude auf das Kommende die kräftigen Zähne, während seine Hand schon unter das Hemd fährt.

Sie bettelt: «Sei vernünftig, Leo. Sie hat gesagt, sie schmeißt mich raus, wenn sie uns noch mal erwischt.»

«Herrenbesuche sind bis zwanzig Uhr erlaubt», erwidert er genießerisch und ist mit seiner rauen Zunge schon an ihrem Hals, während die Finger am Hosenbund nesteln. «Außerdem hast du gesagt, sie kommt immer erst gegen drei zurück.»

Das stimmt natürlich. Am Vormittag macht die vornehm tuende Wohnungsinhaberin in der Gastwirtschaft ihrer Tante reine, wie Adelheid vermutet, und hilft dort bis mittags in der Küche. Ein Blick auf die Hände ihrer Wirtin hat Adelheid genügt, um das festzustellen. Solche rot aufgesprungenen Finger haben nur Dienstboten.

Da ist sie doch stolz, eine anständige Tätigkeit auszuüben, bei der man sich die Finger kaum schmutzig macht, eine, bei der es eher auf Höflichkeit, Intelligenz und Schnelligkeit ankommt. Sie arbeitet als Telefonistin im Fernsprechamt, und wenn man die Küchenwand durchbohren würde, wäre sie in einer halben Minute an ihrem Arbeitsplatz. Tatsächlich aber muss sie links um den ganzen Sportpalast herum oder nach der anderen Seite über den Winterfeldtplatz laufen, um das Amt zu erreichen. Kein angenehmer Weg, wenn sie Nachtdienst hat wie in dieser Woche. Am Platz treiben sich allerlei finstere Gestalten herum, und die Potsdamer Straße ist auch nicht gerade eine feine Adresse. Vor dem Sportpalast ist immer Betrieb. Die angetrunkenen Kerle halten jede Frau für käuflich und scheuen vor keinem obszönen Angebot zurück.

Mit obszönen Einflüsterungen in ihr Ohr hält sich allerdings auch Leo nicht zurück, der sie tatsächlich rücklings auf den Küchentisch gedrängt hat und mit tiefen Stößen in sie eindringt. Schlaff vor Müdigkeit, lässt sie es geschehen, sagt nur matt: «Pass aber auf!», da spürt sie schon seinen Erguss.

«Wir hätten ins Bett gehen können», sagt sie ein bisschen enttäuscht, während sie sich am Ausguss säubert. Er steht hinter ihr und drückt sie fest an sich.

Sie kann ihm nicht böse sein. Männer sind anscheinend so und nicht anders. Nur ihre Schwester Elisabeth weiß Besseres zu berichten. Die und ihr Schauspieler! Ein fescher Kerl ist er ja unbestritten, der auf der Bühne was hermacht. Und die Manieren! Gnädiges Frollein hier, Handkuss da und Küsse noch ganz woanders hin, wenn es stimmt, was die große Schwester in schwachen Augenblicken angedeutet hat.

Lisel hat schon immer mehr Glück gehabt als sie, die Jüngere, Kleinere, Dunklere und nicht ganz so Gebildete. Bei ihr war kein Geld mehr da gewesen fürs Lyzeum. Lisel dagegen hat die mittlere Reife, schreibt Steno und Schreibmaschine und hat bei diesem Radiolyt-Fritzen eine Bombenstellung, um die man sie nur beneiden kann. Ein Wissenschaftler mit einem eigenen Labor, in dem sensationelle Dinge vor sich gehen, wenn man Elisabeths versteckten Anspielungen auch nur zur Hälfte glauben darf. Der Mann ist noch dazu ein richtiger Doktor in den besten Jahren, sieht blendend aus und ist immer wie aus dem Ei gepellt gekleidet.

Jude natürlich – aber was tut das schon? Ihr ist noch kein Jude zu nahe getreten. Sie kennt überhaupt nur ganz wenige und versteht das ganze Theater nicht so recht, das manche Leute wegen der Juden und Kommunisten veranstalten. Männer brauchen so etwas wahrscheinlich, wenn nicht gerade Krieg ist. Die friedlichen züchten Tauben oder gehen in die SPD, die anderen spielen Stahlhelm, Rot Front oder SA.

Ein bisschen gehört auch Leo Schisnowski dazu. Es hat lange gedauert, bis sie seinen Familiennamen überhaupt erfuhr. Da klingt Bernsdorff allemal besser. Oder Valentin. Wie der Kaufmann heißt, über den Elisabeth sich nur in unklaren Andeutungen auslässt, weiß sie nicht genau. Sie wird es schon noch herausfinden. Diskretion ist jedes zweite Wort der Schwester, aber gelegentlich braucht sie doch einen Menschen, dem sie sich anvertrauen kann.

Auch Leo hat sich gewaschen und das Wassermaß neben der Leitung geleert. «'n Bier wäre jetzt besser», sagt er fröhlich und wischt sich den Mund. «Wie wär's denn mit 'nem kleinen Ausflug? Grunewald oder so ...»

Adelheid freut sich. «Hast du das Auto?»

Leo wächst um mindestens fünf Zentimeter und ist plötzlich fast so groß wie sie. «Würde ich sonst fragen?» Er kommt ja gerade erst vom Lehrter Bahnhof, wo sein Chef nebst weiblichem Anhang in den Zug nach Norden gestiegen ist. Eine Woche Urlaub auf Amrum, da braucht der keinen Wagen und keinen Zeugen für seine Liebschaft.

Leo hat beschlossen, zum Grunewaldsee zu fahren, wo er ein lauschiges Plätzchen kennt. Adelheid unterdrückt die Frage, woher. Sie will keinen Streit, und auf Eifersucht reagiert er frostig, das hat sie schon festgestellt. Es wäre wohl auch zu viel verlangt, bei einem 34-Jährigen die Erste sein zu wollen. Viel wichtiger erscheint ihr, im Augenblick wenigstens die Einzige zu sein, aber da ist sie sich keineswegs sicher. Immerhin – heute, wo er das Auto des Chefs benutzen kann, ist er damit zu ihr gekommen, zu keiner anderen. Aber die arbeiten vielleicht am Tage ... Unsinn! Es gibt genügend arbeitslose Mädchen, und ein Mann mit einem Auto ...

Stolz sitzt sie neben ihm in dem braunen Röhr 8 und hält nach Bekannten Ausschau. Vergebens natürlich. Wer vermutet schon die unauffällige Telefonistin aus dem zweiten Hinterhof in dieser Nobelkarosse?

Von ihrem letzten Geld hat sie Schrippen und zwei Paar Würstchen gekauft, Leo spendiert das Bier. Immerhin ermöglicht er ja den Ausflug.

Der führt erst mal auf die Avus, die Automobilrennstrecke, wo er ihr mal so richtig zeigt, was der elegante Wagen hergibt. Leider, so bedauert er, darf man privat die steile Nordkurve nicht durchfahren.

Adelheid langt es auch so. Es sind noch keine vier Wochen vergangen seit dem tödlichen Unfall des Fürsten Lobkowitz auf dieser Strecke. Während Leo die Geschwindigkeit genießt, schließt sie die Augen und hofft auf ein ruhiges Stündchen am Grunewaldsee.

«Lass mich noch ein bisschen schlafen», bittet sie, als sie endlich die Decke an seinem kuscheligen Plätzchen ausbreiten, das sich als etwas feucht erweist. Doch hat er von hier das Auto im Blick, und das nächste Pärchen liegt ein ganzes Stück entfernt.

Er gönnt ihr wirklich eine ganze Stunde Ruhe. Die würzige Luft und die milde Sonne stimmen sie friedlich. Sie genießt Leos Annäherung ein weiteres Mal, hat nur Angst vor unliebsamen Beobachtern.

Leo lacht. Aus dem Futter seiner Lederjacke zieht er ein stahlblaues Metallding, mit dem er auf die Bäume zielt. «Das soll mal einer probieren!», tönt er.

Adelheid erschauert. «Ist das nicht verboten?»

Leo lacht noch lauter. «Bald nicht mehr!», sagt er und steckt die Waffe weg. Ganz ernst wird er plötzlich. «Du hältst den Mund, verstehst du?»

Natürlich versteht sie. «Ist doch klar!» Sie legt ihre Hand an seine Wange.

«Auch das mit dem Auto braucht keiner zu wissen. Könnte ekelhaften Ärger geben.»

«Ist dein Chef neuerdings so streng?»

Leos Chef bewohnt eine Villa in Eichkamp. Bis jetzt hat Leo wenig Schlechtes über ihn geäußert. «Der braucht auch nicht alles zu wissen, der Judenknecht!», knurrt er.

Dazu schweigt Adelheid lieber. Mit den Juden hat's Leo nun mal.

«Weißt du, was ich herausgefunden habe?», raunt er ihr jetzt zu.

Sie schüttelt den Kopf.

«Der macht heimlich Geschäfte mit den Russen, dieser Devisenschieber!»

Nicht einmal das vermag Adelheid sonderlich zu erschüttern. Leo würde staunen, wenn er wüsste, wie viele Verbindungen nach Moskau täglich im Fernamt geschaltet werden. Aber das sind Dienstgeheimnisse, über die sie nicht einmal mit ihm spricht.

«Wie spät ist es eigentlich?», fragt sie. Eine Armbanduhr besitzt sie nicht, nur einen alten Wecker mit schrillem Ton.

«Gleich sieben», antwortet Leo, und Adelheid erschrickt.

«Ich bin mit meiner Schwester verabredet!»

«Na und? Die kommt gut ohne dich zurecht!»

«Das schon. Aber heute wollte sie mir ...»

«Was wollte sie? Wart ihr nicht erst gestern im Theater?»

Adelheid nickt stumm. Leo wird nie begreifen, was ihr Elisabeth bedeutet.

DREI

DER ANRUF kommt dreizehn Minuten vor dem offiziellen Feierabend: Mord in der Kantstraße.

«Können die Kerle sich nicht wenigstens vormittags gegenseitig abmurksen», brummt Galgenberg verärgert. Ihm ist längst egal, ob SA-Leute Kommunisten oder Kommunisten Nazis umbringen, wenn sie es wenigstens zu einer vernünftigen Tageszeit tun.

Kappe, der den Anruf eines gewissen Dr. Schattschneider entgegengenommen hat, grient nur schief. «Eine junge Dame diesmal», sagt er.

Aber nicht einmal das kann Galgenberg erfreuen. «Nutten und Luden», äußert er gallig. «Auch nicht viel besser.»

Er wird langsam alt, denkt Kappe bei sich. Die Zeiten, in denen Galgenberg ihn mit seinen kernigen Berliner Sprüchen erheitert hat, liegen lange zurück. Es ist, als hätte die Wirtschaftskrise den Ton auch bei der Berliner Kriminalpolizei verändert. Abgesehen von der zusätzlichen Arbeit, die sie mit sich bringt. Denn dass nur die allgemeine Arbeitslosigkeit am Verfall der Sitten wie an den täglichen Gewalttätigkeiten der Rechten und Linken schuld ist, scheint Kappe sonnenklar. Gingen die Kerle alle einer geregelten, auskömmlich bezahlten Arbeit nach, würden sie sich nicht gegenseitig die Köpfe einschlagen oder aufeinander schießen.

Im Hof wartet mit laufendem Motor das kantige Mordauto.

Nur Kniehase ist mal wieder nicht zur Stelle. In letzter Zeit klagt er über Schmerzen in den Beinen, die er auf seine Kriegsverletzung zurückführt. Galgenberg aber hatte Kappe genüsslich einen Artikel aus der Zeitung vorgelesen, in dem von einem Krankheitsbild namens Raucherbein die Rede war. Die beschriebenen Symptome stimmen eindeutig mit denen Kniehases überein. Mit denen des Kettenrauchers Galgenberg allerdings ebenfalls.

Endlich kommt der Doktor mit seinem Köfferchen angewackelt. Obwohl im Mordauto eigentlich an alles gedacht ist, womit sich ein Tatort sichern lässt, bevorzugt der liebe Herr Doktor immer noch ein paar eigene Gerätschaften.

«Also: Kantstraße 34, zwei Treppen», informiert Kappe seine Kollegen. «Fund einer spärlich bekleideten weiblichen Leiche im Alter von etwa 28 bis 35 Jahren im eigenen Bett, Totenflecke und Leichenstarre stark ausgebildet. Keine sichtbaren äußeren Verletzungen, jedoch deutliche punktförmige Unterblutungen im Haut- und Augenbindehautgewebe.»

«Erdrosselt oder erstickt», stellt Kniehase dozierend fest, als wäre das nicht ohnehin klar. «Woher stammen denn diese ungewöhnlich präzisen Angaben?»

«Von dem Arzt, der gerufen wurde, um den Totenschein auszustellen. Der Stimme nach zu urteilen, ein junger Mann, der sein Studium ernst genommen hat.» Das hat Kappe am Telefon befriedigt registriert. Nicht zu fassen, was für ein Gestammel einem selbst gestandene Polizeibeamte gelegentlich bei ihren Meldungen zumuten!

Der Tatort in der Kantstraße ist leicht zu finden. Das nahe Polizeirevier 122 hat es mal wieder übertrieben mit den Absperrmaßnahmen, und so wartet nun eine beachtliche Menschentraube hoffnungsvoll darauf, einen Blick auf die Ermordete oder wenigstens auf das legendäre Mordauto zu erhaschen, ja vielleicht sogar den ebenso legendären Kommissar Ernst Gennat leibhaftig zu Gesicht zu bekommen. Seit ihn die Zeitungen als Vorbild des Kommissar Lohmann in Fritz Langs Kinofilm *M* identifiziert haben, ist sein Namen in aller Munde.

«Den Jennat hätt' ick ma ville dicka vorjestellt», ist denn auch eine der Bemerkungen, die an Kappes Ohren dringen, als er sich seinen Weg zum Hauseingang bahnt. Er hasst diese Aufläufe, aber selbst der eiligste Berliner bleibt nun mal stehen, und sei es für eine Stunde, verspricht er sich davon auch nur die geringste Sensation. Wie mochte hier die Nachricht von dem Mord so rasch unter die Leute geraten sein?

«Bis in die Wohnung drunter soll das Blut gelaufen sein», hört er noch, als ihm ein Wachtmeister die Haustür aufhält. Dr. Kniehase besteht darauf, den Aufzug zu benutzen, Galgenberg schließt sich ihm an. Knappe hingegen steigt lieber die mit Kokosläufern belegte Treppe empor und ist als Erster oben.

Auch hier steht ein Wachtmeister vor der Wohnungstür. «Zweite Tür rechts», weist er Kappe ein.

Doch so weit kommt Kappe gar nicht.

Im Schummerlicht des Korridors stellt sich ihm eine hagere alte Frau, gänzlich in Schwarz gehüllt, in den Weg. Nur ihre Brosche blinkt silbern. «Ich erlaube das nicht!», sagt sie mit laut erhobener Stimme. «Meine Wohnung ist kein öffentlicher Platz, an dem jeder sich ergehen kann, wie es ihm in den Sinn kommt! Mein Leben lang habe ich nichts mit der Polizei zu schaffen gehabt, und das wird auch so bleiben!»

«Kriminaloberkommissar Kappe», stellt der so Aufgehaltene sich vor. «Sie sind also die Wohnungseigentümerin?»

Sie versteht ihn erst, nachdem er seine Frage wiederholt und dabei die Lautstärke seiner Stimme um ein Wesentliches gesteigert hat.

«In der Tat! Und ich bestehe darauf, meine Rechte als solche wahrzunehmen. Ich verlange, dass all diese fremden Leute umgehend meine Wohnung verlassen!»

Ihre Augen weiten sich vor Entsetzen, denn gerade betreten Galgenberg und Kniehase mit seinen Gerätschaften den Korridor, und Galgenberg, auf der vergeblichen Suche nach einem Lichtschalter, lässt zu allem Überfluss halblaut eine seiner geschmackvollen Bemerkungen ab, die verdächtig nach «Duster wie im Negerpopo» klingt, was die Schwerhörige hoffentlich nicht verstanden hat. Ihre Stimme steigt dennoch zum Diskant an. «Das ist meine

Wohnung, und was hier geschieht, bestimme immer noch ich ganz allein!», stößt sie hervor und sticht mit ihrem spitzen Zeigefinger nach Kappe.

Der hebt abwehrend die Hand, während Galgenberg seine Seelenruhe bewahrt. «Regen Se sich nicht auf», meint er tröstend, «im Augenblick handelt es sich bei ihrer werten Heimstätte lediglich um einen Tatort, und da haben ausschließlich wir das Sagen, respektive der Herr Oberkommissar Kappe.» Damit stapft er ungerührt an Kappe und der empörten Frau vorbei, die einem Herzanfall nahe scheint.

Aus der Küche ist eine zweite Frau getreten, noch hagerer als die Empörte, um nicht zu sagen zaundürr, und brüllt beruhigend auf Erstere ein. «Es is nu mal die Pollezei, Frau Leuwenthal, da könn' wa jar nichts machen.»

Kappe nutzt die Gelegenheit. «Ich rede später mit Ihnen», verkündet er und folgt Kniehase endlich in das Tatzimmer. Es wirkt hell und aufgeräumt, ein Eindruck, den auch die schweren, dunklen Möbel nicht beeinträchtigen. Durch die hohen Fenster, das rechte davon weit geöffnet, dringen der Verkehrslärm und das milde Abendlicht von der Straße herein. Links führt eine Tür auf den Balkon, der vor dem Nebenzimmer liegt.

Das wäre was für Klara, denkt Kappe unwillkürlich, Räume von repräsentativer Größe und die Kantstraße vorne raus, nicht die Große Frankfurter mit ihrem schlechten Ruf. Klara hat eben immer was zu maulen. Die ach so wundervolle Wohnung am Lowise-Reuter-Ring war ihr auch bald zu winzig erschienen und die Gegend überhaupt zu kleinstädtisch.

Er tritt einen Schritt näher und mustert das Bett, an dem sich Kniehase sofort zu schaffen macht. Es wirkt sehr ordentlich, der Bezug ist glattgestrichen. Auf den ersten Blick erahnt man die Tote unter dem Bettzeug nur, eine blasse Stirn und blonde Haare sind kaum zu erkennen. Das fahle Gesicht wirkt ein wenig eingefallen und wie frisch abgewischt. Dunkel schimmern nur die Augen.

Am Tisch hat sich ein junger Mann aus einem der Lehnstühle

zu seiner vollen Größe erhoben. Er wirkt erleichtert, als er sagt: «Endlich kommen Sie! Ich bin Dr. Schattschneider.»

Kappe stellt sich vor und reicht ihm die Hand, wobei er im gleichen Augenblick daran denkt, dass Schattschneider vorher die Leiche angefasst haben wird. Das ist ihm unangenehm. Sein Widerwille gegen Leichen und deren Geruch hat sich auch nach all den Jahren nicht verloren.

«Das ist ja unglaublich!», meckert Kniehase im Hintergrund. Nach einigen ersten Photos hat er die Tote ohne viele Umstände aufgedeckt. In einer seltsam verkrümmten Haltung liegt sie da auf dem glatten Laken, die rechte Hand und den Unterarm wie abwehrend erhoben. Sie trägt nur ein rosa Hemd mit Spitzenrand, das kaum die blonde Scham bedeckt, und am linken Bein einen seidenen Strumpf. «Haben Sie die Leiche exakt in dieser Lage vorgefunden?»

Schattschneider versteht nicht. «Ja, selbstverständlich! Ich weiß, dass man an einem Tatort nichts verändern darf. Als ich die punktförmigen Unterblutungen in den Augen bemerkt habe, bin ich sofort zum nächsten Telefon ...»

«Ja, ja», unterbricht ihn Kniehase mit einer ärgerlichen Handbewegung. «Aber so legt doch kein Mörder sein Opfer zurecht, geschweige denn streicht er das Laken darunter glatt.»

«Kann Se sich nicht vielleicht doch selber vergiftet haben?», fragt Galgenberg hoffnungsvoll.

Doch Kniehase durchschaut ihn sofort. «Dann wären wir nicht zuständig, und Sie hätten endlich Feierabend», stellt er gehässig fest. «Sie wären beim Tierschutzverein gut aufgehoben, Herr Kollege.»

«Die wahre Todesursache wird sich bei der Obduktion herausstellen», stellt Kappe salomonisch fest, erntet jedoch ebenfalls Kniehases Widerspruch, der noch immer völlig auf die weit geöffneten Augen der Toten konzentriert ist.

«Der junge Herr Doktor hat vollkommen Recht. Ich habe selten einen so eindeutigen Fall von gewaltsamer Erstickung gesehen.» Kniehase richtet sich auf. «Das Bettzeug muss mit zur kriminaltechnischen Untersuchung. Möglicherweise ist das Kopfkissen das Tatwerkzeug.»

«Mir ist ebenfalls aufgefallen, dass der Zustand des Bettes nicht zu der Haltung der Toten zu passen scheint», wirft Dr. Schattschneider ein, dem Kniehases Lob sichtlich geschmeichelt hat. «Und die Augen hat ihr auch jemand geschlossen.»

Überrascht sehen Kappe und Kniehase ihn an. «Wie denn – Sie haben also doch etwas verändert?», erkundigt sich Kniehase.

«Sonst hätte ich ja wohl kaum die punktförmigen ...»

«Ick verstehe immer nur Bahnhof», mischt sich Galgenberg ein. «Wer hat denn nun die verehrte Tote überhaupt jefunden?»

«Ich nehme an, das Dienstmädchen», sagt Dr. Schattschneider. «Sie kam jedenfalls zu mir in die Praxis. Das war so gegen drei. Ich hatte noch zwei Patienten und versprach ihr, gleich anschließend zu kommen und den Totenschein auszustellen. Zuerst glaubte ich ebenfalls, es handle sich um einen Selbstmord.»

Galgenberg hat noch nicht aufgegeben. «Lag vielleicht irgendwo ein Brief herum?»

«Bedaure», entgegnet Schattschneider. «Hier lag überhaupt nichts herum. Fräulein Tirschenreuth scheint eine ungewöhnlich ordentliche Frau gewesen zu sein.»

«Die sich im Hemde und mit eenem Strump anjezogen ins Bette legt», ergänzt Galgenberg ungerührt. «Und wo ist der Rest der Kledage abjeblieben?»

Kappe achtet kaum auf das Geplänkel. Auch ihm erscheint die Ordnung im Zimmer höchst auffällig. Wenn hier ein Verbrechen vorliegt – und er hat keinen Grund, an Schattschneiders und Kniehases Feststellungen zu zweifeln –, dann hat der Täter anscheinend in aller Seelenruhe aufgeräumt.

Am Haken an der Tür hängt eine elegante schwarze Jacke auf einem Bügel. Als Kappe in die Taschen greift, fallen ihm zwei schmale Papierstreifen in die Hand. Abgerissene Karten für das Theater am Nollendorfplatz mit dem Datum von gestern. Hinter der Jacke hängt noch etwas: eine ebenfalls schwarze Handtasche.

Kappe leert sie auf dem Tisch aus. Ein zerknülltes Taschentuch, Kamm und Spiegel im Etui, ein Lippenstift, Puderdose, Augenbrauenstift. Kein Taschenkalender, kein Notizbuch. Ein Schlüsselbund mit drei Schlüsseln, eine lederne Geldbörse, in der nur ein paar kleine Münzen klappern.

«Wird meine Anwesenheit noch benötigt?», erkundigt sich Dr. Schattschneider. «Ich habe entschieden lange hier ausgeharrt, um Ihre Arbeit in jeder Hinsicht zu unterstützen ...»

«Ja, ja», bestätigt Kappe. «Nur einen Moment noch. Diese Frau ... Tirschenreuth war also Ihre Patientin?»

«Keineswegs! Meine Praxis befindet sich um die Ecke in der Wielandstraße, und da kam das Dienstmädchen eben zu mir gelaufen.»

«Danke. Dann werden wir uns mal diesem Dienstmädchen zuwenden.»

Valentin ist enttäuscht. Dass Frauen zu Unpünktlichkeit neigen, ist ihm nicht neu. Doch ihn einfach ohne jede Nachricht zu versetzen, das ist ihm noch nicht oft passiert und ernüchtert ihn. Dabei hat er sich den freien Abend so hoffnungsvoll ausgemalt. Gestern in der Vorstellung hat er die ganze Zeit auf ihr Gesicht geachtet. Mit ihrer Größe und ihrer blonden Haarpracht war sie in der zweiten Reihe nicht zu übersehen. Ein bärbeißiger Riesenkerl mit Bart hatte neben ihr gesessen, von der Schwester war nichts zu sehen. Ihr Gesicht jedoch, soweit es ihm aus dem Dunkel entgegenleuchtete, hatte Begeisterung ausgedrückt, Freude an der richtigen Stelle, Ergriffenheit in den tragischen Momenten. Er hatte sein Bestes gegeben, und sie hatte es gemerkt, da ist er sich sicher.

Und nun das! Seit einer geschlagenen Stunde promeniert er an der Ecke Joachimsthaler auf und ab, zehnmal belästigt von demselben Zeitungsverkäufer, den emporgereckten Strauß der Blumenfrau immer wieder ablehnend, x-mal angebettelt und von Frauen angesprochen, darunter die eine oder andere, der man es nicht zugetraut hätte. Manche noch erschreckend jung und unreif, andere alt und verlebt, mit Gesichtszügen, die ihn an ältere Kolleginnen gemahnen.

Es ist eine böse Zeit. Nicht nur für Schauspieler. Aber er, Werner Valentin Sywszinski, er hat es geschafft. Beinahe jedenfalls, denn das Stück, in dem er nun die zweitwichtigste Rolle spielt, scheint sich als kein besonderer Erfolg zu erweisen. Gewiss, vom Tonfilm hat ihn einer angesprochen und seine Stimme gelobt, und bei der Radiostunde haben sie ihn auch schon zweimal eingesetzt.

Kein Zweifel, es geht schrittweise aufwärts, seit er einem klugen Rat gefolgt ist und den Sywszinski einfach weglässt. Werner Valentin klingt wunderbar. Unter diesem Namen wird er endlich seinen Weg gehen. Das wird allerdings auch höchste Zeit! Er ist 28, hat die Tiefen des Lebens hoffentlich endgültig hinter sich und ist mit seiner privaten Garderobe fast am Ende. Seine Adresse wagt er gar nicht anzugeben. Wer beschäftigt denn einen Schauspieler, der in einer elenden Kammer ausgerechnet in der Schornsteinfegergasse haust, statt am Bayerischen Platz oder hier im Alten oder Neuen Westen zu wohnen, wie es sich für seine Profession gehört!

Das Engagement am Nollendorfplatz war buchstäblich im letzten Augenblick zustande gekommen, nachdem der Regisseur Valentins Vorgänger kurzerhand gefeuert hatte, als sich dessen SA-Mitgliedschaft herausstellte. Da ist Werner Valentin eher ein unbeschriebenes Blatt, obwohl seine Neigungen eindeutig links liegen, wenn auch nicht bei den Moskautreuen, die sich untereinander zerfleischen. Immerhin ist ihm Thälmann sympathischer als der verknöcherte Hindenburg oder der gurgelnde Amateurschauspieler Hitler. Dem Regisseur, von guten Freunden Valentins beraten, hatte das genügt.

Er blickt hinüber zur Bahnhofsuhr und beschließt, ihr noch fünf Minuten zu geben. Eine eigene Uhr besitzt er schon lange nicht mehr. Mein Pfandschein tickt nicht, lautet ein Scherz, über den niemand mehr lacht.

Die Frau, die er erwartet, ist auch nach fünfzehn weiteren Minuten nicht da, und seine Enttäuschung hat sich in Groll verwandelt. Was bildet die Zicke sich eigentlich ein? Nur weil sie eine Spur ansehnlicher ist als andere, glaubt sie, ihn an der Nase herumführen zu dürfen? Na, da hat sie sich aber gründlich geirrt. Ein Werner Valentin ist nicht auf irgendeine hochmütige Blondine angewiesen, die sich gelegentlich schon als sehr anschmiegsam erwiesen hat. Schmerzlich verzieht er das Gesicht. Nette Erinnerungen, mehr anscheinend nicht.

Dabei ist er sich sicher, dass da mehr war. Ihr Erschrecken, als sich herausstellte, dass sie älter war als er, war nicht gespielt. Sie hatte Angst, ihn deshalb zu verlieren. Als käme es auf das Geburtsdatum einer Frau an! Seine besten Erfahrungen auf dem Theater hatte er bei reiferen Kolleginnen gesammelt, und er denkt gerne daran zurück. Eitle, junge Gänschen sind nichts für ihn.

Wenn die Elisabeth nicht so schöne Beine hätt' ... Nein, es waren nicht nur die schönen Beine, die es ihm angetan hatten.

Auf Anhieb hatten sie sich verstanden, wortlos, denn sie war ja in Begleitung ihres Chefs gewesen, der sie ins Theater eingeladen hatte. Plötzlich hatte er angeblich einen Geschäftsfreund nebst Gattin bemerkt, sich aber keineswegs unauffällig von ihr abgesetzt, als gäbe es da etwas zu verbergen. Selbstverständlich hat sie nichts mit dem, beteuerte sie, als er, Werner Valentin, die einmalige Gelegenheit nutzte, sie anzusprechen, als sie da so verloren herumstand. Man muss den Augenblick nutzen ...

Natürlich weiß er, wo sie wohnt. Weshalb geht er nicht einfach dorthin, klingelt und stellt sie zur Rede? Sicherlich, sie hat es ihm streng untersagt, sich ihrer möblierten Unterkunft zu nähern. Eine Bedingung, die ihn ein wenig beunruhigt. Was hat sie zu verbergen oder zu befürchten? Er kennt ihr Zimmer von zwei nächtlichen Besuchen, er weiß, dass sie nicht bei ihren Eltern, sondern bei irgendeiner wildfremden und noch dazu halbtauben Wirtin wohnt. Weshalb also diese Scheu, sich einfach von ihm abholen zu lassen oder sich gleich an der Ecke Bleibtreustraße zu verabreden?

Wenn er es recht bedenkt, muss es doch einen anderen Mann geben in ihrem Leben. Der Chef? Nicht einmal dessen Namen wollte sie ihm verraten. Ein verheirateter Mann jedenfalls, er hat den Ehering an dessen Hand wohl bemerkt. Und den klotzigen Siegelring ebenfalls, den tadellosen Maßanzug und die teure Krawatte. Sie bekleidet in der Firma eine Vertrauensstellung, wie sie immer wieder betont. Dabei verschweigt sie ihm sogar den Namen des Unternehmens. Das hat doch nichts mit uns zu tun, war alles, was er erfuhr, wenn er die Rede auf ihre Tätigkeit brachte.

Sie hingegen wollte von ihm jede Einzelheit über das Theater wissen, über die Kollegen, allen Klatsch und die Intrigen. Am meisten interessierte sie seine Partnerin in dem albernen Stück. Dabei hängt die in lesbischer Liebe an der alternden Frau des Regisseurs, die wiederum nicht davor zurückschreckt, jedem, also auch ihm, Werner Valentin, deutliche Avancen zu machen. Das Theater ist schon ein verrückter Ort. Wahrscheinlich liebt er es deshalb so sehr.

Sein Beruf bringt nur den Nachteil mit sich, dass Elisabeth, die er insgeheim Lissy nennt, ihm gegenüber stets ein wenig skeptisch bleibt. Er hat schnell begriffen, dass romantisches Gesäusel oder überschwängliche Liebesbeteuerungen bei ihr nicht den rechten Widerhall finden. «Du bist ein Schauspieler», sagt sie manchmal mit diesem kleinen Lächeln, das er sonst so an ihr liebt. «Wahrscheinlich sogar ein guter Schauspieler ...»

Natürlich ist er ein guter Schauspieler! Gestern Abend hat er es ihr bewiesen, und ein wenig Dankbarkeit hat er für den heutigen Abend dafür erwartet. Ihn gestern zu einem trauten Zusammensein zu begleiten hatte sie rundweg abgelehnt, und er hatte sich vor Kummer auf etwas sehr, sehr Dummes, ja geradezu Widerliches eingelassen. Sie sei in Begleitung ihrer Schwester, und die dürfe auf gar keinen Fall etwas ahnen von ihrer Beziehung zu ihm. Der Familie wegen und überhaupt. Dabei hat sie mal erwähnt, dass die Eltern gar nicht mehr leben. Je länger Valentin darüber nachdenkt, umso verworrener und unwahrscheinlicher erscheinen ihm ihre Ausreden. Schauspielerei ist längst kein ehrenrühriges Gewerbe mehr.

Was – abgesehen von seiner erkennbaren Armut – hindert sie daran, sich zu ihm zu bekennen? Dabei geht es ihr selber ja so blendend auch nicht. Das meiste Geld gibt sie vermutlich für Kleidung aus. Sie legt Wert auf ihre Strümpfe und ihre reizvolle Unterwäsche ...

Valentin atmet tief ein, wendet sich entschlossen um und schreitet zielstrebig die Kantstraße entlang. Er wird hinaufgehen und läuten, und er wird sich nicht abwimmeln lassen. Im Strom der Passanten eilt er dahin, überquert den Savignyplatz und bleibt plötzlich wie angewurzelt stehen.

«Abendausgabe!», schreit da einer. «Mord in der Kantstraße!»

Das geht ihn eigentlich gar nichts an, und das Geld für eine Zeitung hat er eigentlich nicht übrig, doch ein unbehagliches Gefühl lässt ihn nach dem Groschen fahnden.

Zehn Minuten später sitzt er noch immer auf der Bank am Rande des Platzes und liest immer wieder dieselben Zeilen. Das kann nicht sein, denkt er und starrt auf das Blatt.

Eine Frau hat sich neben ihm niedergelassen. Sie rückt näher und mustert ihn abschätzend. «Na, Schatz», sagt sie schließlich mit rauer Stimme, «hast du Kummer?»

VIER

KAPPE sitzt ziemlich entnervt im rückwärtigen Wohnzimmer der Dentisten-Witwe Ottilie Leuwenthal. Die schwerhörige Dame hat es ihm wahrlich nicht leichtgemacht. Nicht einmal die vollständigen Namen aller Untermieter sowie die notwenigsten Angaben über die Getötete hat er in Erfahrung gebracht. Jetzt setzt er alle Hoffnungen auf Emma Gomolla, das betagte, hagere Dienstmädchen, das allerdings in Anwesenheit seiner Brotgeberin – sollte es denn je Brot geben in diesem Haushalt, wonach die beiden nicht aussehen – zu keiner Auskunft bereit scheint.

Frau Leuwenthal hingegen besteht darauf, ihren *Salon* nicht zu verlassen, der nur das übliche düstere Berliner Zimmer mit dem Eckfenster ist. Dahinter befindet sich das Schlafzimmer der Witwe. Eine niedrige, der Prachtwohnung kaum angemessene Tür führt dorthin, während eine hohe, schmale Tür an der rechten Wand Zutritt zum Nebenzimmer des Tatorts gewährt. Den Schlüssel dafür trägt der Student Damerow mit sich herum, wie Kappe durch beharrlich wiederholtes Brüllen erfragt hat.

Die noblen Räume zur Straße, ehemals wirklich der Salon, das Herrenzimmer und die Bibliothek des dahingegangenen Zahnarztes Dr. Leuwenthal, der in Wahrheit gar kein Doktor, sondern nur ein Dentist war, sind vermietet. Bleibt also die Küche für die weitere Vernehmung, denn der winzige Verschlag anstelle einer Speisekammer, in der außer Emma Gomollas zu kurzer Schlafstätte nur Platz für einen mit Kleidungsstücken behängten Stuhl ist, erweist sich ebenfalls als ungeeignet.

An der Wand neben dem Küchenfenster fällt Kappe eine Rundung mit einer weiteren Tür und kräftigen Riegeln auf. «Wohin führt die?», erkundigt er sich.

«Das ist der Dienstbotenaufgang.»

Der muss hinter dem eigentlichen Treppenhaus liegen und ist Kappes Aufmerksamkeit beim Hinaufsteigen glatt entgangen.

Berliner Häuser haben so ihre Eigenheiten – ebenso wie niederschlesische Dienstboten. Das dürre Fräulein Emma Gomolla steht keinen Augenblick still, wieselt in der Küche herum, wischt, räumt und kramt und stellt ihre Tätigkeit sichtlich nur widerwillig ein, als Kappe mit der flachen Hand auf den gescheuerten Küchentisch schlägt und sie auffordert, sich endlich still hinzusetzen und seine Fragen zu beantworten.

«Ich weiß ja gar nichts», erklärt sie sofort, hockt sich aber immerhin sprungbereit auf die Stuhlkante.

«Sie haben doch aber die Tote gefunden, oder?»

«Das schon.» Beharrlich knetet sie ihre dürren Finger. Irgendetwas muss sie schließlich tun. «Aber eigentlich war es ja der Herr Doktor.»

«Ich denke, den haben Sie erst verständigt?»

«Das hat der Herr Doktor mir so gesagt.»

«Aber da wussten Sie doch bereits, dass Fräulein ...», Kappe versteht nicht recht und sucht in seinen Notizen nach dem Name, «... Fräulein Tirschenreuth tot war.»

Sie nickt bestätigend. «Das hat der Herr Doktor auch gemerkt. Er hat ihr den Puls gefühlt.»

Kappe hat das Gefühl, sich im Kreis zu bewegen. Wahrscheinlich wäre es besser gewesen, Galgenberg diese einfältige Emma zu überlassen, und stattdessen die Nachbarn zu befragen. Dazu ist es jetzt zu spät. Also versucht er es noch einmal.

«Wer ist denn zuerst in das Zimmer von Fräulein Tirschenreuth gegangen?»

Sie zögert einen Moment und beguckt ihre Hände. «Na ich», gibt sie dann zaghaft zu. «Weil doch der Herr Doktor gesagt hat ...»

«Was hat er gesagt?»

«Dass er Frollein Tirschenreuth unbedingt sprechen muss.»

Kappe bereut längst, den Arzt so voreilig entlassen zu haben. Aber er hat ja dessen Adresse. Der rennt ihm nicht weg, wie es Emma wohl am liebsten tun würde.

«Der Doktor wollte also Fräulein Tirschenreuth sprechen, und da sind Sie in das Zimmer gegangen.»

«Er auch. Er stand ja gleich hinter mir.»

«Und woher wussten Sie, dass Fräulein Tirschenreuth tot war?»

«Das habe ich gleich gesehen. So wie sie aussah, und die Augen offen. Bei uns im Dorfe ...»

«Der Doktor sagt, die Augen wären geschlossen gewesen.»

Sie blickt nicht auf von ihren Spinnenfingern. «Ja, *der* Doktor ...», gibt sie zögernd und gänzlich unverständlich für Kappe zu.

«Was heißt *der* Doktor? Waren denn mehrere hier?»

Zum ersten Mal sieht sie ihn an, wenn auch nur für einen Augenblick. «Davon red ich doch die ganze Zeit.»

Kappe ist perplex. «Nun mal von Anfang an», sagt er, um Besonnenheit bemüht.

Allmählich erfährt er, dass da tatsächlich zwei verschiedene Herren Doktoren im Spiel sind und der angebliche Chef des Fräulein Tirschenreuth, ein Jude übrigens, wie sie mal erzählt hat, der Erste der beiden war, der mit Emma gemeinsam die Tote entdeckt hat. Danach ist dieser Dr. Behrensdorf, oder wie immer er heißen mag, ebenso eilig wie spurlos verschwunden, und Emma hat seinen Auftrag, umgehend einen Arzt zu verständigen, ausgeführt. Natürlich nicht, ohne vorher die gnädige Frau Leuwenthal über das eingetretene Unglück zu verständigen.

So weit ist Kappe nach einer halben Stunde, als Galgenberg vom Klinkenputzen zurückkehrt und das Ergebnis mit einer entsprechenden Geste in einem Wort zusammenfasst: «Nüscht.»

Kappe hat kaum etwas anderes erwartet. «Die Geschäfte im Haus?», fragt er dennoch sicherheitshalber nach, aber selbst dort ist über die Auskunft hinaus, im Hause wohne eine gutaussehende, großgewachsene und elegant gekleidete Blondine, nichts zu erfahren gewesen. Außerdem streichen überall im Hause angebliche Journalisten herum, so dass die Leute die Türen gar nicht mehr öffnen. Zum Beispiel die unmittelbare Nachbarin, eine gewisse Helmtraud Klose, hinter deren Wohnungstür Galgenberg Schritte und Hundebellen vernommen hat.

Galgenberg scheint erschöpft. Kappe weiß außerdem, dass heute der wöchentliche Skatabend ansteht. So sagt er seufzend: «Guck dich noch mal gründlich in ihrem Zimmer um, und dann mach Feierabend! Ich habe hier noch eine Weile zu tun.»

Das lässt sich Galgenberg nicht zweimal sagen. Ihn ärgert nur, dass Kniehase längst mit dem Mordauto zum Alex zurückgekehrt ist und er nun die Stadtbahn nehmen muss.

Emma Gomolla hat Galgenbergs Rückkehr genutzt, um sich zu erheben.

Doch Kappe lässt sie nicht aus der Küche entkommen. «Wir sind noch nicht fertig miteinander», schnauzt er mürrisch. Allmählich verliert er die Geduld. «Dieser Dr. Schattschneider ist ja nicht gleich mit Ihnen mitgekommen. Was haben Sie denn in der Zwischenzeit getan, bis er hier eintraf?»

Das alte Weiblein hebt die sehr schmalen Schultern, als friere sie. «Tee gekocht», sagt sie dann wie aus der Pistole geschossen. «Frau Leuwenthal trinkt nachmittags immer eine Tasse Tee.»

«Das dauert fünf Minuten. Womit haben Sie die restliche Zeit verbracht?» Kappe hat da einen ganz bestimmten Verdacht, doch es vergeht noch ein ganzes Weilchen, bis er die Gomolla endlich festnageln kann. «Gucken Sie mich mal an!», fordert er plötzlich barsch. «Waren Sie noch einmal in dem Zimmer von Fräulein Tirschenreuth?»

Sie senkt den Blick, aber Kappe gibt nicht nach. «Angucken, habe ich gesagt!»

Das kann sie nicht. Jedenfalls nicht, ohne zuzugeben, das Zimmer betreten zu haben. «Es sah so unordentlich aus da drinne ...», lautet ihre bange Entschuldigung. «Man kann doch eine Tote nicht in einem solchen Kuddelmuddel liegen lassen.»

Kappe stützt seine Stirn in die hohle Hand und schließt die Augen. Da hat Gennat nun sein vielgepriesenes Mordauto mit wahrhaftig allem ausrüsten lassen, was man zur Spurensicherung brauchen kann, da hat Kniehase den Fußboden zentimeterweise untersucht und dreißig Photos geschossen – und dann stellt sich heraus, dass Emma das Zimmer aufgeräumt, die Stühle geradegerückt, den Tisch abgewischt und das Bett der Toten aufgeschüttelt, ihr die Augen zugedrückt und die verstreuten Kleidungsstücke aufgesammelt hat, ja sogar begonnen hat, die Leiche zu entkleiden, um sie zu waschen. Doch da sei bereits der Dr. Schattschneider erschienen, bevor es ihr noch gelungen war, der Toten die Hände über der Brust zusammenzulegen.

«Sie war schon ganz steif», schließt Emma Gomolla ihre stockend vorgetragene Beichte. «Das haben wir daheim immer so gemacht», fügt sie noch ein wenig trotzig hinzu, während Kappe nur fassungslos den Kopf schüttelt. «Ich konnte ja nicht wissen ...»

In diesem Augenblick klopft der Wachtmeister, der Kappe bis jetzt vor unliebsamen Störungen bewahrt hat, an die Küchentür. «Da ist ein Herr Damerow», meldet er respektvoll. «Hat sich auffällig benommen und wollte sich wieder davonmachen. Er gibt jedoch vor, hier zu wohnen.»

Kappe erhebt sich. «Wir reden noch miteinander», sagt er zu Emma, die das als Drohung empfindet und sich eilig davonmacht.

Im Wohnzimmer der Frau Leuwenthal findet sie jedoch kein ruhiges Asyl, denn wie sich herausstellt, muss der Student Enno Damerow Kappe mit sichtlichem Widerstreben durch ebendieses Zimmer führen, um in die schlauchartige ehemalige Bibliothek zu gelangen, die ihm als Domizil dient.

Düstere, hohe Regale, manche halbleer, verdecken die Wände. Vor dem einzigen Fenster zum Balkon steht ein mächtiger Schreibtisch, die doppelflüglige Verbindungstür zum einstigen Herrenzimmer verdeckt eine sparsam genutzte Garderobenstange nur mangelhaft. Daran hängen zwei braune Hemden, ein schwarzer

Schlips und die Mütze mit dem Totenkopf, die Kappe sofort einzuordnen vermag, auch ohne das Bild des schurrbärtigen Österreichers auf dem Schreibtisch.

Der Student, ein blauäugiger baumlanger Kerl mit sich lichtendem Blondhaar und einem Schmiss unter dem linken Auge, hat sich vom ersten Schreck erholt und erkundigt sich stramm nach einem Haussuchungsbefehl.

«Wir ermitteln in einem Mordfall», erklärt Kappe kühl und registriert das Zucken in Damerows Gesicht.

«Und was habe ich damit zu tun?»

«Das wird sich rausstellen.»

Zunächst nimmt Kappe die Personalien auf. Enno Damerow, 26 Jahre alt und in Ostpreußen gebürtig, Student der Physik an der nahen Technischen Hochschule zu Charlottenburg.

«Liegt etwas gegen mich vor?», fragt er aufsässig.

Kappe bleibt ihm die Antwort schuldig. «Wann haben Sie Ihre Zimmernachbarin zuletzt gesehen?», will er wissen.

«Fräulein Tirschenreuth?»

«Dieselbe.»

Damerow wirkt überrascht, möglicherweise sogar erleichtert. «Ist etwas mit ihr passiert?»

«Beantworten Sie bitte meine Frage.»

Damerow spielt den Nachdenklichen. «Das mag zwei, drei Tage her sein ...»

«Genauer wissen Sie das nicht? Die Frau ist doch kaum zu übersehen!»

«Ich habe das Wochenende ... außerhalb verbracht. Danach ist sie mir noch nicht begegnet.»

«Sind Sie sicher?»

«Ganz sicher!» Damerows Selbstbewusstsein hat sichtlich zugenommen. «Was ist denn mit Fräulein Tirschenreuth?»

Kappe sieht ihn prüfend an. «Sie ist ermordet worden. Vermutlich in ihrem Bett.»

«Hier nebenan?», fragt erschrocken. «Das ist ja entsetzlich!»

Entweder ist der Kerl ein guter Schauspieler, oder er ist wirklich überrascht. «Nun erzählen Sie mal, was Sie so über die junge Dame wissen», fordert Kappe ihn auf.

Damerow tut beflissen, hält sich aber bedeckt. Natürlich hat er gelegentlich etwas aus dem Zimmer seiner unmittelbaren Nachbarin vernommen, von deren Schlaf- und vermutlichen Mordstelle ihn nur die stets verschlossene Doppeltür trennt. Den Schlüssel dafür hat er nie gesehen, die Klinke niemals bewegt.

Und sonst? Ist er dem Fräulein nie begegnet, im Flur, in der Küche, im Bad?

Er ist. Er macht auch kein Hehl daraus, dass ihm das Fräulein durchaus gefallen habe, und in Gestalt und Haarfarbe hätten sie ja hervorragend zueinander gepasst. Richtige Deutsche eben. Damerow lächelt ein bisschen schief. Seine vorsichtigen Annäherungsversuche – in allen Ehren selbstverständlich, er komme aus gutem Hause und wisse, was sich gehört – seien jedoch auf Zurückhaltung gestoßen. «Sie schien ein wenig spröde, wenn Sie verstehen, was ich meine.»

Kappe versteht. «Und da haben Sie versucht, diese Sprödigkeit ... sagen wir mal, zu überwinden», stellt er fest.

«Niemals!», beteuert Damerow, und zum ersten Mal hat Kappe das Gefühl, belogen zu werden. Die ein wenig abstehenden Ohren und die Narbe im Gesicht des Studenten haben sich gerötet.

«Hatte sie andere Herrenbekanntschaften?»

Damerow zögert. «Nicht dass ich wüsste ...», sagt er gedehnt, als müsse er auch darüber nachdenken.

Kappe lässt ihm Zeit.

«Nun ja», fährt der Student nach längerer Pause fort, «ein- oder zweimal erschien es mir schon, als würde ich eine gedämpfte Männerstimme von nebenan vernehmen ... und anschließend auch gewisse eindeutige Geräusche ...» Er weist auf die Doppeltür und sieht Kappe von oben herab an.

Sie stehen noch immer. In dem langen, schmalen Raum gibt es außer dem mit Büchern belegten lederbezogenen Stuhl am Schreibtisch und dem nicht aufgeschüttelten Bett links von der Tür keine weitere Sitzgelegenheit.

«Um welche Tageszeit war das?»

Damerow lächelt ein wenig süffisant. «Ich würde eher Nachtzeit sagen ... nicht vor Mitternacht jedenfalls. Ich komme häufig erst spät ins Bett. Das Studium ...»

«Und gestern? Wann sind Sie da ins Bett gegangen?»

«Lassen Sie mich überlegen ... Ich habe nicht auf die Uhr geschaut. Es mag sehr spät gewesen sein. Oder vielmehr früh. Ich war mit einigen Kommilitonen verabredet. Wir haben etwas getrunken.»

Noch ein Schwachpunkt, das spürt Kappe. Gemütlich sagt er: «Sie werden mir nachher die Namen der Betreffenden aufschreiben. Vielleicht erinnern sich Ihre Kameraden, wann Sie sich getrennt haben.»

Das Licht in dem schmalen Raum mit den vielen Regalen ist nicht besonders gut. Dennoch bemerkt Kappe, dass jetzt nicht nur Damerows Ohren und Narbe himbeerrot gefärbt sind, als der aufbegehrt.

«Sie wollen ... mein Alibi überprüfen? Was veranlasst Sie zu einer solchen Maßnahme?»

«Ein Mord», fährt Kappe ihm ganz sachlich in die Parade, «verübt kaum einen halben Meter von hier entfernt, an einer jungen Dame, die Ihre – möglicherweise tatsächlich zurückhaltenden – Annäherungsversuche zurückgewiesen hat. Da werden wir wohl nach Ihrem Alibi zur Tatzeit fragen dürfen.»

Um Damerows schiefen Mund zuckt es, die Himbeerfarbe ist einer fahlen Blässe gewichen. «Na gut», sagt er entschlossen. «Ich habe einmal versucht, sie zu küssen. Sie kam gerade aus dem Bad. Das wird Ihnen ja die redselige Frau von Kutzschberg bereits erzählt haben.» Er sieht Kappe an, erwartungsvoll und ein wenig trotzig.

Der bleibt ungerührt. «Weiter. Was geschah noch?»

Diese Frau von Kutzschberg, die den ehemaligen Salon bewohnt, hat nach Emmas Angaben nachmittags gegen vier die Wohnung verlassen wie jeden Tag und wird erst irgendwann in der Nacht heimkehren oder am Morgen. Von dem Todesfall soll sie angeblich gar nichts mitgekriegt haben.

«Fräulein Tirschenreuth gab mir eine Ohrfeige. Eine sehr sanfte Ohrfeige allerdings, aber das wird diese Person sicherlich anders dargestellt haben. In Wahrheit verharrten wir nämlich durchaus einvernehmlich ein Weilchen vor der Badezimmertür, bevor es zu dem Kuss kam. Es war ein ganz harmloses Gespräch. Ich glaube, Fräulein Tirschenreuth hatte etwas getrunken. Sie verhielt sich jedenfalls ... recht aufgeschlossen. Als dann diese schreckliche Kutzschberg unverhofft auftauchte, blieb ihr ja kaum etwas anderes übrig, als mich um ihrer Ehre willen zu ohrfeigen. Sie hat sich hinterher übrigens bei mir entschuldigt.»

Kappe, dessen Notizen im Stehen krakelig aussehen, merkt, dass er mit diesem Damerow so schnell nicht fertig sein wird. «Kommen Sie mal mit in die Küche», fordert er den Studenten auf, denn im Tatzimmer rumort immer noch Galgenberg herum.

Kaum aber hat Kappe Damerow mit der Frage konfrontiert, wann und wo die angebliche Entschuldigung stattgefunden haben soll, poltert der Wachtmeister in die Küche - diesmal ohne anzuklopfen - und meldet, er habe seit zehn Minuten Dienstschluss. Ob er um eine Ablösung bitten dürfe.

Das hält Kappe für unnötig. Es ist nach acht, draußen beginnt es zu dunkeln.

«Ich werde hinter Ihnen die Haustür verschließen», sagt er und bittet Damerow um den Schlüssel. Auf der Treppe stürmt ihnen im ersten Stock ein eleganter junger Mann im hellen Staubmantel entgegen, greift flüchtig grüßend an den Hut und ist schon vorbei.

«Moment», sagt Kappe zu dem Wachtmeister.

Der scheint wenig begeistert, folgt ihm aber brav zurück die Treppe hinauf. Eine Frau schreit auf, eine Tür knallt zu. Dann ist Kappe oben. Der Mann im Staubmantel, die Hand an der Klingel, schaut ihm irritiert entgegen. Hinter Kappe schnauft der Wachtmeister. Im Flur der Nachbarwohnung kläfft ein Hund.

«Zu wem wollen Sie denn?», fragt Kappe den Mann.

Ein wenig verunsichert antwortet der: «Zu Fräulein Tirschenreuth ... das heißt ... ich weiß, sie ist ...»

«Sie ist tot», vollendet Kappe den Satz. Er sucht in Damerows Schlüsselbund nach dem passenden Schlüssel und öffnet die Tür. «Dann kommen Sie mal am besten mit rein.»

Das Gekläff hinter der gegenüberliegenden Tür ist nicht mehr zu überhören.

«Klingeln Sie da mal, Wachtmeister», fordert Kappe den Schutzpolizisten auf. «Mit der Dame muss ich auch sprechen.»

Die Dame steht offensichtlich hinter der Tür und beobachtet die Szene durch den Spion. Sie sagt etwas, das Kappe nicht versteht. Das Wort Mörder kommt darin vor.

Er gibt dem Wachtmeister ein Zeichen, den Mann im Staubmantel nicht aus den Augen zu lassen, und tritt an Frau Kloses Wohnungstür. «Was sagten Sie bitte?»

Die Frau schiebt mit der Hand die Klappe vor dem Briefschlitz in Augenhöhe hoch, blinzelt hindurch und flüstert: «Ich öffne meine Tür niemandem, solange der Mörder hier frei auf dem Treppenabsatz herumsteht!» Dazu kläfft der Köter ohrenbetäubend.

Kappe lässt sich die Überraschung nicht anmerken. «Ich brauche Sie noch ein paar Minuten», wendet er sich an den Wachtmeister. «Passen Sie auf den Herrn hier gut auf. Ich komme sofort.»

Frau Klose öffnet ihre Tür dennoch sehr zögerlich. «Legen Sie dem Kerl keine Handschellen an?», fragt sie, noch bevor sie Kappe in ihre mit Möbeln, Nippes und allerlei Zierrat überladene Gute Stube geführt hat, die von einem gewaltigen Kronleuchter festlich erleuchtet wird.

Kläffend umspringt Kappe ein mischrassiges Hundetier geringer Größe.

Frau Klose ist im Gegensatz zu ihren hageren Nachbarinnen von fülliger Figur, trägt eine hochgeschlossene Bluse mit goldener Brosche und drei Reihen Perlen darüber. Mit einer hoheitsvollen Geste bietet sie Kappe einen hochlehnigen Stuhl an.

«Sind Sie sicher, dass es sich tatsächlich um den Mörder handelt?», lautet dessen erste Frage.

«Natürlich! Mit eigenen Augen habe ich ihn gesehen, wie er am Stillen Portier geglotzt hat, wo sein Opfer wohl wohnen mag! Mein Harras hat sofort erkannt, dass mit dem was nicht in Ordnung ist. Der Kerl hat nur gewartet, bis wir beide verschwunden waren, dann ist er hier nach oben ...»

Jetzt muss sie erst mal Harras aussperren, der anscheinend meint, auch mit Kappe sei etwas nicht in Ordnung.

«Wann war denn das, Frau Klose?», will Kappe wissen.

«So gegen zwei, halb drei. Ich habe nicht auf die Uhr geguckt.»

«Und vorher ist Ihnen dieser Mann noch nie begegnet?»

Sie hebt die feisten Schultern. «Man soll nie nie sagen. Vielleicht war er ja schon öfter bei diesem *Fräulein* ...»

«Haben Sie Fräulein Tirschenreuth öfter in männlicher Begleitung gesehen?»

«Gott, gesehen ... Wenn ich Ihnen erzählen würde, was sich heutzutage alles in einem seriösen Haus, wie dieses einmal eines war, abspielt – Sie würden staunen.»

Das glaubt Kappe nun nicht. «Fräulein Tirschenreuth hatte also öfter Herrenbesuch», stellt er fest.

«Ich habe die *Herren* nicht gefragt, aus welchem Zimmer sie dort drüben zu nachtschlafender Zeit wohl kommen. Da wohnt schließlich noch so eine *Dame* ...»

«Sie meinen Frau von Kutzschberg.»

«Von!» Sie speit die Silbe förmlich aus. «Die weiß doch nicht mal, von wem!»

«Bleiben wir vorerst bei Fräulein Tirschenreuth. Haben Sie gelegentlich mit ihr gesprochen?»

«Ich pflege nicht mit den möblierten Aftermietern meiner Nachbarn zu verkehren. Wenn der alte Herr Leuwenthal das wüsste ... Er war ein sehr honoriger Mann.»

«Sie kennen Fräulein Tirschenreuth also nur vom Sehen?»

«Na, auffällig genug war sie ja. Ein bisschen zu blond, um echt zu sein. Und immer ziemlich elegant gekleidet. Dabei soll sie angeblich nur in einem Bureau arbeiten. Bei einem Juden übrigens.»

«Das hat sie Ihnen erzählt?»

Plötzlich weicht Frau Klose seinem Blick aus. «Man hat so seine Quellen ...», äußert sie verschwommen. «So etwas spricht sich eben rum.»

«Haben Sie Fräulein Tirschenreuth jemals zusammen mit einem Herrn gesehen?»

Frau Klose hebt die gut gepolsterten Schultern. «Bei Nacht sind alle Katzen grau», sagt sie. «Sie wird schon gewusst haben, weshalb sie die Treppenbeleuchtung nicht anknipst, wenn sie sich heraufschleicht. Es waren jedenfalls nicht bloß ihre Schritte auf der Treppe zu hören. Und Harras hat auch öfter geknurrt. Das tut er nur bei Fremden.»

«Wann war das, mit diesem fremden Mann?»

«Gott, das mag zwei, drei Wochen her sein. Ich habe ihn dann ja doch gesehen, als er morgens gegen vier die Treppe runtergehuscht ist. An dem Morgen kam die Kutzschberg erst eine halbe Stunde später nach Hause. Alleine.»

Kappe verkneift sich die Frage, ob sie die ganze Zeit hinter dem Spion verbracht hat. «Wie sah denn der Mann aus?»

Frau Klose sieht Kappe feierlich an. «Ich glaube, es könnte der Mörder gewesen sein. Wenn Sie es ihm auf den Kopf zu sagen, legt er sicherlich ein Geständnis ab.»

Seit 22 Jahren ist Kappe bei der Kriminalpolizei. Sich von unsicheren Zeuginnen die Vernehmungstaktik vorgeben zu lassen gehört zu seinen Lieblingserfahrungen. Jetzt fehlt nur noch die Frage nach ihrem Anteil an einer etwaigen Belohnung.

Aber Frau Klose legt erst noch etwas nach. «Je länger ich darüber nachdenke», sagt sie – und Kappe hat so seine Zweifel, ob ihr diese Fähigkeit überhaupt gegeben ist –, «desto sicherer bin ich, dass es der Kerl war. Einen Hut trug er jedenfalls auch. Ich habe ihm vom Balkon aus nachgeguckt.»

«Morgens gegen vier», konstatiert Kappe ein bisschen gallig.

«Das werden wir morgen früh alles in einem Protokoll erfassen, Frau Klose.» Er schiebt ihr die Karte mit der Zimmernummer zu. «Melden Sie sich bitte um acht Uhr im Präsidium.»

Sie scheint einigermaßen entsetzt. «Morgens um acht?»

«Aber ja.» Kappe lächelt so freundlich wie möglich. «Sie sind doch Frühaufsteherin.»

Sie schluckt. «Aber ich möchte dem Kerl nicht gegenübergestellt werden!», sagt sie.

Kappe ist schon an der Korridortür. «Mal sehen, was sich machen lässt», brummt er diplomatisch, dann fällt ihm noch etwas ein: «Das Mitbringen von Hunden ist übrigens im Präsidium streng untersagt. Guten Abend!»

FÜNF

IM SPEISEZIMMER der Fünfzimmerwohnung in der Beletage an der Schönhauser Allee sitzt das Ehepaar Jauernick beim bescheidenen Abendessen. Nichts Besonderes, ein bisschen Lachs, ein wenig Kaviar, ein paar Scheiben Braten und ein guter Käse. Erwin Jauernick gönnt sich ein Bier dazu, seine beleibte Gattin bevorzugt Rotwein.

Im teuren Radiosuper musiziert klangvoll die Kapelle Birr, und durch das geschlossene Fenster dringt der letzte Schein der Abendsonne, während draußen rasselnd die Hochbahn vom Viadukt in den Tunnel abtaucht. Das Geräusch, von der Rundfunkmusik überlagert, nehmen die beiden gar nicht mehr wahr.

Zur Miete würden sie sicherlich eine stille Wohnung in einer besseren Gegend bevorzugen, doch es gibt einen guten Grund, den fünfgeschossigen Bau an der repräsentativen Allee nach Pankow für die beste Adresse der Stadt zu halten: Sie sind die Eigentümer. Und da Jauernick nun einmal ein von Grund auf misstrauischer Mensch ist, spielt er lieber hier den Hauswirt, als fremde Leute mit der Verwaltung zu beauftragen.

Edith ist ohnehin hier aufgewachsen. Ihr Vater, der sein Geld als Heereslieferant gescheffelt und geschickt über die Inflation gebracht hatte, um bald darauf einem Schlaganfall zu erliegen, hat der einzigen Tochter weit mehr als nur das Mietshaus hinterlassen und dem Schwiegersohn etliche lukrative Geschäftsbeziehungen dazu.

Seit beinahe zwanzig Jahren verbindet das dralle Mädchen mit dem einst sonnigen Gemüt eine glücklich zu nennende, wenn auch kinderlose Ehe mit dem erfolgreichen Kaufmann Erwin Jauernick, in deren Verlauf Ediths Umfang und Gewicht sich nahezu verdoppelt haben.

Immerhin gilt der durch das Erbe zum gestrengen Hauswirt avancierte Erwin gemeinhin als ein echter Glückspilz, als der er sich selbst auch fühlen möchte. Bis zu dem Augenblick jedenfalls, in dem Edith ihm das Blatt der heutigen Abendausgabe über den Tisch reicht und die rhetorische Frage stellt: «Na, was sagst du dazu?»

Erwin braucht keine Brille, um die balkendicke Überschrift zu entziffern. *Mord in der Kantstraße*, liest er, doch was darunter steht, vermag sein getrübter Blick kaum zu entziffern. Der Unterkiefer klappt ihm herunter, was Edith mit Verwunderung registriert.

Befremdet fragt sie: «Ist was mit dir?»

Langsam schüttelt Erwin den Kopf. «Unglaublich», ist alles, was er hervorbringt. Nicht einmal die Stimme will ihm gehorchen. Seine Augen irren blicklos über das Papier.

«Erwin!», dringt die besorgte Stimme seiner Frau in sein gestörtes Bewusstsein. «Weshalb erschüttert dich denn dieser Mord so sehr?»

«Ach, nichts ...», sagt er mit einer vagen Handbewegung und versucht, sich zu fassen. «Ist doch einfach schrecklich, dass sich die Menschen gegenseitig umbringen müssen.»

Ediths Gesicht verschwimmt vor seinen Augen. Wie soll er ihr erklären, weshalb ihm das Wasser in den Augen steht? Tränen der Trauer? Der Angst? Des tiefsten Unbehagens in jedem Fall. Er guckt noch einmal. Elisabeth Tirschenreuth. Es gibt gar keinen Zweifel.

Wie soll er jemals wieder aus diesem Schlamassel herauskommen? Wann wird die Polizei hier auftauchen und ihn mit indiskreten Fragen behelligen? Wie schnell wird Edith die Wahrheit oder zumindest den schlimmsten Teil davon erfahren, und wie wird sie darauf reagieren?

Er schließt die Augen, um all diese lästigen Fragen aus seinem Kopf zu verdrängen. Als er sie wieder öffnet, nimmt er Edith, die nun wirklich nicht zu übersehen ist, kaum wahr.

«Seit wann nehmen dich denn irgendwelche Mordgeschichten derartig mit?», erkundigt sie sich überrascht. Gewöhnlich kehrt Erwin bei solchen Gewaltmeldungen den abgebrühten Weltkrieger heraus und macht allenfalls eine abfällige Bemerkung über die unsicheren Zeiten. Sie hat ihm die Zeitung nur seiner gelegentlichen Geschäfte in der Kantstraße wegen gereicht und weil sie selbst sich betroffen fühlt, wenn eine Frau ermordet wird.

Erwin hat sich inzwischen ein wenig gefangen. «Der Name ...», sagt er gedehnt, «... den muss ich irgendwo schon mal gehört haben.»

Edith greift über den Tisch nach dem Blatt. «*Die dreißigjährige Stenotypistin Elisabeth Tirschenreuth, eine hochgewachsene blonde Schönheit ...*», liest sie, und so etwas wie Misstrauen schleicht sich in ihre Stimme. «Woher willst denn ausgerechnet du eine solche Frau kennen?»

Darauf wüsste Erwin eine Antwort – nur keine unverfängliche. Deshalb macht er nur eine abwehrende Geste. Ganz jedoch will er die günstige Gelegenheit nicht vorübergehen lassen, etwas von dem anzudeuten, das da kommen könnte – kommen wird, wie er fürchtet, obwohl er stets alle Vorsicht hat walten lassen. Man liest so viel von den Kommissaren am Alex, von Gennat und seinem Wunder von Mordauto ...

Er wiegt den Kopf, auf dem die Haut durch die darübergelegten Haarsträhnen schimmert, und meint vorsichtig: «Du weißt ja, man kommt in meinem Geschäft mit allerhand Leuten in Berührung ...» Das ist der falsche Ton, wie er sofort spürt.

«Ach!», fährt Edith auf, wie von einer Wespe gestochen. Sie hat es ja geahnt. «Du kommst also mit hochgewachsenen Blondinen in Berührung! Wie fasst sich denn so eine an bei diesen *Berührungen*?»

Anders als du jedenfalls, könnte er jetzt sagen, doch er hütet sich und wiegelt ab. «Was du immer gleich denkst! Bei der Betreffenden könnte es sich um die Sekretärin dieser Firma handeln, die uns die Radium-Platten für Russland geliefert hat.»

Edith sieht ihn an. «Hast du nicht gesagt, das wäre ein jüdisches Unternehmen?»

«Was spielt das jetzt für eine Rolle? Sie war jedenfalls ...»

«Rede dich nicht raus!», unterbricht ihn Edith schrill. «Du hast etwas mit ihr gehabt!»

Was hilft es da noch, dass er abwehrend die Hände hebt.

Zur gleichen Zeit sitzt Familie Eschborn beim späten Abendbrot im Grünen. Erna hat einen frischen Bückling gekauft, den isst Willy besonders gerne. Katarina, die dreijährige Tochter, quengelt vor Müdigkeit. Sie mag keinen Fisch und braucht auch keinen zu essen. Heute hat sie die ersten Erdbeeren geerntet. Erna verzichtet ebenfalls auf die Delikatesse, ihr genügen Brot und Margarine. Untergewichtig ist sie dennoch nicht, doch ihr Willy mag sie so rund, wie sie nun einmal ist. Sie hat kein Mietshaus und keine Aktien mit in die Ehe gebracht, nicht einmal die schmucke Holzlaube, vor der sie am Gartentisch sitzen und die Willy selbst gebaut hat. Willy ist der geborene Handwerker, was er anfasst, gelingt ihm. Das wissen alle Nachbarn und nutzen es gehörig aus, wenn Erna nicht aufpasst.

Sie passt aber auf ihren Willy auf, diesen schmalen Jungen mit den dunkelblonden Locken, von denen eine weiß ist. Eine Erinnerung an seine Lehrzeit in der Schmiede im Lipperland, wo der jähzornige Meister ein glühendes Metallstück nach ihm geworfen hatte.

Willy ist heute spät von der Arbeit gekommen – oder was sich in diesen Zeiten so nennt. Ein Leben ohne Arbeit kann Willy sich nicht vorstellen. Er ist Karosserieklempner, und in der Werkstatt beschäftigen sie ihn nur noch stundenweise. Mehr lässt die Auftragslage nicht zu. Also ist Willy von Weißensee aus noch nach Schöneberg geradelt, um dort den Kotflügel eines amerikanischen Essex auszubeulen, und für morgen hat er auch schon was in petto. Am Wochenende ist er mit Bernsdorff verabredet, für den gibt es immer genug zu tun. Der braucht für sein Atomlabor oft spezielle Halterungen und Stellagen, die Willy mit seinen geschickten Fingern zu fertigen versteht.

Das erzählt er seiner Erna alles haarklein, obwohl er weiß, dass es ihr nicht genügen wird. Hundert Fragen hat sie jedes Mal, wann und wie lange er wo genau war, welche Leute er getroffen hat, wie sie aussahen und was sie gesagt haben. Willy ahnt, worauf es ihr dabei wirklich ankommt: dass da nicht irgendwo eine klitzekleine zeitliche Lücke klafft, in der er vielleicht irgendetwas getan haben könnte, was er Erna verschweigen will, oder – noch schlimmer – ob da nicht irgendeine Frau ein Auge auf ihren Willy geworfen hat oder umgekehrt. Das würde sie ihm nie verzeihen.

Ein bisschen anstrengend ist ihre Eifersucht, aber Willy nimmt sie mit Gelassenheit. Er will gar keine andere als seine kleine, runde Erna, die ihn immer wieder aufmerksam und kurzsichtig durch ihre Brillengläser anblickt, um während seiner Erzählungen jede Regung seines Gesichts zu kontrollieren. Als gelernte Verkäuferin ist sie darin geübt, das Mienenspiel der Menschen zu durchschauen.

Ihm fällt noch etwas Unverfängliches ein, wie er glaubt. Da unten in Schöneberg hat ihn nämlich ein schmucker Röhr Achtzylinder auf gefährliche Weise überholt, gesteuert ausgerechnet vom Schrecken seiner ehemaligen Kompanie, dem Unteroffizier Schisnowski, in Chauffeurskluft. «Leider habe ich ihn zu spät erkannt, sonst hätte ich ihm ein paar passende Worte zugerufen», sagt Willy bissig.

Erna weiß, dass er es ernst meint. Wenn Willy sich was in den Kopf gesetzt hat, ist er durch nichts zurückzuhalten. Und wenn es um alte Rechnungen geht, schon gar nicht. Auf diesen Schisnowski hat er einen besonderen Rochus, wie sie aus seinen Erzählungen weiß.

«Saß er denn alleine in dem Wagen?»

«Natürlich nicht. Irgend so ein Gänschen mit Bubikopf war an seiner Seite. Tat wie Agathe, die Puppe kotzt.»

«Die hast du dir also genau angeguckt», stellt Erna misstrauisch fest. «Sie war wohl hübsch?»

Darüber möchte Willy lieber nicht mit ihr streiten. Er macht nur eine gleichgültige Handbewegung und widmet sich stumm dem appetitlichen Bückling. Er würde jetzt gerne ein Bier trinken, aber der Wasserhahn tut es auch. In Ernas Redeschwall hinein sagt er schließlich: «Ich werde noch ein bisschen was im Garten machen, bevor es dunkel wird.»

Doch dazu kommt er nicht, denn Fritze Raupach, der Nachbar, öffnet gerade das Gartentor, um einen kleinen Abendplausch mit Willy zu halten und ihm das Neueste von der BVG zu erzählen, wo er als Busfahrer beschäftigt ist.

Sie kommen alle gerne zu meinem Willy, denkt Erna. Sie muss jetzt das Kind ins Bett bringen, obwohl sie viel lieber bei den Männern sitzen und ihnen zuhören würde. Willy weiß zu allem etwas Kluges zu sagen, und Raupach, aus Gießen in Hessen gebürtig, ist auch kein Langweiler. Nur das Hitlerbärtchen unter seiner Nase stört sie, dabei ist Raupach alles andere als ein Nazi.

Nazis gibt es in der Friedenskolonie überhaupt kaum. Man befindet sich hier in Lichtenberg, weit draußen im Berliner Osten, und da wird traditionell Rot gewählt. Fritz Raupach käme auf gar keine andere Idee, und Willy, der 1919 bei den Spartakuskämpfen mitgemacht hat, schon gar nicht. Überzeugte Parteianhänger sind sie beide dennoch nicht, und mit dem deutschnationalen Pfarrer, dessen Garten links an die Eschborn'sche Parzelle grenzt, trinken sie gerne mal ein Bier.

Die mächtige Glaubenskirche mit dem neogotischen Steinsockel erhebt sich unübersehbar – und alle Viertelstunde unüberhörbar – auf dem großen Platz vor der Kolonie. Im zeitigen Frühjahr, wenn die Sonne noch nicht hoch steht, reicht ihr Schatten bis zu den Lauben in der leicht ansteigenden Plonzstraße. Hier rangiert die Straßenbahnlinie 90, und hinter der Kirche ragt das pompöse Gerichtsgebäude mit dem anschließenden Gefängnis empor. Links endet die Bebauung mit dem Gemeindehaus der Kirche, rechts hat sich die Stadt Lichtenberg ein kantiges Finanz- und Wahlamt mit sparsamem Terrakottaschmuck geleistet. Daneben, an der Helmuthstraße, bauen die Neuapostolischen sich einen modernen Gemeindesaal.

Die kriegen ihr Geld aus Amerika, glaubt Willy zu wissen, der für Kirchen nichts übrighat. Als Halbwaise ist er in einem Diakonissenhaus aufgewachsen. Hunger und Prügel haben ihn zum Freidenker gemacht. Töchterchen Katarina ist nicht getauft, worauf der Pfarrer nur ein einziges Mal angespielt hat. Willys Reaktion ließ ihn um die gute Nachbarschaft fürchten.

Als Erna eine halbe Stunde später wieder vor die Laube tritt, ist es schon ziemlich schummrig, so dass sie ein Windlicht bringt. Auch der Pfarrer hat sich mittlerweile eingefunden. Die Männer haben jeder eine Bierflasche vor sich stehen und schimpfen auf die Regierung.

«Dieses ganze adlige Gesocks», murrt Raupach. «Ich weiß gar nicht, wofür wir '18 eine Revolution veranstaltet haben.»

Begütigend widerspricht ihm der Pfarrer: «Den gesamten Adel in Bausch und Bogen zu verurteilen hilft unserem leidgeprüften Volk auch nicht weiter.»

«Warum heißen die denn von und zu? Weil sie von jeher Raubritter und Leuteschinder waren oder den Fürsten für einen Adelsbrief in den Hintern gekrochen sind», sagt Willy, «und als Heerführer uns zur Schlachtbank getrieben haben.» Er hat weder seine Verwundungen noch die drei Jahre in Flandern und in der Champagne vergessen.

«Nun fangt bloß nicht wieder vom Krieg an!», sagt Erna. Dass die Männer einfach nicht davon loskommen! Natürlich war auch der Pfarrer im Felde, und Fritz Raupach ist erst 1920 aus der französischen Kriegsgefangenschaft heimgekehrt.

«Erzählen Sie mal, was es Neues gibt, Herr Raupach», schlägt sie vor. «Sie kommen so viel in der Stadt rum, da erlebt man doch immer was Interessantes.»

Raupach nimmt einen kräftigen Schluck aus der Pulle und wischt sich das gestutzte Bärtchen. «In Charlottenburg haben sie eine Blondine ermordet», sagt er.

Erna schreit unwillkürlich auf. Sie ist eine furchtsame Person und steht hier draußen in der Laube ohnehin jede Nacht tausend Ängste aus.

«Einfach abgemurkst, am helllichten Tage», fährt Raupach ungerührt fort.

Wie sich herausstellt, hat ausgerechnet der Pfarrer das Abendblatt in der Tasche und kramt es hervor.

Neugierig, wenn auch ein wenig schaudernd, beugt sich Erna darüber und entziffert im flackernden Kerzenschein die kurze Meldung. *«Die dreißigjährige Stenotypistin Elisabeth Tirschenreuth, eine hochgewachsene blonde Schönheit ...»*

Weiter kommt sie nicht, weil Willy das Blatt an sich reißt und es studiert, als würde er ihren Lesekünsten nicht trauen. «Tatsächlich!», muss er zugeben. Kopfschüttelnd faltet er das Blatt zusammen.

Erna durchschaut ihren Willy. «Du kennst doch die Frau nicht etwa?», erkundigt sie sich spitz.

Willy blickt sie an. «Du kennst sie auch», sagt er. «Sie arbeitet in Bernsdorffs Firma in der Münzstraße.»

Kappe ist rechtschaffen müde. Es geht immerhin auf neun Uhr abends zu. Er ist noch immer nicht fertig mit Damerow und hat jetzt zusätzlich diesen ominösen Dr. Bernsdorff am Halse, der ihm immer wieder damit kommt, er wolle lediglich seine Schlüssel abholen. Er scheint ziemlich aufgeregt, der Herr Doktor, und zwingt damit Kappe eher zu einer noch langsameren Gangart, als sie ihm ohnehin eigen ist.

Hätte er bloß nicht Galgenberg und das Mordauto weggeschickt, dann bräuchte er hier nicht alleine mit der ganzen Arbeit in der düsteren Küche zu hocken! Andererseits sitzt er nicht gerne in dem Automobil wie ein Tintenfisch im Aquarium. Stets braucht man zwei bis drei Schutzpolizisten, um die Neugierigen von dem auffälligen Wagen fernzuhalten.

Gennat stört so was nicht, der liebt das Publikum. Aber Gennat, gerade von einer Gallenkolik genesen, weilt zum Matuschka-

Prozess in Wien. Sylvester Matuschka hat im vergangenen August bei Jüterbog ein Sprengstoffattentat gegen den Schnellzug Basel-Berlin ausgeführt, bei dem über hundert Reisende verletzt worden sind. Kaum einen Monat später brachte er in Ungarn einen Zug auf einem Viadukt zum Entgleisen und verschuldete den Tod von 22 Menschen. In Jüterbog hat Gennat die Untersuchungen geführt. Dass er jetzt ausgerechnet nach einer Gallenkolik Wien besucht, erfüllt seine Untergebenen mit einer gewissen Schadenfreude. «Dann kann er ja nicht mal Sachertorte fressen», hat Galgenbergs Kommentar gelautet. «Ich weiß gar nicht, ob ich überhaupt so was wie 'ne Galle habe.»

«Eine geschwollene Leber ganz gewiss», merkte der Universalgelehrte Kniehase dazu an.

Kappe gegenüber hockt Bernsdorff so hibbelig auf der Stuhlkante wie eine Stunde zuvor Emma Gomolla. Kappe hat nichts Vernünftiges aus ihr herausbekommen. Nicht einmal über den Tages- oder Nachtablauf der Untermieter. Angeblich hörte sie in ihrer engen Kabuchte nicht, ob und wann jemand nach Hause kam. Dabei steht ihr Bett nur durch eine Viertelsteinwand vom Klo getrennt. «Wenn ich schlafe, dann schlaf ich», hat sie erklärt und schließlich darum gebeten, die gnädige Frau nach all diesen Aufregungen ins Bett bringen zu dürfen, was Kappe großzügig, wenn auch etwas entnervt gestattet hat.

Kappe studiert Bernsdorffs Ausweispapier und überträgt die Angaben sorgfältig in seinen Notizblock. *Harry Bernsdorff, geboren am 13. Mai 1902 in Oldenburg/Oldenburg, Religion mosaisch, Haarfarbe schwarz, Augenfarbe braun, Gesicht oval, Größe 1,72 Meter, keine besonderen Kennzeichen, ledig, Beruf: Student.* Er sieht auf und fragt nach.

«Ich bin promovierter Chemiker», erklärt Bernsdorff. «Das steht auch in meinem Pass, aber den trage ich nicht ständig mit mir herum.»

«Natürlich nicht», stimmt Kappe zu. «Nun erzählen Sie mir bitte mal, in welchem Verhältnis sie zu der Ermordeten gestanden haben.»

Bernsdorff schüttelt den Kopf. «Ich komme noch immer nicht darüber hinweg, dass jemand sie ermordet haben soll.»

Kappe gibt sich verständnisvoll. «Daran besteht leider kein Zweifel. Sonst säße ich nicht hier und würde Sie befragen.»

Bernsdorff nickt nachdenklich. «Nun ja ... Fräulein Tirschenreuth war ... Ich bin Atomforscher, wenn Ihnen das etwas sagt ...»

Das tut es nicht, aber das lässt sich Kappe natürlich nicht anmerken.

«Um meine Forschungen zu finanzieren, unterhalte ich in der Münzstraße eine kleine Firma, die Radiolyt-Vertriebsgesellschaft. Wir vertreiben Radium-Präparate und Radium-Platten, von denen eine medizinisch nachgewiesene Heilwirkung ausgeht.»

«Und das kaufen die Leute?», fragt Kappe zweifelnd.

«Natürlich. Wir liefern sogar ins Ausland. Der Erfolg unserer Erzeugnisse ist unbestritten.» Allmählich gerät Bernsdorff in Fahrt. «Dabei steht die Radium-Forschung noch ganz am Anfang. Es ist nämlich so ...»

Kappe hebt abwehrend die Hand. «Bleiben wir lieber bei Fräulein Tirschenreuth. Welche Aufgabe kam ihr denn bei diesem ... Radiolyt zu?»

«Das ist recht einfach zu erklären. Sie war sozusagen meine Vertriebsleiterin. Sie arbeitete selbständig und – wie ich bemerken muss – überaus zuverlässig. Ihr Tod stellt einen herben Verlust für mich und mein Unternehmen dar.» Bernsdorff sieht Kappe offen an. «Es war eine Vertrauensstellung, verstehen Sie? Da kann man nicht jede x-Beliebige einsetzen.»

«Und wie war Ihr persönliches Verhältnis zueinander?»

«Sehr gut. Es gab ja keinerlei Grund zu Beanstandungen.» Erst jetzt begreift Bernsdorff den Doppelsinn von Kappes Frage und errötet leicht. «Ich beziehe das ausschließlich auf das Geschäftliche. Darüber hinaus unterhielten wir keinerlei Verhältnis zueinander.»

«Nun, Fräulein Tirschenreuth war eine sehr gut aussehende junge Dame, und Sie sind ein erfolgreicher Forscher und Geschäftsmann, unverheiratet, wenn ich den Papieren glauben darf ...»

Bernsdorff scheint pikiert. «Ich habe meiner Aussage nichts hinzuzufügen», sagt er steif.

Ein wenig zu steif, findet Kappe. Er misst sein Gegenüber mit einem forschenden Blick, dem Bernsdorff eine ganze Weile standhält. «Sie hatten also keinerlei private Beziehungen zu der Toten? Dennoch wussten sie, wo sie wohnt.»

«Die Adresse stand in ihrer Bewerbung, die ich glücklicherweise unter meinen Papieren fand. Von einem Umzug war nie die Rede.»

«Weshalb sind Sie heute Mittag hierhergekommen, Herr Doktor?»

Bernsdorff ist erstaunt. «Um festzustellen, weshalb Fräulein Tirschenreuth heute Morgen nicht in der Münzstraße erschienen ist. Das liegt doch auf der Hand. Leider hat mich die dortige Reinigungskraft erst gegen zwölf Uhr darüber informiert.»

«Dann schildern Sie bitte mal genau Ihren Weg hierher und was Sie hier vorfanden.»

Das tut Bernsdorff, ohne ins Stocken zu geraten. Von der Koloniestraße, wo er sein Labor unterhält, ist er sicherheitshalber erst einmal in die Münzstraße gefahren, was die Hilfskraft bestätigen kann, hat dort jedoch keinerlei Anhaltspunkte vorgefunden, die als Grund für die Tirschenreuth'sche Abwesenheit gelten könnten, und ist deshalb spornstreichs mit der Stadtbahn zum Savignyplatz gefahren, um seine Mitarbeiterin aufzusuchen.

«Sie wussten also, wo sich das Haus befindet, in dem Fräulein Tirschenreuth wohnt.»

Bernsdorff sieht Kappe verständnislos an. «Ich besitze einen Stadtplan», sagt er. «Also wusste ich ungefähr, wohin ich muss. Am Stillen Portier habe ich dann aber vergeblich ihren Namen gesucht. Die Untermieter sind dort nicht vermerkt.»

«Sie waren vorher noch niemals hier? Ich meine, vielleicht haben Sie ja Fräulein Tirschenreuth mal nach Hause begleitet, weil es spät geworden war.»

«Nein.» Energisch schüttelt Bernsdorff den Kopf. «Sie konnte ihren pünktlichen Feierabend selbst einrichten. Ich habe sie niemals außerhalb der normalen Geschäftsstunden belästigt. Und die gehen täglich bis achtzehn Uhr.»

Halb fragend stellt Kappe fest: «Auch gestern.»

«Natürlich. Auch gestern.»

«Haben Sie das kontrolliert?»

Allmählich zeigt Bernsdorff Spuren von Ungeduld. «Dazu bestand keinerlei Veranlassung. Wie ich bereits ausführte: Fräulein Tirschenreuth war überaus zuverlässig.»

«Dann brauchten Sie also kaum mal in der Münzstraße aufzutauchen, wenn ich Sie recht verstehe?»

«Ich weiß nicht, was das alles mit dem schrecklichen Tod von Fräulein Tirschenreuth zu tun haben soll.» Bernsdorffs Ablehnung ist jetzt deutlich. «Ich fahre ziemlich häufig in die Münzstraße und halte mich gelegentlich dort ganze Tage auf, um das Geschäftliche zu erledigen. Aber im Augenblick läuft im Labor eine Serie von grundlegend wichtigen Versuchen. Wir sind nämlich dabei, das Atom in seinen Einzelteilen ...»

Kappe unterbricht ihn, bevor Bernsdorff sich in den Details verlieren kann: «Sind Sie gestern dort gewesen?»

Bernsdorff denkt keinen Moment nach. «Nein», entgegnet er fest.

«Wann also haben Sie Fräulein Tirschenreuth zum letzten Mal gesehen?», fragt Kappe und setzt hinzu: «Lebend, meine ich natürlich.»

Auf einmal wirkt Bernsdorff gar nicht mehr so sicher. «Warten Sie», sagt er zögernd. «Ich glaube, ich habe mich eben geirrt.»

Kappe wartet, so schwer es ihm auch fällt. Für heute hat er eigentlich mehr als genug geleistet, und Abendbrot hat er auch nicht gegessen. Bis nach Hause ist es nicht weit, doch eine Gardinenpredigt von Klara steht ihm in jedem Fall bevor. Die Kinder wissen gar nicht mehr, dass sie überhaupt einen Vater haben, wird sie anfangen. «Ich kann ja mal mit den Mördern reden», hat er ihr schon vorgeschlagen, «dass sie sich ’n bisschen schneller fangen lassen.»

Jetzt hat er wieder so einen vor sich sitzen, der sich Zeit lässt. Aber ob das der Mörder ist? Kappe gibt nicht viel auf das Gerede der angeblichen Zeugin Klose, ganz vom Tisch kann er es jedoch nicht wischen.

Immerhin gibt dieser Dr. Bernsdorff nun zu, gestern Abend noch in der Münzstraße vorbeigeschaut zu haben, um das Geld abzuholen, wie er sagt, weil die Tirschenreuth ihm am Telefon einen größeren Verkauf signalisiert habe. Es befindet sich zwar ein Tresor im Verkaufsbureau, aber der Gegend rund um den Alex ist nun mal nicht zu trauen, wie der Herr Oberkommissar ja wohl selber wisse.

Das weiß Kappe sehr wohl. Er wohnt kaum zehn Minuten entfernt von da. Aber das wird er Bernsdorff nicht auf die Nase binden. «Und? Ist Ihnen an Fräulein Tirschenreuth etwas aufgefallen?», fragt er.

Bernsdorff denkt nach. «Sie war vielleicht etwas eleganter gekleidet als üblich. Und etwas mehr ... zurechtgemacht. Ich meine, stärker geschminkt als sonst. Das ist mir aufgefallen. Sie schien es übrigens nicht sonderlich eilig zu haben. Sie hat zwar auf die Uhr geschaut, aber so, als habe sie noch Zeit.»

«Vielleicht war sie verabredet? Haben Sie eine Vorstellung davon, mit wem?»

«Bedaure.» Sofort wirkt Bernsdorff wieder verschlossen. «Für das Privatleben von Fräulein Tirschenreuth habe ich mich nie interessiert.»

«Schade. Ich hätte gerne gewusst, mit wem sie ins Theater gegangen ist.»

Diesmal wird Bernsdorff nicht unsicher unter Kappes scharfem Blick. Er nickt eher nachdenklich und sagt: «Theater ... das könnte gut sein. So war sie gekleidet. Sie trug hochhackige Pumps und eine schwarze Jacke über ihrem Kleid.»

«Die Pumps sind Ihnen aufgefallen.»

«Natürlich.» Bernsdorf lächelt dünn. «Als sie neben mir ging, war sie ein Stückchen größer als ich.»

«Ach, wohin gingen sie denn gemeinsam?»

«Zur Untergrundbahn. Sie blieb auf dem Bahnsteig stehen, ich ging hinüber zur Nord-Süd-Linie, um zurück ins Labor zu fahren.»

«Dafür gibt es sicherlich Zeugen», vermutet Kappe.

Dessen scheint sich Bernsdorff nicht sicher. «Ich weiß nicht», sagt er zögernd. «Muss ich denn mein Alibi nachweisen?»

«Wäre schon besser», antwortet Kappe burschikos. «Es sei denn, Sie sind der Täter und wollen ein Geständnis ablegen.»

Jetzt läuft Bernsdorff doch dunkel an. «So behandeln Sie mich ja die ganze Zeit!», sagt er schroff. «Schreiben Sie auf: Wilhelm Eschborn, Berlin O 112, Scharnweberstraße 61, Parterre.»

«Das ist der Täter?», fragt Kappe zweifelnd.

«Das ist mein Zeuge!», faucht Bernsdorff. «Er weiß, dass ich um neun zurück sein musste.»

«Danke. Den Rest holen wir morgen Vormittag im Präsidium nach.» Kappe reicht dem aufgebrachten Doktor die Karte mit Telefon- und Zimmernummer.

Der ist eingeschnappt. «Da gibt es nichts nachzuholen. Ich habe Ihnen alles gesagt, was meinem Kenntnisstand entspricht.»

Begütigend hebt Kappe die Hand. «Natürlich. Sie haben nur nicht begründet, weshalb Sie hier so eilig wieder verschwunden sind, nachdem Sie die Tote entdeckt haben.»

«Das habe ich Ihnen doch erklärt! Meine Versuche gestatten keine Unterbrechung. Wenn Quecksilberatome mit einer Million Volt beschossen werden, darf eine solche Versuchsanordnung nicht unbeobachtet sein!»

Kappe unterbricht ihn. «Ja, ja», sagt er müde. «Sie haben mir auch erzählt, dass Sie vorher noch nie hier im Haus gewesen sind. Und doch gibt es eine Zeugin, die Sie wiedererkannt hat.» Es ist sein letzter Versuch, und tatsächlich bringt er Bernsdorff damit zum Schweigen.

Erst als der die Küche verlässt, dreht er sich noch einmal um und setzt zu einer Erklärung an: «Wenn Sie die Dame mit dem Hund meinen ...»

Kappe winkt ab. «Das klären wir alles morgen», sagt er. «Weshalb sind sie eigentlich heute Abend noch einmal hier aufgetaucht?» Er hält nichts von albernen Sprüchen wie «Den Täter zieht es zurück an den Tatort» – aber auffällig ist Bernsdorffs Rückkehr schon.

Der hat bereits einen Hut aufgesetzt und fasst sich an die Stirn. «Die Schlüssel», sagt er. «Fräulein Tirschenreuth hat die Schlüssel für die Münzstraße. Die brauche ich dringend.»

Leider kann ihm Kappe nicht helfen. «In ihrer Handtasche war nur ein Bund mit drei Schlüsseln für die Wohnungstür und den Kleiderschrank.»

Damerows Schlüsselbund liegt noch vor ihm auf dem Tisch. Der Haustürschlüssel ist nicht zu übersehen. In Elisabeth Tirschenreuths bescheidener Schlüsselsammlung fehlt er.

SECHS

ADELHEID TIRSCHENREUTH staunt nicht schlecht, als sie des eleganten braunen Wagens ansichtig wird, an dem Leo breit grinsend lehnt. Es ist noch nie vorgekommen, dass er sie am frühen Morgen nach dem Nachtdienst abgeholt hat. Zumal mit dem Auto. Es scheint ihm ernster mit ihr zu sein, als sie bisher wahrhaben wollte. Das ist ein angenehmes Gefühl, trotz aller Müdigkeit.

Erhobenen Hauptes überquert sie die Straße und begrüßt Leo mit einem Kuss auf die Wange. Schade, dass die Kolleginnen nicht sehen, was für einen Kavalier sie hat und was der für einen tollen Wagen fährt.

Seltsamerweise haben sich in dieser Nacht alle von ihr ferngehalten, nachdem sie von der Betriebsaufsicht überraschend für die Dienstvermittlung eingeteilt worden war: Sie wissen, das ist ein besonderer Vertrauensposten ...

Natürlich weiß sie das, obwohl im internen Dienstnetz der Reichspost wohl kaum Staatsgeheimnisse ausgetauscht werden. Sie kennt ja nicht einmal die genaue Bedeutung der vielen Abkürzungen an den drei Klappenschränken, die abends und nachts von einer zuverlässigen Kraft bedient werden. Da verlangt allenfalls der Sender Königs Wusterhausen das Funkhaus in der Masurenallee oder das Haupttelegrafenamt eine Verbindung mit Magdeburg.

Die Dienstvermittlung ist ein ruhiger Posten. Adelheid denkt nicht lange darüber nach, weshalb man ihr in dieser Nacht ausgerechnet diesen zugeschoben hat. Die älteren Kolleginnen hatten sie mit Argusaugen gemustert, als habe sie was mit dem Kerl von der Betriebsaufsicht, der prompt vier- oder fünfmal zur Kontrolle in ihrem abgeteilten Kabuff aufgetaucht war. Machte der sich etwa Hoffnungen, oder wollte er wirklich nur überprüfen, ob sie nicht schlief?

«Beeil dich ein bisschen!», sagt Leo ungeduldig. Ihm liegt anscheinend nicht so viel daran, mit ihr gesehen zu werden.

Sie schenkt ihm ihr schönstes Lächeln. «Was hast du denn mit mir vor?», fragt sie kokett und sinkt in den bequemen Ledersitz.

Leo grient. «Wirste schon sehen.»

Der Motor springt sofort an. Sie fahren los und biegen gleich in die Potsdamer Straße ein, ohne in der Pallasstraße noch einmal anzuhalten, was nun wirklich dringend nötig gewesen wäre. Ungewaschen und in den zerdrückten Nachtschicht-Klamotten fühlt sich Adelheid höchst unwohl.

Für Leo ist das kein Problem. «Siehst doch flott aus», sagt er mit einem anerkennenden Seitenblick. «Und baden können wir nachher irgendwo im See.»

Sie mault: «Ist doch noch viel zu kalt! Und mein Badeanzug hängt zu Hause. Wir waren doch gestern erst am Wasser ...»

«Heute machen wir Urlaub. Du hast doch bis übermorgen frei, oder?»

«Ja, schon ...» Die zwei Tage hat sie sich mit ihren Nachtschichten redlich verdient. Aber seine plötzlichen Entschlüsse sind ihr doch ein bisschen verdächtig. Sie schmollt: «Ich kann auch im Urlaub nicht ohne Badeanzug ins Wasser.»

Leo lacht. «Weil du dann keinen Zwickel zwischen den Beinen hast?», fragt er frech.

Ein regierungsamtlicher Erlass schreibt tatsächlich einen sogenannten Zwickel in der Badebekleidung vor.

«Ich halte gerne die Hand über die bewusste Stelle», schlägt Leo fröhlich vor. Er weiß, dass sie solche Reden nicht mag, aber hier im Auto ist sie ihm ausgeliefert und antwortet lieber gar nicht auf seine Dreistigkeiten. Außerdem ist sie müde, der Motor brummt, und es sitzt sich so bequem ...

Als sie die Augen wiederaufschlägt, holpern sie in irgendeinem märkischen Dorf über das Kopfsteinpflaster. «Wo sind wir denn?», erkundigt sie sich erschrocken. Die Sonne scheint ihr von rechts ins Gesicht. Also fahren sie wohl nach Norden. Mitten im Dorf biegt die Straße nach links ab, dann kommt nach einer weiteren Kurve Wald. Viel Wald. «Wohin willst du mit mir?»

«Du wirst schon sehen», sagt er munter. «Schlaf ruhig noch 'ne Runde.»

Doch das will sie auch nicht. Es ist ein herrlicher Morgen, und es macht Spaß, in so einem vornehmen Wagen mitten durch die Natur zu fahren. «Ob's hier Pilze gibt?», fragt sie.

«Noch zu früh», brummt Leo. Seine Hand tastet nach ihrem Knie und schiebt den Rock hoch.

«Du denkst immer nur an das eine», sagt sie vorwurfsvoll. Aber wirklich unangenehm ist ihr seine kräftige Hand nicht, die langsam auf ihrem Schenkel entlangwandert. Trotzdem mahnt sie: «Pass lieber auf die Straße auf!»

Die zieht sich schnurgerade durch den hohen Kiefernwald.

«Wenn nun ein Polizist kommt ...»

Seine Hand massiert ihr nachgiebiges Fleisch über dem Strumpfrand, und sie erschauert.

«Polizisten!», sagt er verächtlich. «Die haben sowieso bald nichts mehr zu melden!»

So schwer es Kappe auch fällt – Dienst ist Dienst. Als er zwei Minuten vor acht sein Dienstzimmer betreten will, fegt im Flur Brettschieß auf ihn zu und geifert: «Na, Kappe, wird ja Zeit! Wo bleibt denn Ihr Bericht?»

Das geht nun entschieden zu weit, findet der. «Wir sind ja noch nicht mal mit den ersten Vernehmungen durch», antwortet er so laut, wie er es sich einem Vorgesetzten gegenüber gerade noch erlauben kann.

«So?» Brettschieß spielt den Überraschten. Er hält eine Zeitung in der Hand und deutet mit der anderen auf das Blatt. «Und was ist das hier?»

Wahrscheinlich Ihr nationales Lieblingswurschtblatt, möchte Kappe gerne antworten, doch er weiß, was sich gehört und welchen Ton Brettschieß bevorzugt, und so entgegnet er steif: «Bedaure. Ich verstehe nicht.»

«Soll das heißen, Sie haben gar keinen Verdächtigen festgenommen?», erkundigt sich Brettschieß scheinheilig.

Das versteht Kappe noch weniger. Er sagt: «Bedaure nochmals. Nein.»

Brettschieß setzt zu einer wütenden Attacke an, bremst sich aber im letzten Augenblick, denn vom Treppenhaus her hastet mit hochrotem Gesicht und eiligen Schrittes eine aufgetakelte Dame heran.

«Guten Morgen!», stößt sie hervor. «Bitte entschuldigen Sie die kleine Verspätung.»

Höflich erwidert Kappe ihren Gruß. «Das ist die Zeugin Klose, eine Nachbarin der Getöteten», setzt er für Brettschieß halblaut hinzu.

Der kneift die Augen zusammen. «Kappe, Sie kommen jetzt sofort zu mir und erstatten Bericht. Galgenberg und Kniehase gleich dazu.» Er blickt auf die große Uhr im Gang. «Spätestens in zehn Minuten. Haben wir uns verstanden?»

Wenn er erwartet hat, dass Kappe jetzt salutiert, hat er sich getäuscht. Der dreht sich wortlos um und verschwindet in seinem Dienstzimmer, wo ihn der aufgeregte Galgenberg erwartet.

Der wedelt mit einer durchsichtigen Zellophantüte herum, in der ein postkartengroßes Porträtphoto steckt. «Hat sich in der Schreibmappe der Toten angefunden», erklärt er triumphierend und reicht Kappe das Bild. Ein junger Mann im Smoking mit einem affigen Menjoubärtchen unter der kräftigen Nase. Kappe dreht das Photo um. *Ich denke immer nur an Dich*, steht da in steiler Schönschrift. *Dein Werner – im unvergesslichen Mai 1932.*

«Sehr schön!», meint Kappe. «Könnte immerhin eine Spur sein.» Missbilligend betrachtet er noch einmal das Gigologesicht. Der pomadisierte Kerl sieht aus wie geschminkt. Was Frauen für einen seltsamen Geschmack haben, denkt er. Über das Revers des Abgebildeten zieht sich ein Schriftzug. Kappe tritt zum Fenster. *Werner* lässt sich mit einiger Mühe entziffern. Das dahinter könnte *Nalten* oder so ähnlich heißen. «Das soll sich Kniehase angucken», schlägt er vor.

«Oder wir jehn damit inne Apotheke», meint Galgenberg trocken. «Von wejen Doktorschrift.»

«Jetzt gehen wir erst mal zu Brettschieß», sagt Kappe, «der hat irgendwas in der Zeitung entdeckt.»

Galgenberg verdreht die Augen. «Na denn: Herzlichen Glückwunsch ooch!», stöhnt er in gespielter Verzweiflung.

Kappe kennt seinen Kollegen lange genug, um zu wissen, dass etwas Unangenehmes folgen muss.

«Die nationale Presse meldet, du hättest den jüdischstämmigen Täter an Ort und Stelle verhaftet.»

Kappe ist sprachlos. «Wer kommt denn auf solchen Blödsinn?», poltert er.

Galgenberg kann nur die Achseln zucken.

Ein paar Minuten später sind alle in Brettschieß' Bureau versammelt. Teichmüller von der IA sitzt mit am Tisch.

«Das scheint mir der Dimension des Falles angemessen», stapelt Brettschieß mal wieder hoch, das aufgeschlagene Zeitungsblatt vor sich.

Immerhin hat Kappe schon gestern Abend erfahren, wie ungewöhnlich schnell jemand von den Pressefritzen vor Ort gewesen sein muss. Dass irgendein Schmierant bereits einen Artikel verfasst hat, während er noch mit den allerersten Ermittlungen beschäftigt war, überrascht und erbost ihn einerseits, hat ihm jedoch andererseits gegen Mitternacht die übliche Gardinenpredigt seiner Klara erspart. Die zeigte sich bei seiner späten Heimkehr zu seiner Verblüffung bereits voll informiert über die Tote in der Kantstraße und löcherte ihn mit Fragen. So viel Anteil hat sie selten an seiner Arbeit genommen.

Vor Brettschieß aber liegt die heutige Morgenausgabe, und Kappe hört mit gespielter Verwunderung, dass er gestern Abend angeblich den tatverdächtigen jüdischen Arbeitgeber der Ermordeten festgenommen haben soll, dessen Namen mit Dr. Bermdorf angegeben ist.

Während Brettschieß in seiner üblichen Art weiterschwadroniert, überlegt Kappe, aus welcher Quelle die Tartarenmeldung stammen kann. Eigentlich kommen dafür nur zwei Verdächtige in Frage: der vorgebliche Student Damerow und die füllige Frau Klose, die ungeduldig draußen im Flur harrt.

«Nun äußern Sie sich gefälligst mal, Kappe!», fährt Brettschieß in seine Gedanken.

Kappe räuspert sich. Für einen Moment denkt er daran, den ungeliebten Vorgesetzten über die bekannte Zuverlässigkeit voreiliger journalistischer Aussagen zu belehren, verzichtet jedoch angesichts der sichtbaren Erregung seines Chefs darauf. Er zwingt sich zur Ruhe und beginnt seinen Bericht, als würde er ihn sich selber in die Feder diktieren. Er lässt nichts aus, weder die Verwechslung der beiden Doktoren durch das Dienstmädchen noch das Hitlerbild in Damerows Zimmer, bei dessen Erwähnung Teichmüller wach wird. Fällt die Sache etwa doch in sein Ressort? «Außerdem hing da noch eine Uniform», ergänzt Kappe. «Vermutlich SS, soweit ich mich da auskenne.»

Brettschieß, der Kappes Ausführungen mit verkniffenem Gesicht gefolgt ist, hakt sofort ein. «Das Tragen der Uniformen ist lediglich in der Öffentlichkeit untersagt. Außerdem ist mir aus zuverlässiger Quelle bekannt, dass dieses Verbot in den nächsten Tagen aufgehoben wird.»

Teichmüller nickt dazu und macht sich immerhin eine Notiz auf seinem Block.

«Nun kommen Sie mal auf diesen jüdischen Doktor zurück!», verlangt Brettschieß.

«Er kehrte gegen neun Uhr an den Tatort zurück, angeblich um die Schlüssel für seine Firma in der Münzstraße zu holen. Die befanden sich allerdings nicht unter den bei der Toten sichergestellten Asservaten.»

«Also eine glatte Schutzbehauptung.»

Galgenberg hat für seine Verhältnisse ungewöhnlich lange geschwiegen, zu Kappes Worten nur immer mal zustimmend genickt. «Oder der Täter hat sich die Schlüssel einjesteckt», sagt er nun.

Brettschieß sieht ihn ärgerlich an. «Wer weiß denn, ob sich diese ominösen Schlüssel überhaupt im Besitz der Toten befanden?»

Kappe bleibt ruhig. «Das werden wir alles klären», sagt er. «Teichmüller soll sich mal diesen Damerow vorknöpfen. Den habe ich zu 9.30 Uhr vorgeladen. Es muss ja einen Grund geben, weshalb er ein Alibi verweigert.»

Brettschieß weiß es besser. «Das Alibi dieses Dr. Bernsdorff scheint mir wichtiger!», sagt er scharf. «Kümmern Sie sich mal um diesen angeblichen Zeugen, den er angibt!»

Galgenberg markiert ungewöhnlichen Arbeitseifer. «Wird sofort erledigt», sagt er und schlägt unter dem Tisch hörbar die Hacken zusammen.

Kappe hält das für ein gefährliches Zeichen. Der nächste Satz aus Galgenbergs Berliner Mundwerk wird unweigerlich eine Frechheit enthalten. «Kommissar Galgenberg kann sich am besten auch gleich um eventuelle Verwandte des Opfers et cetera kümmern», schlägt er vor. «Außerdem gibt es da noch das Photo eines jungen Mannes, dessen Identität bisher ungeklärt ist.»

Galgenberg legt das Photo in der Zellophanhülle auf den Tisch. Nachdem alle einen Blick darauf geworfen haben, schiebt Kappe es Dr. Kniehase hin.

Der hat bis jetzt beleidigt geschwiegen. Niemand hat zu den Todesumständen eine Frage gestellt. Das Ergebnis der Autopsie ist frühestens für den Nachmittag zu erwarten. Möglicherweise erst morgen oder übermorgen. Bei den Pathologen herrscht Hochbetrieb, es mangelt nicht an Opfern von Straßenkämpfen und an Selbstmördern. Aber jetzt ist er als Schriftsachverständiger gefragt. «*Valtin*», sagt er nach dem ersten forschenden Blick auf den Schriftzug. «Könnte auch *Valentin* oder ähnlich heißen.»

«Schauspieler lassen sich solche Autogrammkarten anfertigen», merkt der Kriminalkommissaranwärter Mischling an, der sich der Ehre, hier zu sitzen, wohlbewusst ist und angesichts seiner ungebührlichen Einmischung heftig errötet.

Kappe sieht ihn wohlwollend an. «Ein guter Hinweis. Es befinden sich zwei Theaterkarten unter den Hinterlassenschaften der Toten. Sie ist vermutlich aus dem Theater am Nollendorfplatz gekommen und hat wahrscheinlich ihren Begleiter mit in ihr Zimmer genommen. Es liegen jedenfalls keinerlei Anzeichen eines gewaltsamen Eindringens vor.»

«Spuren von Geschlechtsverkehr?», will Brettschieß wissen.

Kappe guckt zu Kniehase, der schüttelt den Kopf. «Dazu warten wir besser das Ergebnis der Sektion ab.»

«Na, ick weeß nich ...» Galgenberg hat immer etwas einzuwenden. «Wenn ick mit meiner Frau mal ins Kino jehe, denn bezahle ick die Karten. Und ick steck sie auch in meine Jackentasche.» Er sieht sich fragend um. «Oder?»

Ärgerlich winkt Brettschieß ab. «Das sind jetzt Lappalien! Man erwartet von uns eine Festnahme, nachdem die Presse nun einmal so weit vorgeprescht ist. Wie sieht's denn mit diesem ominösen Doktor aus? Gibt es keine Zeugen, die ihn gesehen haben?»

«Da draußen sitzt eine.» Kappe deutet zur Tür. «Aber auf deren vage Aussage hin einen Haftbefehl zu beantragen halte ich für ausgesprochen verfrüht.»

«Na schön. Wenn es sein muss, werde ich mich mal selber mit der Dame unterhalten.»

Kappe hebt den Kopf, Galgenberg kriegt den Mund nicht mehr zu. Was sind denn das für neue Moden, sich gleich am Beginn einer Untersuchung in die Ermittlungen einzuschalten?

«Die Sachlage scheint mir auf den ersten Blick doch recht einleuchtend», fährt Brettschieß fort. «Wir müssen nur herausfinden, wer vorgestern Abend neben der später Ermordeten im Theater gesessen hat!»

Er blickt siegessicher um sich. Niemand widerspricht. Säße Gennat jetzt hier am Tisch, würde er vermutlich lachen. So einfach hat sich bis jetzt noch kein Mordfall lösen lassen, das müsste eigentlich auch Brettschieß wissen. Dass seine Untergebenen es an Beifall fehlen lassen, macht ihn immerhin unruhig, und er erhebt sich. «Sie wissen, worauf es ankommt, Kappe. Meinetwegen nehmen Sie den Herrn Mischling noch mit, und sehen Sie zu, dass wir bis heute Abend ein Ergebnis haben.»

Der mit seinen Sprüchen, denkt Kappe und erhebt sich ebenfalls. Zu tun gibt es genug. Das verspricht, ein langer Tag zu werden.

Wie lang, ahnt er nicht, als sich nach kurzem Klopfen die Tür öffnet. Kriminaloberwachtmeister Wenkebach tritt ein und meldet: «Männliche Leiche im Köpenicker Forst gefunden.»

SIEBEN

NITA VON KUTZSCHBERG fällt das Aufstehen wie immer schwer. Sie hasst den Vormittag mit seinen lauten Geräuschen, diese Stunden der Ernüchterung und den ersten Blick in den Spiegel, der ihr verwüstetes Gesicht zeigt, die Falten in aller Schärfe und das struppige Haar. Dafür genießt sie die Vergünstigung, um diese Zeit ungehindert das Bad benutzen zu können – was eigentlich nicht gestattet ist. Untermieter haben sich gefälligst ihre Schüssel Wasser dort abzuholen und sich im eigenen, das heißt im gemieteten Zimmer zu waschen.

Im Verlauf von sechs Jahren hat Nita es verstanden, kleine Vorteile zu Privilegien auszubauen. Ein mäßiges Trinkgeld oder ein anspruchsloses Geschenk zur rechten Zeit sichern ihr Emmas Gunst, und so bleibt ihr – falls die alte Leuwenthal nicht gerade aufs Klo muss – alle Zeit der Welt, sich wieder in die ansehnliche Dame zurückzuverwandeln, als die man sie in den Restaurants und Bars rund um den Kurfürstendamm kennt.

Emma hört sogar großzügig darüber hinweg, wenn Nita des Nachts in Begleitung in ihr Zimmer schlüpft und die Flurtür ein paar Stunden später noch einmal klappt. Dass Nitas Salon sich direkt neben der Wohnungstür befindet, ist dabei von ausgesprochenem Vorteil.

Nein, Nita von Kutzschberg ist nicht unzufrieden mit ihrer komfortablen Bleibe hier in der Kantstraße. Vergleiche mit den Schlafstellen, an denen sie genächtigt hat, als sie noch Gerda Anita Bewerstorf hieß, stellt sie lieber nicht an, und der gute Axel von Kutzschberg ist ebenfalls längst vergessen. Friede seiner Trinkerseele!

Für ihre Verhältnisse ist sie heute Nacht recht früh heimgekehrt, noch dazu alleine. An dem Gerede von der Krise muss was dran sein: Den Kerlen sitzt das Geld wahrhaftig nicht mehr so locker. Niemand hat sie zum Abendessen eingeladen oder sich an ihren Tisch gesetzt. Sollte es an ihr selbst liegen? Im Morgenmantel ist sie vom Bad wieder in ihr Zimmer gehuscht, wirft den Mantel ab und betrachtet sich vor dem großen Ankleidespiegel. Der Busen ist straff, die Taille gut erkennbar. Ihre Figur kann sich noch immer sehen lassen, findet sie. Nicht so eine wie diese ausgehungerten jungen Ziegen, an denen nichts dran ist.

Sie setzt sich an ihren improvisierten Kosmetikplatz und beginnt mit der Maniküre. Das ist auch so etwas, das sie von den kleinen Verkäuferinnen unterscheidet und worauf sie Wert legt. Gepflegte Männer verlangen gepflegte Hände. Achtlos schiebt sie das unfrankierte Kuvert beiseite, das in der Nacht im Türspalt steckte – wahrscheinlich irgendeine kuriose Mahnung der alten Leuwenthal, die es ihrer Schwerhörigkeit wegen vorzieht, schriftlich mit den Untermietern zu verkehren.

Doch das ist nicht ihre Schrift. Arglos öffnet Nita den Umschlag und zieht einen Zettel heraus. *Vorladung*, liest sie erschrocken. *Kriminalpolizei.* Das hat ihr gerade noch gefehlt! Im Geist geht sie die Ereignisse der letzten Tage und Wochen durch. Na schön, da war ein unbedeutender Taschendiebstahl, an den sie sich ungern erinnert, und da ist die Geschichte mit dem weißen Pulver – aber deshalb eine Vorladung? Hat eine neidische Konkurrentin sie bei der Sitte angeschwärzt? Sinnend sitzt sie vor dem Schreiben. *Elf Uhr*, steht da. Also muss sie auch noch ungewohnt früh aufstehen. Dann entdeckt sie das Datum. Ist das nicht heute? Sie kann es kaum glauben, sucht panisch nach ihrem Taschenkalender und muss feststellen, dass man sie tatsächlich vor fast zwei Stunden im Polizeipräsidium erwartet hat. *Kappe, Oberkommissar*, steht darunter.

Jetzt ist ihr doch mulmig zumute. Aber zu spät ist zu spät, da muss sie jetzt nicht auch noch auf ihren Morgenkaffee verzichten.

In der Küche wartet die nächste Überraschung. Die alte Leuwenthal schlurft dort in höchsteigener Person herum und sucht etwas im Küchenschrank. Sie ist nicht einmal so abweisend wie sonst. «Was sagen Sie denn nun dazu?», trompetet sie mit hilflos erhobenen Händen. «Ein Mord! Und das in den eigenen vier Wänden!»

«Ein Mord?» Nita von Kutzschberg erstarrt. «Wer, um Gottes willen, ist denn umgebracht worden?»

«Na, die ... die ... die große Blonde neben Ihnen. Eigentlich eine ganz honette Person.» Frau Leuwenthal fällt nicht einmal der Name von Nitas Zimmernachbarin ein.

«Die Tirschenreuth?», schreit Nita auf und könnte gleich hinzufügen: Die ist so wenig blond wie ich schwarz – doch das fällt ihr jetzt nicht ein. In den eigenen vier Wänden, hat die Alte gesagt, und das heißt ... «Sie ist in ihrem Zimmer ermordet worden?», brüllt Nita. «Direkt neben mir? Und das sagt mir niemand?»

Verständnislos starrt die Leuwenthal sie an. «War die Polizei nicht bei Ihnen?»

Nita begreift. «Ich habe eine Vorladung», murmelt sie, was die Alte natürlich nicht versteht.

Für einen Augenblick ist Nita fast ein bisschen erleichtert, weil es der Polizei nicht um sie geht, aber dann trifft sie der Schock umso härter. Ein Mörder ist in die Wohnung eingedrungen und hat die Frau im Zimmer nebenan umgebracht!

«Da war doch gestern so ein Mann!», schreit sie die Alte an. «Der hat nach ihr gefragt!»

«Ein Mann?» Frau Leuwenthal schiebt die falschen Zähne im Oberkiefer, die noch aus der Werkstatt ihres dahingegangenen Gatten stammen, nach vorn. «Ein Dutzend reicht nicht! Und so etwas in unserem ehrbaren Haus! Seien Sie froh, dass Ihnen das erspart geblieben ist!»

Eine Stunde später verlässt Nita von Kutzschberg das ehrbare Haus. Am liebsten würde sie es für immer verlassen, wenn sie an das schreckliche Ende der Tirschenreuth denkt. Aber den Gedanken, eine auch nur halbwegs vergleichbar günstige Unterkunft zu einem annehmbaren Preis zu finden, kann sie gleich begraben. Schaudernd fragt sie sich, wie sie wohl heute Nacht Schlaf finden soll. Sie glaubt nicht unbedingt an Geister, aber weiß man denn bei einer Ermordeten ...

Als sie die stickige Telefonzelle auf dem Postamt betritt, schiebt sie solche lästigen Gedanken beiseite. Schließlich ist sie eine Frau, die weiß, was sie will. Sie ist zu einem Entschluss gekommen, und wenn ihr Vorhaben gelingt, hat sie für eine Weile ausgesorgt. Alles hat seinen Vorteil, man muss ihn nur zu nutzen wissen.

«Ich hätte gern Herrn Direktor Jauernick persönlich gesprochen», zwitschert sie in die Sprechmuschel, nachdem die Verbindung zustande gekommen ist. Dabei sieht sie sich vorsichtig um. In der Zelle nebenan telefoniert lautstark ein Mann in der Uniform des Reichsbanners. Der hört ihr gewiss nicht zu.

«Jauernick am Apparat. Wer spricht?»

«Hallo, Direktorchen.» Ihre Stimme klingt jetzt zwei Oktaven tiefer. «Wir haben da etwas sehr Heikles miteinander zu bereden. Hört auch niemand mit?»

«Wer spricht da, bitte?» Jauernick weiß anscheinend nicht recht, ob er höflich oder ablehnend reagieren soll.

«Das tut nichts zur Sache. Es geht um eine gewisse Dame aus der Kantstraße.»

Sie spürt förmlich, wie dem Mann am anderen Ende der Leitung der Schweiß ausbricht. «Ich weiß nicht, wovon Sie reden», sagt er nach einer viel zu langen Pause. «Sie sind gewiss falsch verbunden!»

«O nein», gurrt Nita. «Du weißt schon, die große Blonde, mit der du neulich im Gelben Kakadu warst ...»

Tiefes Atmen. Dann sagt der Mann mit fester Stimme: «Es muss sich um eine Verwechslung handeln!»

Nita lacht ganz tief aus der Brust heraus. «Darum liegt auch deine Visitenkarte vor mir.» *Import – Export.* Das klingt nach Geld. Manchmal ist es eben doch gut, einem Herrn bei passender Gelegenheit ganz harmlos in die Tasche zu greifen.

Am anderen Ende wiederum das tiefe Atmen. «Was wollen Sie von mir?» Die Stimme klingt gepresst und wütend.

«Na, nun mal bitte nicht so abweisend! Ich denke, dass wir uns im Guten einigen werden.»

«Und wenn nicht?»

«Mein Gott, da gibt es verschiedene Möglichkeiten. Ich glaube, für derartige Bekanntschaften interessiert sich im Augenblick alle Welt: deine Frau zum Beispiel, die Polizei, die Morgenpost ... Wovor hast du denn mehr Angst?»

«Das ist Erpressung! Darauf stehen mindestens zwei Jahre Gefängnis.»

Diesmal fällt ihr das Lachen nicht ganz so leicht. «Habe ich irgendwas verlangt?», erkundigt sie sich neckisch.

Lange Pause.

«Also gut. Ich bin bereit, Ihnen eine einmalige Unterstützung zu gewähren. Wir treffen uns in einer Stunde.»

«Halt, halt», unterbricht sie ihn, «nicht so hastig mit den jungen Pferden! Besorg erst mal den Zaster. Ich melde mich wieder.»

Hastig hängt sie den Hörer ein. Erst als sie die Tür öffnet, merkt sie, wie ihr der Schweiß den Rücken herunterläuft. Der Reichsbannermann in der Nebenzelle starrt sie an. Der kann mir den feuchten Buckel runterrutschen, denkt sie.

Beim nächsten Zeitungshändler erwirbt sie die Mittagsausgabe. Mal sehen, ob etwas über den Mord drinsteht.

In der Stadtbahn schlägt sie das Blatt auf. *Verdächtiger am Tatort festgenommen*. Das hat ihr gerade noch gefehlt! Keinen Pfennig wird dieser Jauernick rausrücken, wenn die Polizei den Täter bereits gefasst hat. So ein Scheibenkleister! Sie hätte eben doch sofort zugreifen müssen!

ACHT

DIE MELDUNG vom Toten im Köpenicker Forst hat die Inspektion A am Alex gründlich durcheinandergebracht. Es gibt einfach zu wenig Kriminale. Also ist Galgenberg mit Kniehase und dem «Politischen» Teichmüller rausgefahren – immerhin liegt die berüchtigte kommunistische Zeltsiedlung Kuhle Wampe dort draußen. Wo genau, weiß nicht mal Teichmüller, aber irgendwie werden sie das Jagen 167 mit der verdächtigen Leiche schon finden.

Kappe hat für den Kantstraßenfall mit Mühe den zugesagten Kriminalkommissaranwärter Mischling als Hilfe behalten und ihn erst einmal auf das Alibi von Bernsdorff angesetzt. Er selbst hat den ganzen Vormittag mit Zeugenvernehmungen verbracht – jedoch ohne greifbares Ergebnis. Dass die Zeugin von Kutzschberg der Vorladung keine Folge geleistet hat, ist ihm noch gar nicht aufgefallen.

Als sie am späten Mittag nach kurzem Klopfen ins Zimmer stürmt und ihn mit einem Wortschwall übergießt, braucht er einige Minuten, um die erregte Dame abzuwehren.

«Sie warten bitte draußen, bis sie hereingerufen werden!», sagt er ziemlich barsch.

«Na, wenn Sie den Mörder sowieso schon dingfest gemacht haben, kann ich ja wieder gehen», entgegnet sie spitz und rauscht hinaus.

Hat ihr Blick bei dieser Bemerkung den Studenten Enno Damerow gestreift, mit dem Kappe noch immer beschäftigt ist?

Damerow jedenfalls, heute noch mehr als am Vorabend um stramme Haltung bemüht, wechselt die Gesichtsfarbe und sagt:

«Das ist eine Unverschämtheit sondergleichen! Mit solchen Tricks kriegen Sie mich nicht klein! Diese Frau ist eine ganz anrüchige Person.»

«Ach?», sagt Kappe. «Erzählen Sie mal.»

«Da gibt es nicht viel zu erzählen.» Der lange Kerl beugt sich vertraulich über Kappes Schreibtisch. «Wie die sich schon zurechtmacht! Die Haare gefärbt und angemalt wie ein Clown. Ich behaupte, die geht auf den Strich.»

«Hat sie Ihnen mal ein Angebot gemacht?»

Enno Damerow ist ein Mensch, der sich zu beherrschen weiß. Nur auf die wechselnde Färbung seiner Gesichtsnarbe hat er keinen Einfluss. Die rötet sich jetzt wieder. «Ich pflege mich nicht mit solchen *Weibsbildern* abzugeben», stößt er angeekelt hervor.

«Na ja», sagt Kappe gemütlich, «obwohl Sie mir ja noch immer nicht verraten haben, mit wem Sie sich beispielsweise vorgestern Abend abgegeben haben ...»

«Ich versichere Ihnen noch einmal, dass da nicht die geringste Verbindung zu der schrecklichen Mordtat besteht.»

Langsam reicht es Kappe. Er misst den Studenten mit einem kühlen Blick. «Sie verdächtigen Ihre Mitbewohnerinnen der Prostitution, erzählen mir was von Männerstimmen und beischlafähnlichen Geräuschen im Zimmer der Ermordeten. Aber Sie weigern sich, mir mitzuteilen, wo und mit wem Sie am Tatabend wie lange zusammen waren. Packen Sie endlich aus! Die Schlussfolgerungen überlassen Sie gefälligst mir.»

«Nehmen Sie das Ehrenwort eines deutschen Mannes ...»

Auch das noch! Jetzt ist Kappe richtig ärgerlich. «In Ihrem Nebenzimmer ist eine bis jetzt unbescholtene junge Frau umgebracht worden. Von einem deutschen Mann, wie anzunehmen ist. Für die Beteiligung eines Ausländers fehlt jedenfalls jeder Anhaltspunkt. Aber Sie ...», Kappes Zeigefinger fährt über den Tisch und zielt auf Damerow, «... Sie haben kein Alibi. Und im Übrigen waren die Mörder, die bisher auf diesem Stuhl gesessen haben, durch die Bank deutsche Männer!»

Damerow fährt auf. «Einen solchen ehrabschneidenden Vergleich muss ich mir nicht gefallen lassen! Ich werde Beschwerde gegen Sie einreichen und mich um einen Anwalt bemühen.»

Kappe ist wütend. «Das würde ich Ihnen dringend raten. Aber versuchen Sie nicht, uns weiter hinters Licht zu führen», poltert er. Der Kerl verschweigt etwas, und dafür muss es einen Grund geben.

Damerow jedoch tut ungerührt und gibt sich alle Mühe, mit stählernem Blick scheinbar durch Kappe hindurchzugucken. «Darf ich jetzt gehen?», fragt er.

Kappe ist ganz entgegen seiner Gewohnheit ziemlich in Rage geraten. «Verlassen Sie sich darauf: Wenn wir Sie richtig in die Mangel nehmen, fällt Ihnen noch ein, wie Ihre angeblichen Kumpane heißen, mit denen Sie den Abend verbracht haben wollen!»

Wider begehrt Damerow auf. «Sie sollten sich einem harmlosen Zeugen gegenüber einer passenderen Wortwahl befleißigen!», fordert er.

Galgenberg starrt ihn offenen Mundes an. «Sie warten da draußen im Gang!», raunzt er in seinem besten Hochdeutsch. «Und dann wollen wir mal sehen, wessen wir uns Figuren wie Ihnen gegenüber *befleißigen*! Wenn Ihnen ein Haftbefehl lieber ist - bitte schön. Sie befinden sich hier nämlich beim Morddezernat!»

Bleichen Gesichts erhebt sich Damerow und schreitet zur Tür. Eingeschüchtert wirkt er dennoch nicht.

«Moment noch!», ruft Kappe. Das Photo des geschminkten Eintänzers ist ihm eingefallen. Jetzt zeigt er es dem Studenten. «Kennen Sie diesen Herrn?»

«Bedaure, nein.» Damerows Miene drückt Abscheu aus. «Wie ich bereits erläuterte, verkehre ich nicht in der Halb- und Unterwelt.»

«Gucken Sie genau hin!», hakt Kappe nach. «Wirklich nie gesehen, den Mann? Eventuell in Begleitung von Fräulein Tirschenreuth?»

Hoheitsvoll schüttelt Damerow den Kopf. «Ich hätte ihr einen besseren Geschmack zugetraut», sagt er pikiert.

Als die Tür hinter ihm zufällt, stützt Kappe den Kopf in die Hände und versucht nachzudenken. Er hat sich zu Drohungen hinreißen lassen, die einen Kerl wie Damerow kaum abschrecken und die er selber kaum einhalten kann. Bis auf das verweigerte Alibi hat er nichts gegen den vorgeblichen Studenten in der Hand. Und um ihn beobachten zu lassen, wie es sich in einem solchen Fall gehört, fehlen die Leute. Wahrscheinlich war der Nazi sowieso nur Teilnehmer irgendeiner verbotenen Versammlung, mehr nicht. Na gut, er wird ihn schmoren lassen, bis Teichmüller aus Köpenick zurück ist. Soll der sich um seine Klientel kümmern.

Er hat mit den zivilen Zeugen seine eigene Not. Immerhin hat die Klose auf dringliches Befragen hin zugegeben, über die vertrauliche Verbindung ihrer eigenen Dienstbotin zu deren Kollegin Emma Gomolla allzeit über Personen und Ereignisse in der Nachbarwohnung Kenntnis zu erhalten, so dass sie bereits zehn Minuten nach Erscheinen des Dr. Schattschneider von dessen Verdacht einer gewaltsamen Tötung erfahren und umgehend ihren Neffen, einen arbeitslosen Journalisten, über die wichtigsten Tatsachen informiert hatte. Das erklärt die Meldungen in den Abend- und Morgenausgaben.

Sonst hat er nicht viel Neues erfahren.

Der Verdacht gegen Bernsdorff hat sich ebenfalls nicht erhärten lassen. Der Doktor war pünktlich um zehn aufgetaucht und hatte gemeldet, er vermisse im Wandtresor seiner Vertriebsgesellschaft in der Münzstraße das zweite Schlüsselbund für die Laborräume in der Koloniestraße.

Mit dieser Schlüsselgeschichte kann Kappe wenig anfangen. Wer weiß, wie gewissenhaft die Tote wirklich mit den ihr anvertrauten Schlüsseln umgegangen und wie es um die Ordnung bei dem Doktor selber bestellt ist. Der hat weiterhin vehement bestritten, mit der Tirschenreuth irgendeine Liebschaft unterhalten zu haben, mit ihr im Theater gewesen zu sein oder sie von dort nach der Vorstellung abgeholt zu haben. Angeblich hat er auch keine Ahnung, wem die zweite Theaterkarte gehören könnte. Er habe mit

Fräulein Tirschenreuth nur sehr selten Privatgespräche geführt und wisse nichts über ihren Umgang. Einmal habe sie beiläufig eine Schwester erwähnt, die anscheinend ebenfalls in Berlin lebt.

Ein Anruf hat Kappe genügt, um herauszufinden, dass eine zweite weibliche Person namens Tirschenreuth polizeilich nicht gemeldet ist. Doch was besagt das schon? Die Leute ziehen kreuz und quer in der Stadt um, wohnen in sonst was für Absteigen, nächtigen in Laubenkolonien, kommen einfach bei Verwandten oder dubiosen Bekannten unter oder hausen irgendwo im Umland. Wenn es diese Schwester wirklich gibt, wird sie irgendwann die Zeitung lesen und sich vielleicht melden. Vielleicht aber auch nicht. Wer weiß denn, wie die beiden zueinander gestanden haben?

Seufzend erhebt sich Kappe, um endlich die Dame von Kutzschberg zu vernehmen.

Wieder überfällt sie ihn beim Eintritt mit einem Wortschwall, dem Kappe nur entnimmt, dass sie den vorgegebenen Termin ohne ihre Schuld versäumt hat, was er sogleich ausnutzt, indem er zu Wahrheit und Eile mahnt.

Die Frau ist nicht unansehnlich, wie sie da blankgeputzt, auffällig gekleidet und sorgfältig geschminkt auf dem Besucherstuhl vor ihm Platz nimmt und die wohlgeformten Beine keck übereinanderschlägt. Immerhin ist der Rock so kurz, dass man mehr von den Beinen in den blanken Seidenstrümpfen sieht, als schicklich sein mag. Dazu mustert sie Kappe so kokett, dass der nicht umhinkann, Damerows Einschätzung für nicht gänzlich unzutreffend zu halten.

Bezüglich ihrer Aussagen unterscheidet sich Nita von Kutzschberg nicht von den anderen Bewohnern der Tatwohnung: Sie hat nichts gesehen und nichts gehört. Erst gegen drei Uhr morgens sei sie nach Hause gekommen, von einem Barbesuch, wie sie bereitwillig einräumt, mit guten Bekannten, deren Namen ihr leider nicht geläufig seien. Ja, sie gehe öfter aus, sei nach dem frühen Tod ihres hochadeligen Herrn Gemahl sozusagen eine lustige Witwe, woran ja wohl nichts Verwerfliches sei.

Nur als Kappe die nüchterne Feststellung «Sie gehen also mehr oder weniger der Prostitution nach» trifft, wird sie patzig und faucht: «Das müssen Sie mir erst mal beweisen!»

Kappe winkt ab. «Wir sind hier nicht die Sitte», sagt er. «Mich interessieren weit eher die Herrenbekanntschaften Ihrer Nachbarin.»

Darüber kann oder will die adlige Lebedame nichts sagen. «Wenn das Fräulein abends von der Arbeit kommt, bin ich selten da. Und morgens ist sie längst weg, wenn ich aufstehe. Nur sonntags sind wir uns gelegentlich begegnet, und da war sie immer solo, wie sich denken lässt.»

«Abends oder nachts – oder sehr früh am Morgen – ist Ihnen nie ein Fremder in der Wohnung begegnet?»

Sie schüttelt den Kopf. «Keiner, den ich mit der Tirschenreuth in Verbindung gebracht hätte.»

«Und sonst?»

«Mein Gott, zu diesem Damerow kommen manchmal so finstere Gestalten, die ihn abholen oder so was ... Er gehört anscheinend zu irgendeiner Organisation.»

Kappe beugt sich vor, doch das könnte den Verdacht erregen, er starre auf ihre Knie. Also lehnt er sich wieder zurück und fragt: «Wann haben Sie Damerow vorgestern gesehen?»

Sie hat seinen Blick wohl bemerkt und lächelt ihn an. «Gar nicht, würde ich denken.»

«Gab es irgendeine Beziehung zwischen ihm und seiner unmittelbaren Nachbarin?»

Jetzt lacht sie offen. «Ich habe ihn mal erwischt, als er versuchte, sie zu betatschen. Sie hat ihm eine geklebt.» Treuherzig schaut sie Kappe an. «Sie war bestimmt kein Kind von Traurigkeit. Aber von so einem ...» Sie schüttelt sich. «Wie ein toter Fisch!»

Kappe interessiert, wie Sie zu der Annahme kommt, die Tote wäre kein Kind von Traurigkeit gewesen, doch Frau von Kutzschberg ziert sich. «Das ist mehr so ein allgemeiner Eindruck. Als Frau spürt man so etwas.»

«Sie haben sie nie mit einem Mann zusammen gesehen?»

Auf diese direkte Frage hin schlägt Frau von Kutzschberg schamhaft die Augen nieder. «Wissen Sie, in manchen Bars und Restaurants ist es recht dunkel. Andererseits war sie eine auffällige Person …»

Kappe versteht. «Wann und wo haben Sie sie gesehen. Und mit wem?»

«Darüber müsste ich länger nachdenken.»

Auf Kappes Schreibtisch liegt noch immer verkehrt herum das Photo des menjoubärtigen Schönlings. Er dreht es um und reicht es ihr. «Mit diesem Mann hier?»

Sie wirft nur einen Blick darauf. «Aber nein. Mit dem ganz bestimmt nicht!»

«Sie irren sich nicht? Vielleicht war die Beleuchtung wirklich nicht ausreichend?» Kappe spürt, dass sie mehr weiß, als sie zugeben will. Die Knie hält sie jetzt aneinandergepresst, der Rock wirkt noch kürzer.

«Der Mann war irgendwie … korpulenter», sagt sie unbestimmt. An den Ort des Zusammentreffens kann sie sich dennoch nicht erinnern, ebenso wenig wie an das Datum. Es mag schon einen Monat zurückliegen. Und getrunken hatte sie auch etwas …

Kappe unternimmt noch einen letzten Versuch. «Wenn ich richtig informiert bin, ist Ihnen gestern Mittag der Chef von Fräulein Tirschenreuth begegnet. Könnte es der gewesen sein?»

Erstaunt blickt sie ihn an. «Der Jude, den Sie verhaftet haben? Den habe ich noch nie gesehen. Das nehme ich auf meinen Eid.»

«Noch brauchen Sie nichts zu beeiden», knurrt Kappe unzufrieden. «Sie müssen nur die Wahrheit sagen.»

Kriminalkommissaranwärter Hans-Heinrich Mischling ist von heiligem Ernst und Feuereifer erfüllt. Erst vor wenigen Tagen hat der Polizeipräsident in der festlich geschmückten Turnhalle der Schutzpolizei sechshundert junge Wachtmeister und an die neunzig Offiziere und Anwärter mit einer halbstündigen Rede beeindruckt.

Vom Ernst der Zeit und der besonderen Notwendigkeit der Pflichterfüllung bis zum Äußersten hat Grzesinski gesprochen.

Nun liegt die erste Bewährungsprobe vor Mischling. Dass man ihn gleich der Mordinspektion zugeteilt hat, erfüllt den jungen Mann mit Stolz. Er will sein Bestes geben und dabei nicht länger mit dem unguten Klang seines Namens hadern. Wenn er doch wenigstens Mischke oder Michling hieße! In der Schule haben sie ihn Frischling genannt, und ausgerechnet dieser passende Spitzname war natürlich auch Kommissar Galgenberg sofort eingefallen. Ein Glück, dass er nicht dem zugeteilt worden ist, sondern dem friedfertigen Kappe!

Hans-Heinrich Mischling stammt aus dem Vorpommerschen und sieht auch so aus: gesund, kräftig, rotblond und ein bisschen einfältig. Aber dieser Eindruck täuscht. Die Charlottenburger Polizeischule hat er als Zweitbester seines Jahrgangs abgeschlossen. Und er gedenkt, die durch Fleiß erworbenen theoretischen Kenntnisse als praktische Fähigkeiten zu nutzen.

Mit der jüngsten Linie der Berliner U-Bahn fährt er zum Bahnhof Frankfurter Allee. Der ist ganz in Rosa gehalten und besitzt zwei Zu- und Abgänge, deren westlicher direkt an der neuen Ringbahnbrücke mündet. Mischling, der sich aufs Kartenlesen versteht, wählt den anderen, zum Schuhgeschäft an der Ecke Gürtelstraße. Gegenüber befindet sich ein großes Kino, der Schwarze Adler.

Er wendet sich nach rechts, wo die Ringbahn die Gürtelstraße kreuzt, und biegt in die Scharnweberstraße ein. Auf die Kneipe an der Ecke, ein Verkehrslokal der Nationalsozialisten, ist unlängst ein Überfall verübt worden. Ergebnis: ein Toter, vier Schwerverletzte, fünf festgenommene Kommunisten.

Mischling kennt die Polizeistatistik. Er weiß, dass in Berlin täglich zehn Autos gestohlen werden und dass politische Auseinandersetzungen zum Alltag gehören. Ende Mai haben sich die preußischen Landtagsabgeordneten eine blutige Saalschlacht geliefert, bei der die Nazis mit Stühlen, Tischen und Schubladen geworfen und mehrere KP- und SPD-Abgeordnete verletzt haben. Wie soll das Volk da ruhig bleiben, denkt er.

Er selber ist politisch nicht sonderlich interessiert, und die ständigen Keilereien der gegnerischen Parteien erscheinen ihm wenig anregend, sich einseitig festzulegen. Ihm ist egal, wer regiert, wenn nur nicht die Bezüge noch weiter gekürzt werden. Als Anwärter bezieht er ohnehin einen Hungerlohn und kann sich nur eine sparsam möblierte Bleibe leisten.

Die Nummer 61 liegt auf der linken Straßenseite, eine normale Mietskaserne, wie sie hier zu Hunderten die Straßen säumen. Immerhin haben die meisten nur einen Hof, nicht vier oder fünf wie im Wedding. Im Haus befinden sich ein Bäckerladen und ein ehemaliges Weißwarengeschäft. *Zu vermieten*, verkündet ein handgeschriebenes Schild in dessen verstaubtem Schaufenster.

Mischling betritt den düsteren Hausflur und findet auf Anhieb die richtige Tür. *Wilhelm Eschborn*, steht auf dem Messingschild, aber auf sein wiederholtes Klopfen meldet sich niemand. Er probiert die nächste Tür, auch die ist verschlossen. Wahrscheinlich das Klosett. Auch das einzige Fenster der Wohnung ist fest geschlossen. Es zeigt in den engen Hof mit der Backstube und den Stellagen, in denen der Bäcker in besseren Zeiten die Backwaren abkühlen lässt.

Der Bäckersfrau merkt er die Enttäuschung an, als der möglichen Kunde sich nur nach Willy Eschborn erkundigt. «Die wohnen den ganzen Sommer über in ihrer Laube», lautet ihre verdrießliche Auskunft. Wo sich der Eschborn'sche Schrebergarten befindet, weiß sie nicht. «Irgendwo in Lichtenberg ...» Ihre Handbewegung beschreibt einen weiten Kreis. Und als Mischling gar wissen will, was denn die Eschborns so für Leute seien, sagt sie nur knapp: «Sehr ordentliche. Zahlen die Miete pünktlich und fertig.»

Um seinen guten Willen zu demonstrieren, vor allem aber, weil er Hunger hat, kauft Mischling drei Brötchen, die hier in Berlin Schrippen heißen. Das hat er längst gelernt. Immerhin hebt sein Einkauf die Stimmung der Bäckersfrau ein wenig, und sie bequemt sich zu der Auskunft, die junge Frau Eschborn würde mit der Kleinen gelegentlich mit der 90 vom Garten kommen.

Die Straßenbahnlinie 90 verkehrt von der Hochbahnstation Warschauer Brücke durch die Scharnweberstraße zum Wagnerplatz in Lichtenberg, wie Mischling anhand seines Stadtplans sofort ermittelt. Was ihn jedoch nicht weiterbringt: Der Platz liegt am südlichen Ende eines ausgedehnten Areals mit Laubenkolonien.

Gründlich schiefgegangen, denkt Mischling zerknirscht, während er seine trockene Schrippe kaut. Bei Aschinger gibt es die umsonst dazu. Viele Beamte aus dem Präsidium sind Stammkunden in der Filiale im Alexanderhaus.

Genau deshalb verlässt Mischling am Alex die U-Bahn nicht, sondern steigt gleich in die Linie A zum Nollendorfplatz um. Erst am Kaiserhof fällt ihm ein, dass er ja bei Bernsdorffs Firma in der Münzstraße nach Eschborns Laubenadresse hätte fragen können. Aber das kann er auch auf dem Rückweg erledigen.

Die Berliner Bahnhöfe beeindrucken Mischling immer wieder, der pompöse Bau am Nollendorfplatz macht da keine Ausnahme. Drei U-Bahn-Linien treffen sich hier. In einer Architekturzeitschrift hat Mischling den komplizierten Bauplan gesehen. All das interessiert ihn sehr. Auch vorhin an der Frankfurter Allee hat er nach dem versteckten Brückenpfeiler für die Ringbahnbrücke gesucht.

Das Theater ist ebenfalls ein imposanter Bau, doch die Kasse öffnet erst in zwanzig Minuten. Also sucht Mischling den Bühneneingang, den ein schnauzbärtiger einarmiger Zerberus bewacht, der nicht recht verstehen will, was der pinselblonde Kerl von ihm will. Für Theaterkarten sei die Kasse zuständig, das müsste selbst die Kriminalpolizei wissen. Oder komme er etwa wegen der Schulden, die der letzte Pächter des Theaters hinterlassen hat? Da solle er sich gefälligst an die vorige Direktion halten.

«Aber den Aufricht mussten sie auch gerade wieder freilassen», merkt der redselige Pförtner an, womit Mischling nichts anfangen kann. Er kennt den Theaterdirektor Ernst Josef Aufricht nicht, der, eines Devisenvergehens verdächtigt, festgenommen worden war. Er weiß überhaupt wenig vom Theater, doch er will sich nicht blamieren.

Außer den beiden von Dr. Kniehase daktyloskopisch untersuchten Theaterkarten trägt er ja auch noch das Photo dieses ominösen Werner V oder N mit sich herum, und das zeigt er nun dem Invaliden, der allerdings nicht über eine Brille verfügt. Sein einziger Arm erweist sich als zu kurz, um das Photo gründlich zu betrachten.

Glücklicherweise naht in diesem Augenblick die Kassiererin, eine resolute Person mit kastanienrotem Bubikopf, die sich sogleich lebhaft für den Kriminalkommissaranwärter Mischling, seine Behörde und sein Anliegen interessiert und Mischling den ersten Erfolg seiner Laufbahn beschert. «Das ist doch unser Neuer, der Valentin», sagt sie ohne Umschweife, und man merkt ihr die Sympathie für den Neuen an. «In natura sieht er aber besser aus.»

Viel mehr weiß sie nicht über den Schauspieler. Nur dass er für die Vorstellung am Dienstagabend um zwei Freikarten gebeten hat, möglichst weit vorn. Soweit sie sich erinnert, sind es zwei Plätze in der zweiten Reihe gewesen, ziemlich in der Mitte.

Wer da gesessen hat? Da kann sie nur die Schultern heben. Während der Vorstellung kommt sie nicht in den Saal, und der einarmige Zerberus, der ihr Gespräch mit Interesse verfolgt, ebenso wenig. Da muss der Herr Kommissar abends kommen, wenn die Logenschließerinnen amtieren, aber das sind meist auch nur Aushilfskräfte, und ob die sich erinnern ...

Um herauszufinden, wo der besagte Herr Valentin wohnt, muss Mischling sich zur Intendanz im zweiten Stock bemühen, erfährt dort aber auch nicht viel. Die schwarzhaarige Sekretärin – oder welche Funktion die zigeunerhafte Frau mit der Baritonstimme hier ausüben mag – findet nach endlosem Suchen immerhin eine Visitenkarte mit der knappen Aufschrift *Werner Valentin, Schauspieler* und darunter die Adresse der Weltkreis-Agentur Copetti in der Bismarckstraße. Ihr Widerstreben, der Polizei diese Karte zu überlassen, ist nicht zu übersehen.

Mischling, verbissen die heiße Spur verfolgend, macht sich auf den Weg in die Bismarckstraße – und kommt um ein Haar zu spät. Gerade schließt ein weißhaariger, alter Herr die Tür ab, hinter der neben der Weltkreis-Agentur anscheinend noch andere sonderbare Unternehmungen ihre Geschäfte betreiben.

Herr Copetti, denn um den handelt es sich persönlich, ist auf der Treppe zu keinerlei Auskünften bereit und schlägt Mischling vor, ihm seine Unterlagen samt Kritiken zu bisherigen Engagements per Post zuzusenden, er werde dann von sich hören lassen.

Nicht einmal die ovale Marke des Kriminalbeamten vermag den etwas affektiert wirkenden Herrn mit den silberweißen Locken zu beeindrucken. «So etwas fertigt Ihnen jeder geschickte Schlosser heutzutage in zehn Minuten», erklärt er dreist und würdevoll. «Halten Sie sich gefälligst an meine Geschäftsstunden.» Damit schwingt er seinen Stock und will die Treppe hinunter.

Mischling erweist sich als breitschultrig genug, um das zu verhindern. «Sie schließen jetzt auf», fordert er mit finsterer Entschlossenheit, «und erteilen mir erschöpfende Auskunft über den Schauspieler Werner Valentin!»

Copetti rückt seinen modischen Hut in die Stirn, will es aber anscheinend auf keinen Skandal im Treppenhaus ankommen lassen. «Valentin?», fragt er gedehnt. «Meines Wissens ist der seit einigen Tagen am Nollendorfplatz engagiert.»

«Richtig. Ich brauche seine Adresse, sein Geburtsdatum und alle sonstigen Angaben zur Person.»

«Da sind Sie hier falsch. An Ihrer Stelle würde ich mich an die Polizei wenden. Die führt eine entsprechende Kartei. Vielleicht im Präsidium am Alexanderplatz?»

Mischling weiß nicht recht, ob der Alte ihn tatsächlich auf den Arm nehmen will oder nur so dumm tut. «Herr Valentin muss ja wohl eine Adresse hinterlassen haben, wenn Sie sein Agent sind», sagt er.

Copetti hebt theatralisch die Arme. «Hören Sie mir bloß auf mit dem! Beinahe täglich hat er mich mit seinen Anrufen belästigt, wenn er nicht selbst vorbeigekommen ist, um mir die Zeit zu stehlen. Wer weiß, in was für einer Absteige der haust. Eine Adresse oder Rufnummer hat der Herr bei mir jedenfalls nicht hinterlassen.» Damit drängelt sich der alerte alte Herr unter Mischlings Arm durch.

Der scheut davor zurück, ihn mit Gewalt aufzuhalten. Was soll er noch fragen? Wenn dieser Valentin sich nicht aus dem Staub gemacht hat, wird er ihn am Abend im Theater antreffen.

Also lässt er den Alten ziehen, der aus sicherer Entfernung noch ein paar kritische Worte hören lässt: «Unerhört so etwas! Als ob man sich die Adresse von jedem Sywszinski merken würde!»

Draußen im Stadtforst Oberspree, im Jagen 167 in der Nähe des Naturschutzgebiets Krumme Laake, sind Galgenberg und Teichmüller inzwischen fertig mit den Untersuchungen vor Ort und streiten sich über die politische Zugehörigkeit des Toten.

Einig sind sie sich mit Dr. Kniehase nur darüber, dass der Mann nicht ohne fremde Hilfe zu Tode gekommen sein kann. Das hat bereits der Forsthelfer vermutet, von dem die erste Meldung über den Leichenfund stammt. Ein Mensch kann sich kaum selbst mit einem lose um einen Ast geschlungenen Strick aufhängen, dessen freies Ende zwar in Meterhöhe an dem Baum befestigt ist, dessen tödliche Schlinge sich jedoch 2,44 Meter über dem Waldboden befindet, wie Galgenberg mit einiger Mühe ausgemessen hat, nachdem man den Leichnam daraus befreit hatte. Der Stein zu Füßen des Toten misst nicht mehr als dreißig Zentimeter Höhe.

«Vielleicht isser ja mit'm Hals in die Schlinge jesprungen», hat Galgenberg zwar angemerkt, doch ernst gemeint hat er das nicht. Dass der Ermordete zu den Kommunisten gehört hat, davon ist er jedoch überzeugt. Die abgetragene Kleidung, die schäbigen Schuhe, Hosenträger statt eines martialischen Gürtels mit entsprechendem Koppelschloss, die abgeschabte Geldbörse mit nichts als drei einsamen Groschen darin – all das deutet für ihn zu den Armen und damit nach links.

«Drei Groschen, mein Lieber», tönt Teichmüller dagegen. «Menschenskind, merken Sie nichts!» Er scheint ganz vergessen zu haben, dass Galgenberg Kriminalkommissar, er selber hingegen nur Polizeimeister der IA ist. «Das sieht ganz nach Abstrafung eines Verräters aus.»

Galgenberg schüttelt den Kopf. «Ick dachte immer, Verräter sind Achtgroschenjungs», wendet er ein. Die von Teichmüller angeführten Wickelgamaschen als Zeichen rechter Gesinnung will er auch nicht gelten lassen. «Trägt die Kommune ebenso», sagt er. «Könnte am Ende ooch bloß'n einfacher Radfahrer sein.»

Das glauben sie nun beide nicht, zumal sie sich hier mitten im Wald nur ein paar Kilometer entfernt von Kuhle Wampe befinden, der sommerlichen Zeltstadt linker Arbeitsloser. Galgenberg hat den nach langem Verbot erst kürzlich gezeigten Film nicht gesehen, für Teichmüller aber gehört er zum fachlichen Anschauungsunterricht.

Ob die Täter die Nähe zu Kuhle Wampe bewusst gewählt oder nur in Kauf genommen haben, weiß auch Teichmüller nicht. Einen Mord mehr traut er beiden Seiten zu. Er selber ist deutschnational gesinnt bis auf die Knochen – Gewalt in der Politik aber lehnt er vehement ab. Eine Ansicht, die nicht alle in der politischen Polizei teilen, das weiß er. Entsprechend vorsichtig wird er sich in seinem Bericht ausdrücken.

Die Spuren eines schweren Automobils, auf die sie gestoßen sind, deuten jedenfalls kaum auf die Kommunisten als Tätergruppe. Die neigen eher zu spontanen Aktionen. Also ist das Opfer möglicherweise ein Linker? Nicht einmal das scheint Teichmüller sicher. Seit langem bekämpfen sich verschiedene Strömungen innerhalb der NSDAP und ihrer Gliederungen. Die Zeit der Fememorde liegt zwar Jahre zurück. Die drei Groschen im Portemonnaie des Toten geben ihm dennoch zu denken.

Ein politisch motiviertes Verbrechen vermutlich – darauf können sich Galgenberg und Teichmüller immerhin einigen, als sie endlich wieder im offenen Auto sitzen und den langen Weg zum Alex antreten. «So weit raus kommt unsereins selten», philosophiert Galgenberg. «Hier müsste es doch im Sommer Pilze jeben ang mass.»

Dazu schweigt Teichmüller.

In gut einer Woche beginnt der Sommer, und heute ist der zweite Tag, an dem man das spürt.

NEUN

DR. HARRY BERNSDORFF sitzt in dem großen Bureauraum in der Münzstraße und starrt durch die trüben Scheiben hinunter in den Hof. Er spürt, dass er sich in keiner guten Verfassung befindet. Die Versuchsreihe im Labor hat nicht zum erwarteten Erfolg geführt, und der Tod seiner Mitarbeiterin hat ihn zusätzlich in ziemliche Verwirrung, ja in echte Schwierigkeiten gestürzt. Will er seine einträgliche Radiolyt-Vertriebsgesellschaft nicht gefährden, die Geldquelle für seine eigentliche Arbeit, braucht er umgehend Ersatz für Elisabeth Tirschenreuth. Doch woher nehmen? Die Zahl der Arbeitslosen liegt bei etwa fünf Millionen, ein Viertel davon mochten Frauen sein. Aber wie darunter die Richtige finden? Setzte er eine Annonce in die Zeitung, standen morgen Hunderte Bewerberinnen vor seiner Tür. Und wendete er sich ans Arbeitsamt, war die Wahrscheinlichkeit groß, dass man ihm eine Fehlbesetzung schickte.

Vergebens hat er sich in der Nacht den Kopf zermartert. Sein Bekanntenkreis in Berlin ist nicht sehr groß, er ist erst seit zwei Jahren in der Stadt. Oben im Wedding, wo er sein Labor betreibt, teilt er sich das Gelände mit einer Altpapierfirma. Die Räume in der Münzstraße hat er der zentralen Lage wegen gemietet. Außer dem Portier und dem Verwalter, der ihm die Reinigungskraft empfohlen hat, kennt er niemandem in dem großen Geschäftshaus, in dem sich ein Kino und eine Firma für Herrenkonfektion befinden.

Bleibt Willy Eschborn, den er fragen kann. Den hat er kennen- und schätzen gelernt, als er in einer Schlosserei ein paar Gerätschaften für das Labor fertigen ließ. Eschborn verstand es, eine technische Zeichnung zu lesen und millimetergenau in ein Stativ, eine

Verkleidung oder irgendeine Halterung zu verwandeln. Seitdem verbindet Bernsdorff beinahe so etwas wie eine Freundschaft mit dem anstelligen Karosserieklempner. Der ist nur drei Jahre älter als er selber, war zwei Jahre lang Kriegsteilnehmer und ist inzwischen ein gestandener Familienvater. Hat er nicht erzählt, seine Erna sei gelernte Verkäuferin?

Na gut, die Eschborns haben eine dreijährige Tochter. Könnte Erna die zur Not mit hierher in die Münzstraße nehmen? Oder gab es da vielleicht noch eine Großmutter, die auf das Kind aufpassen könnte? Bernsdorff ist froh über diesen Einfall und beschließt, noch heute Abend zu den Eschborns zu fahren, um mit Willy und Erna zu reden.

Er sitzt hier in der Münzstraße wie auf Kohlen, denn in der Koloniestraße warten die Apparaturen auf ihn. Nach dem fehlgeschlagenen Versuch hat er eine vage neue Idee und brennt darauf, sie auszuprobieren. Stattdessen muss er sich hier mit den Kunden herumschlagen, Rechnungen schreiben und allerlei papierenen Firlefanz erledigen.

Außerdem ist da noch die Sache mit dem verschwundenen Schlüsselbund, die ihm die allergrößten Sorgen bereitet. Die Auskunft dieses Kommissar Kappe, unter Elisabeth Tirschenreuths Effekten hätte sich kein Schlüsselbund befunden, hat ihn genügend beunruhigt. Als er jedoch den altmodischen Geldschrank, den er als Bureau-Inventar übernommen hat, öffnete und darin vergebens das zweite Schlüsselbund für die Laborräume suchte, verstärkte sich diese Beunruhigung zu echter Bestürzung. Hat die Tirschenreuth sein Vertrauen etwa doch missbraucht? Hastig hat er sich über alle Schränke, Regale und Schubfächer hergemacht, die bewussten Schlüssel aber nirgendwo gefunden. Unangenehm aufgefallen ist ihm dabei, dass Elisabeth Tirschenreuth offensichtlich doch kein so ordentlicher Mensch gewesen sein kann, wie er angenommen hatte. Vieles lag da durcheinander, als hätte es jemand in Eile an irgendeinen beliebigen Platz befördert.

Das befremdet ihn. Als Naturwissenschaftler ist er daran gewöhnt, jede Notiz, jedes Versuchsprotokoll und jeden benötigten Gegenstand an einem bestimmten Platz abzulegen, um ihn leicht wiederzufinden. Im Labor darf man sich keine Schlamperei erlauben. Bei seinen Versuchen geht es um Atome mit unvorstellbar geringem Volumen und Gewicht – wo käme er da hin! Doch ihm bleibt keine Zeit, länger darüber nachzudenken.

Die Tür öffnet sich, und ein rotgesichtiger, pinselblonder Bursche mit breitem Kreuz, dem der Anzug über beiden Schultern spannt, tritt ein. «Mischling», stellt er sich vor, die ovale Marke in der Hand. «Kriminalkommissar ...» Den «Anwärter» hat er halb verschluckt.

Aber Bernsdorff hat gute Ohren. Mit offenen Händen geht er auf den Besucher zu. «Haben Sie meine Schlüssel gefunden?», fragt er voller Vorfreude, doch der Anwärter Mischling weiß nichts von irgendwelchen Schlüsseln.

«Ich suche diesen Herrn Eschborn, der angeblich Ihr Alibi bestätigen kann.»

An dieses Alibi hat Harry Bernsdorff keine Sekunde mehr gedacht. Was ist das überhaupt für eine alberne Annahme, er habe etwas mit dem erschütternden Ende Fräulein Tirschenreuths zu tun und benötige ein Alibi? Er ist an jenem Abend direkt von hier aus in die Koloniestraße gefahren, wo er Willy Eschborn als Stallwache für die Versuchsanordnung zurückgelassen hatte. Mehr, als dass er gegen acht ins Labor zurückgekehrt war, kann Eschborn allerdings auch nicht sagen.

Dennoch hält es Bernsdorff für besser, sich diesem Mischling gegenüber nicht näher zu äußern. «Ich habe Ihrem Chef die Adresse genannt», sagt er nur.

«Dort hält der Mann sich im Sommer aber nicht auf», korrigiert ihn Mischling.

Das stimmt natürlich. Bernsdorff weiß sehr wohl, wie sehr die Eschborns das finstere Loch von Wohnung in der Scharnweberstraße verabscheuen. Er selbst ist schon zwei-, dreimal in ihrem Schrebergarten gewesen und hat sich dort wohl gefühlt.

«Richtig», sagt er, «sie haben einen Garten. In Lichtenberg, direkt an der Kirche. Ich glaube, die Linie 90 fährt dorthin.»

Das weiß Mischling auch. «Adresse!», fordert er, das Notizbuch in der Hand.

Damit kann Bernsdorff nicht dienen. «Ich kann Ihnen eine Zeichnung machen», schlägt er vor, doch dann fällt ihm etwas noch Besseres ein: «Oder wir fahren gemeinsam dorthin. Ich muss sowieso dringend mit Willy reden.»

In Mischlings Ohren klingt das verdächtig. Was haben die beiden miteinander zu mauscheln? Streng fragt er: «Wann haben Sie diesen Eschborn zum letzten Mal getroffen?»

Der Ton gefällt Bernsdorff nicht. «Hören Sie, das ist ein unbescholtener und arbeitsamer Mensch. Was liegt denn gegen ihn vor?»

«Beantworten Sie bitte meine Frage!»

Polizei eben. *Besser, es wird einem nichts gestohlen*, hatte Karl Kraus geschrieben, ein Schriftsteller, dessen Zeitschrift Bernsdorff schätzt. Noch besser, die engste Mitarbeiterin wird nicht ermordet, denkt er, sagt aber brav: «Eine knappe Stunde, nachdem ich mich unten im U-Bahnhof von Fräulein Tirschenreuth verabschiedet habe.»

«Hatten Sie seitdem Kontakt zu Eschborn?»

«Leider nicht. Aber ich fahre nach Geschäftsschluss gleich zu ihm, wie ich bereits ankündigte. Sie können mich gerne begleiten.»

Das täte Mischling am liebsten. Aber da wartet der Schauspieler, und hinüber ins Präsidium muss er auch noch, um ein bisschen mit seinen Erfolgen zu glänzen.

«Machen Sie mir eine genaue Skizze!», verlangt er deshalb.

Was Bernsdorff ihm dann nach kaum zwei Minuten reicht, sieht exakter aus als jeder Stadtplan. «Das werden Sie wohl finden», meint Bernsdorff.

Mischling nickt respektvoll und faltet das Blatt sorgfältig. «Es wäre vielleicht günstiger, wenn Sie Ihren Besuch verschieben würden», sagt er. Es klingt wie ein Vorschlag.

Bernsdorff ist inzwischen eingefallen, dass er zuerst einmal in der Koloniestraße nach dem Rechten schauen muss. «Wollen mal sehen, ob ich es überhaupt schaffe», sagt er deshalb.

Hinter Werner Valentin liegen eine unerfreuliche Nacht und kein viel besserer Tag. Dass ihn die Dame vom Savignyplatz abgeschleppt und kostenlos in ihrem Zimmer hat übernachten lassen, wäre noch unter den lässlichen Sünden zu verbuchen, hätte er ihr Zutrauen nicht durch mangelnde Gegenleistungen und eine erfundene Schauergeschichte missbraucht. Frühstück hat sie ihm jedenfalls nicht mehr angeboten, und in sein Elendsquartier in der Schornsteinfegergasse auf der Fischerinsel hat er sich auch nicht getraut. Außer Mietschulden erwartet ihn dort nichts.

Den ganzen Tag ist er zu Fuß in der Stadt unterwegs gewesen, ängstlich darauf bedacht, Gegenden zu meiden, wo man ihn eventuell erkennen kann. Alle Passanten scheinen ihn anzustarren, selbst den Blicken der Frauen weicht er aus. Er fühlt sich wie auf der Flucht und erwartet jeden Augenblick die Hand eines Schutzmanns oder eines Kerls in Zivil auf seiner Schulter, verbunden mit der barschen Aufforderung, unauffällig zu folgen.

Dabei weiß er selber nicht genau, wovor er sich eigentlich fürchtet. Nur wenige Male hat er sich mit Elisabeth getroffen. Sie war stets ängstlich bemüht, sich nirgendwo mit ihm sehen zu lassen. Am Theater kennt man sie nicht, es sei denn, jemand hat bemerkt, wer in der zweiten Reihe gesessen hat: Elisabeth und ihre Schwester. Genau das ist der Haken: die Schwester. Todsicher hat Lissy ihr bei seinem Auftritt ein heimliches Zeichen gegeben: Das ist er, der bewusste Valentin. Ein Blick in den Theaterzettel genügt, um den Namen festzustellen.

Mit Erleichterung hat er in der Morgenzeitung von der Verhaftung des jüdischen Chefs gelesen, die Mittagszeitungen wiederum dementieren die Meldung. Von Elisabeths Familie oder Schwester ist nirgendwo die Rede. Man vermute den Täter unter den männlichen Bekannten der Ermordeten, hieß es. Über deren

Anzahl spekulieren die Blätter. In jedem Fall habe sie den Täter gekannt und eingelassen.

Es schmerzt, so etwas zu lesen. Zu diesem Personenkreis zählt er nun einmal. Zwei Nächte hat er mit ihr verbracht. Zwei unvergessliche Nächte, und er hat ihr das Photo geschenkt, voller Hoffnungen auf weitere gemeinsame Tage und Nächte.

Ein verhängnisvolles Geschenk – das hat er längst erkannt. Den Kriminalbeamten um diesen berühmt-berüchtigten Gennat wird es ein Leichtes sein, ihn zu identifizieren und seine Spur bis nach Düsseldorf zurückzuverfolgen.

Er hat versucht, das alles hinter sich zu lassen: den grausigen Tod seiner Freundin Trudi, den schrecklichen Verdacht, den sie auf ihn gelenkt hatte, die Verhöre und die Monate in der Untersuchungshaft. Seit gestern kann er an nichts anderes mehr denken. Noch einmal Wochen in so einer verwanzten Zelle, noch einmal die gleichen rohen Mithäftlinge, die gleichen schneidenden Anschuldigungen – das erträgt er nicht. Und die Wahrscheinlichkeit, dass man ihm glaubt, ist bei diesem zweiten Mal noch viel geringer als in Düsseldorf. Dort hatten ihm ein gewiefter Verteidiger und ein ebenso gnädiger wie kluger Staatsanwalt endlich zur Freilassung verholfen. Noch einmal wird er ein solches Glück nicht haben, schon weil die Presse sich auf ihn stürzen wird. Für die ist der Fall Elisabeth Tirschenreuth ein gefundenes Fressen.

Der Nachmittag geht langsam in den Abend über. Den Weg zum Theater muss er zu Fuß antreten. Aber will er dort überhaupt hin? Soll er sich in dieser Verfassung auf die Bühne stellen, vor dem halbleeren Haus den heiter-revolutionären Hallodri in dem albernen Tendenzstück geben, als wäre nichts geschehen, während hinter den Kulissen die Kripo auf ihn wartet?

Beinahe mechanisch findet er den Weg zum Nollendorfplatz. Bis zum Vorstellungsbeginn hat er noch fast zwei Stunden Zeit, um sich ein wenig zu sammeln. Doch daraus wird nichts.

Kaum hat er das Kassenfoyer betreten, winkt ihn die Kassiererin mit heftigen Gebärden heran. «Was haben Sie denn ausgefressen?», flüstert sie so laut durch ihr Gitter, dass Valentin sich scheu umwendet. Niemand ist in der Nähe. «Die Kriminalpolizei war hier und hat sich nach Ihnen erkundigt.»

Nicht umsonst ist Werner Valentin Schauspieler. «So?», tut er erstaunt, obwohl er Mühe hat, das Schlottern seiner Knie in Grenzen zu halten. «Haben die gesagt, was sie von mir wollen?»

«Nee. Aber ein Photo hatte der bei sich. Anscheinend ein Jugendbildnis von Ihnen ...»

Valentin ist dicht davor, zu Boden zu sinken. «Mit wem hat er noch gesprochen?», fragt er schwach.

«Mit der Ilona von der Intendanz.» Den Pförtner erwähnt sie gar nicht. Der zählt sowieso nicht.

Der Alte murmelt nur einen Gruß, als Valentin an ihm vorüber zur Treppe schleicht.

Ilona scheint überrascht, ihn zu sehen, zieht ihn aber sogleich mütterlich an ihren beachtlichen Busen. «Na, was hat denn das Jungchen angestellt? Die Braut verhauen? Geld unterschlagen? Heiratsschwindel?»

Valentin genießt die Wärme des weichen Frauenkörpers. Für den Augenblick fühlt er sich geborgen. Er schüttelt nur den Kopf. «Nichts davon», flüstert er und drückt beinahe automatisch seine Lippen auf ihren Hals.

Nachsichtig lässt sie es geschehen, rückt ihn dann jedoch mit beiden Armen weit genug von sich, um ihm forschend ins Gesicht zu blicken. «Was Politisches?», fragt sie.

Valentin hält es für das Beste, die Augen niederzuschlagen. Erklären kann er ihr seine wahre Situation sowieso nicht, also antwortet er nicht, sondern lässt zu, dass sie ihn wieder an sich zieht und ihn auf den Mund küsst.

«Ihr Kerle seid doch alle gleich», stellt sie nicht ohne Bewunderung fest. «Und nun suchst du eine Bleibe?»

Noch vor einer Minute hat er nur Trost und Verständnis gesucht, jetzt nickt er heftig. Erst einmal muss Zeit vergehen. Vielleicht finden die ja den Mörder, und er und sein Name bleiben außen vor.

«Geld brauchst du natürlich auch.» Ilona hat sich von ihm gelöst und steht am Schreibtisch. Aus der Schublade kramt sie einen Zwanzigmarkschein. «Mehr ist wirklich nicht drin.»

Valentin setzt sein bezauberndstes Lächeln auf, es misslingt ein wenig. «Du bist ein Engel!», sagt er.

«Sag mir lieber, wie wir deine Rolle heute Abend besetzen.»

Das weiß er auch nicht. Gerade eine Woche hat er gespielt, nun ist wieder alles vorbei. «Wenn sie mich verhaften, habt ihr auch niemanden.»

«Na eben. Deshalb hat die gute Tante Ilona ja schon die Finger ausgestreckt. Mach dir mal keine Sorgen.» Sie lächelt. In dem diffusen Licht, das vom Hof hereinfällt, sieht sie ganz passabel aus.

Valentin hat den Schein in die Reverstasche gesteckt. Allmählich kehrt sein Selbstvertrauen zurück. «Wie sieht's denn mit 'ner vorläufigen Unterkunft aus?», fragt er vorsichtig.

«Das überlege ich die ganze Zeit. Offiziell wohnt immer noch der Leppert bei mir, aber der schläft fast immer bei seiner neuen Eroberung. Das andere Zimmer hat die Russen-Nadja. Die kommt übermorgen aus Paderborn zurück. Bis dahin kannst du erst mal bleiben.» Sie drückt ihm ein Stück Papier mit einer Adresse und einen Schlüssel in die Hand. «Aber lass dich nicht auf dem Weg dahin hoppnehmen!», mahnt sie.

Jetzt nimmt er sie richtig in die Arme und küsst sie. Das ist er ihr schuldig. «Du bist wirklich ein Engel!», sagt er aus tiefstem Herzen.

«Wart's ab», entgegnet sie mit einem vielversprechenden Lächeln. «Und friss die Adresse auf, falls sie dich greifen!»

ZEHN

KAPPE hat sich das gut ausgerechnet. Soll der eifrige Frischling seinen Triumph krönen und den verdächtigen Schauspieler zur Zeugenvernehmung vorführen. Der darf ruhig bis morgen früh schmoren, dann wird er schon sagen, was er weiß. Vorher keinerlei Warnung oder Vernehmung und die unauffällige vorläufige Festnahme erst nach der Vorstellung, hat er Mischling eingeschärft. Es besteht kein Grund, sich den Zorn der Theaterleute unnötig zuzuziehen. Gewöhnlich haben die einen guten Draht zu den Zeitungshyänen, und an schlechter Presse fehlt es in diesem Fall wahrhaftig nicht.

Die rechten Blätter kritisieren die angebliche Freilassung des jüdischen Tatverdächtigen, die linken verhöhnen wie üblich die Polizei, und die bürgerlichen fordern schärfere Maßnahmen gegen links und rechts. Über den Toten von Müggelheim sind sie sich vollends uneinig und schieben die Tat jeweils der anderen Seite zu, soweit sie nicht von einem Selbstmord ausgehen, den die Polizei nur hochspielt.

Als hätten wir nicht genug zu tun, denkt Kappe wütend, während er im U-Bahnhof auf den Zug nach Friedrichsfelde wartet. Ein bisschen unheimlich ist es ihm noch immer, so tief unter der Erde zu sein, obwohl die grüngeflieste Halle mit ihren breiten Treppen und den vier Gleisen vertrauenerweckend erleuchtet ist und die einfahrende U-Bahn aus den neuen, breiten Wagen besteht, von denen Hartmut so schwärmt.

Den Jungen begeistert jede Art von Technik, und am liebsten würde Kappe am Strausberger Platz aussteigen, um endlich mal ein Stündchen Zeit für seinen Ältesten zu haben, doch die Verhältnisse lassen das nicht zu. Er muss durchhalten bis zur Magdalenenstraße, um diesen Willy Eschborn aufzuspüren. Wenn er Glück hat, kann er eine halbe Stunde später, also viel früher als gewöhnlich, zu Hause sein. Die U-Bahn macht's möglich.

Die Magdalenenstraße ist eine ruhige, von soliden Vorkriegsbauten gesäumte Straße mit einer Eckkneipe an der Frankfurter Allee. Darüber residiert im ersten Stock das zuständige Polizeirevier 251.

Gegenüber befindet sich eine Apotheke, ein paar Häuser weiter ist das Postamt und gleich dahinter das Gefängnis, dem man seine Funktion nicht ansieht. Hinter einem Schmuckzaun erstreckt sich zwischen dem graugeputzten Bau und dem Gerichtsgebäude eine Art Park. Für die Insassen kann der kaum angelegt sein.

Kappe hat die sorgfältige Kartenskizze vor Augen, die Mischling ihm wie ein Geheimdokument überlassen hat. Dass Gelände und Straße hier sanft ansteigen, ist darauf allerdings nicht zu erkennen. Für Berliner Verhältnisse ist es fast ein Berg, und wer die zweihundert Meter von der Allee hier herauf geschafft hat, darf sich im letzten Haus in einer weiteren Kneipe erfrischen. Dahinter folgen ein unbebautes Grundstück und der Anbau des neuen Lichtenberger Finanzamtes.

Auf dem Platz vor dem Gericht thront die Glaubenskirche, die Kappe nur halb zu umrunden braucht, um zur Plonzstraße zu gelangen. Weit im Rund erstreckt sich hier das Laubengelände, an dessen Rand die pompöse Kirche mit dem mächtigen Kalksteinsockel und den grünkupfernen Doppeltürmen ein bisschen verloren wirkt.

Die Gegend gefällt Kappe, verkehrsgünstig gelegen und doch mitten in der Natur. Vor seinen Augen rangiert gerade die Straßenbahn, und kaum fünfzig Meter weiter entdeckt er am Gartentor den Namen *Eschborn*.

Als Kappe in Ermangelung einer Klingel vernehmlich nach Herrn Eschborn ruft, erscheint auf dem Gartenweg zuerst ein kleines Mädchen mit einem Puppenwagen, dem sofort eine korpulente kleine Frau mit Brille folgt.

Aus den seitlichen Sträuchern hinter der Hecke aber ist am Tor unversehens ein schmaler junger Mann aufgetaucht, der Kappe skeptisch beäugt. «Sie wünschen bitte?», fragt er.

«Sind Sie Willy Eschborn?»

Der Mann, er mag Anfang dreißig sein, ist blond und mittelgroß. Er lehnt sich über sein Gartentor, als wolle er den Namen auf dem angeschraubten Schild lesen, und stellt kopfschüttelnd fest: «Tatsächlich. Steht Eschborn dran. Da werde ich es wohl sein.»

Kappe hat schon ganz andere Scherze erlebt, er weist nur seine Marke vor und sagt knapp: «Ich möchte Ihnen ein paar Fragen stellen.»

Zögernd öffnet Eschborn das Tor. Das Kind steht jetzt neben ihm, macht einen Knicks und sagt wohlerzogen «Guten Abend» zu dem Gast, fragt aber im nächsten Augenblick: «Vati, kennst du den Onkel?»

«Nein», antwortet der Vater. «Aber vielleicht ist er gekommen, um sich zu erkundigen, weshalb du heute Mittag deine Mohrrüben nicht aufgegessen hast.»

Daraufhin zieht sich das Mädchen hinter die volle Breite der misstrauisch äugenden Mutter zurück.

«Nur eine Auskunft», bemerkt Eschborn leichthin zu ihr. «Bleib mal am besten mit Kätchen beim Schaukeln.»

Das scheint Frau Eschborn gar nicht zu passen, aber der Blick ihres Gatten erstickt ihren Widerspruch.

Eschborn weiß genau, worum es geht, das spürt Kappe bei seiner ersten Frage nach dessen Bekanntschaft mit Bernsdorff. Schuld daran sind nur diese Zeitungsschmieranten mit all ihren Verdrehungen und Erfindungen.

«Was liegt denn gegen Dr. Bernsdorff vor?», will Eschborn sofort wissen.

Sie sitzen sich am Gartentisch gegenüber. Beide haben ihre Stimmen gedämpft. Vom Nachbargarten schallt das Radio herüber, auf der anderen Seite erteilt eine Frauenstimme Kommandos.

«Wir ermitteln in einem Mordfall. Bis jetzt geht es lediglich um Zeugenaussagen, mehr nicht. Wann haben Sie Dr. Bernsdorff zum letzten Mal gesehen?»

Eschborn ist alles andere als ein bereitwilliger Zeuge. Er sieht Kappe an und fragt zurück: «Was soll denn das mit dem Tod von Fräulein Tirschenreuth zu tun haben?»

Kappe platzt der Kragen. «Das lassen Sie getrost unsere Sorge sein!», zischt er. «Beantworten Sie gefälligst meine Fragen, sonst kann ich auch andere Saiten aufziehen!»

Spöttisch nickt Eschborn. «Ja, das weiß man ...», sagt er sarkastisch.

«Hören Sie mal gut zu! Ich weiß nicht, ob Sie die Ermordete kannten. Aber vielleicht können Sie sich vorstellen, dass wir großes Interesse daran haben, den heimtückischen Mörder zu finden und zu überführen.»

«Ich kannte sie.» Und bevor Kappe eine weitere Frage stellen kann, fügt Eschborn hinzu: «Meine Tochter kannte sie ebenfalls. Ich war zweimal mit ihr in der Münzstraße. Sie mochte das blonde Fräulein sehr.»

Der Vater vermutlich auch, denkt Kappe ungeduldig. Was müssen die Leute ewig rumschwafeln, statt kurz und präzise auf die Fragen zu antworten, die man ihnen stellt! «Also, wann und wo haben Sie nun Bernsdorff zum letzten Mal gesehen?»

«Am Dienstagabend um halb neun in seinem Labor in der Koloniestraße.»

Na endlich! Ein Weilchen dauert es dennoch, bis Kappe weitere Einzelheiten erfragt hat. Ein eindeutiges Alibi für Bernsdorff ergibt sich daraus nicht. Zwar sollte die Versuchsanordnung im Labor, die Eschborn auf Bernsdorffs Wunsch hin für zwei, drei Stunden beaufsichtigt hatte, noch bis zum nächsten Abend in Betrieb bleiben, doch ein Beweis dafür, dass Bernsdorff diese Zeit tatsächlich ununterbrochen in der Koloniestraße verbracht hat, ist das nicht.

«Was war denn an der Anlage zu überwachen?», fragt Kappe sicherheitshalber.

«Der Transformator, der die Hochspannung erzeugt. Die wird auf eine Kathodenstrahlröhre gelenkt, und die wiederum ...»

«Ich sehe, Sie sind voll eingeweiht in die Bernsdorff'schen Experimente», unterbricht Kappe Eschborns Ausführungen.

Der schüttelt den Kopf. «Keineswegs. Ich hätte nur den Hauptschalter umgelegt, falls etwas Unvorhergesehenes passiert.»

«Wozu dienen diese geheimnisvollen Versuche überhaupt?»

Sofort wird Eschborn wieder ernst. «Das fragen Sie Dr. Bernsdorff besser selbst.»

Als Kappe sich verabschiedet, ist er fast versöhnt mit dem widerspenstigen Zeugen. Gelogen hat der mit großer Wahrscheinlichkeit nicht, und irgendwie abgesprochen klingt die Aussage auch nicht.

Am Gartentor erwartet ihn eine Überraschung. Draußen steht nämlich ein Mann im hellen Staubmantel, dem die Begegnung nicht sonderlich gelegen scheint.

Dr. Harry Bernsdorff will sich das allerdings nicht anmerken lassen. «Gut, dass ich Sie treffe!», ruft er aus. «In meinem Labor ist eingebrochen worden!»

«Na so was», murmelt Kappe, laut fragt er: «Haben Sie auf dem zuständigen Revier Anzeige erstattet?»

«Dazu bin ich noch nicht gekommen. Aber Sie werden sich doch darum kümmern, oder?»

Kappe strafft sich unwillkürlich. «Ich gehöre zur Mordinspektion», sagte er kühl. «Guten Abend, die Herren!»

Was Dr. Bernsdorff ihm über verschwundene Schlüssel hinterherruft, nimmt er nur mit halbem Ohr zur Kenntnis. Diesen Bernsdorff muss er sich sowieso noch einmal richtig vorknöpfen. Jetzt will er endlich nach Hause.

Seine Familie trifft er im letzten Schein der Abendsonne auf dem Balkon an. Nicht einmal Karl-Heinz liegt schon im Bett. Also muss Kappe ihm noch eine Geschichte erzählen, eine mit einem echten Mörder, verlangt der Junge.

Das redet Kappe ihm aus. Sein Repertoire an kindertauglichen Erzählungen hat sich schon öfter als zu klein erwiesen. «Ich erzähle dir was vom Fischen auf dem See», schlägt er vor.

Der Kleine murrt: «Das wissen die in Wendisch Rietz viel besser.»

Schließlich liest Kappe ihm das Märchen von der goldenen Gans vor.

«Is aber doof mit dem ganzen goldnen Kleister, wo die alle dran hängen», meckert Karl-Heinz am Ende.

Als Kappe endlich auf den Balkon zurückkehrt, will sich Margarete unauffällig verziehen. Kappe sagt: «Bleib ruhig sitzen, wir können noch ein bisschen reden.»

Doch sie schützt vor, noch einen Text für die Schule lesen zu müssen, gibt dem Vater einen flüchtigen Kuss auf die stachlige Wange und verschwindet.

«Die hat bloß Angst, dass du sie wegen der Schule ausfragst», erläutert Hartmut.

«Olle Petze!», schallt es von drinnen, und auch Klara gönnt ihrem Sohn einen tadelnden Blick.

«Ist was nicht in Ordnung?», fragt Kappe.

Klara wiegelt ab. «Ach, Unsinn. Jeder kriegt mal eine schlechte Zensur.» Noch einmal sieht sie ihren Sohn missbilligend an. «Oder wie war das neulich bei dir in Religion?»

«Ich habe nur gefragt, ob Jesus ein richtiger Jude war», mault Hartmut.

«Natürlich war er einer. Das weißt du doch. So steht es in der Bibel.»

Trotzig guckt Hartmut seinen Vater an. «Na klar. Aber woran erkennt man denn, ob einer Jude ist oder nicht?»

Kappe ist ein bisschen ratlos. Außerdem ist er viel zu müde, um sich auf irgendwelche Haarspaltereien einzulassen. «Ist denn das wichtig?», fragt er. «Mir ist ziemlich egal, ob einer an Christus glaubt, an Buddha oder an sonst wen. Meinst du, der liebe Gott hat den ganzen Tag nichts anderes zu tun, als die Leute nach ihrem Glauben zu sortieren?»

Hartmut weiß es besser. «Dafür steht doch Petrus am Himmelstor.»

«Dann frag den, woran er die Juden erkennt!»

Klara hat den Wortwechsel mit wachsendem Unmut verfolgt. «Red dem Jungen nicht solch einen Blödsinn ein!», empört sie sich. «Ich erkenne einen Juden an seinen schwarzen Haaren.»

«Wenn sie nicht rot oder blond sind», fällt Kappe ein.

«... und an der gebogenen Nase!»

Kappe lacht hämisch. «Das lass mal die alten Römer hören! Oder die Indianer, die haben auch Adlernasen.»

«Aber nicht solche wie die Juden!»

Kappe kann es auf den Tod nicht leiden, wenn Klara derartigen Unsinn nachplappert. «Du wirst es nicht glauben», sagt er, «ich habe noch vor einer halben Stunde mit einem Juden gesprochen, der eine geradere Nase hat als wir alle drei zusammen. Und eine geradere allemal als dein Großvater, an den ich mich erinnere. Der hatte doch einen ganz gefährlichen Krummzinken!»

Damit hat er Klara für heute Abend endgültig vergrault. Auf ihre Altvorderen und deren Nasen lässt sie nichts kommen, das weiß er doch. Am liebsten würde sie die Balkontür hinter sich zuknallen.

Hartmut aber fragt: «Der Jude, mit dem du gesprochen hast – war das dieser Dr. Bernsdorff?»

Kappe fasst sich an den Kopf. Zeiten sind das, in denen die eigenen Kinder alle Einzelheiten über die väterliche Arbeit in der Zeitung lesen können! «Ja», antwortet er brummig. «Aber dass der Mann Jude ist, spielt nun wirklich keine Geige.»

«Stimmt es, dass er Atomforscher ist?»

«Ich denke schon. Er wollte mir jedenfalls erklären, was passiert, wenn man das Atom eines bestimmten Metalls ... ich glaube, bestrahlt ...»

«Hat er gesagt, womit?»

Kappe staunt und schmunzelt. Was der Junge alles wissen will! «So genau wollte ich nicht fragen», antwortet er ausweichend.

«Schade.» Hartmut ist enttäuscht. «Hat er was von der Energie gesagt?»

«Was denn für Energie?»

«In jedem Atom steckt so viel Energie, wie eine ganze Stadt verbraucht.»

Jetzt lacht Kappe offen. Der Junge hat Ideen! «Woher hast du denn diese Weisheit?», will er wissen.

«Das weiß man eben. Und das steht auch in einem Buch, das mir Sigurd geborgt hat. *Der Brand der Cheopspyramide* heißt es.»

«Da kannst du mal sehen, was das für ein Blödsinn ist! Pyramiden sind aus Stein, die brennen nicht.»

«Na eben! Das ist ja das Sensationelle daran. Mit der Energie aus dem Atomapparat kann man Steine schmelzen.»

«Und kleine Jungs verwirren. Was ist denn das für ein Schmöker?»

Wie ein Pfeil verschwindet Hartmut in der Stube und kehrt mit einem grünen, schon etwas abgestoßenen Leinenband zurück. «Es ist ein Buch für Erwachsene», beteuert er.

Der Junge scheint recht zu haben. Ein richtiger Roman, 1927 bei Scherl erschienen. Hans Dominik heißt der Verfasser. Den Namen hat Kappe schon gehört. «Ich werde mal reingucken», sagt er. «Ist bestimmt alles erstunken und erlogen.»

«Na klar», ereifert sich Hartmut. «Das ist ein Zukunftsroman. Genau wie die von Jules Verne. Der hat sich auch viel ausgedacht, und manches davon ist heute schon wahr. U-Boote und Fernsehen und Raketen.»

«Na ja, das sind alles Dinge, die man sich vorstellen kann. Aber Atome - die sind doch winzig klein.»

«Und enthalten dennoch unvorstellbar viel Energie.»

«Na, wenn du meinst ...» Von solchen Dingen versteht Kappe zu wenig, um sich auf einen Streit einzulassen, und Hartmut vermutlich nicht viel mehr.

«Man kann sogar ein Element in ein anderes verwandeln», behauptet er jetzt.

Kappe will ihn ein bisschen aufziehen. «Also aus Holz Blech schmieden?», fragt er.

«Das sind doch keine Elemente! Aber aus Quecksilber Gold machen beispielsweise.»

Moment mal! Von Quecksilber hat der Doktor ebenfalls gesprochen, Kappe erinnert sich genau. «Ich glaube, so was Ähnliches hat der Bernsdorff auch vor», sagt er nachdenklich. «Nicht gerade Gold, aber möglicherweise etwas anderes ...»

Hartmut ist wie elektrisiert. «Kannst du mich nicht mal mitnehmen in sein Labor? In dem Buch hat der englische Erfinder das ganze Gebäude durch elektrische Felder gesichert, und nur ein Schalter in seinem Schlafzimmer ...»

«Nicht so stürmisch mit den jungen Pferden!», unterbricht Kappe seinen Sohn. «Ich glaube nicht, dass jemand im Wedding seine Werkstatt mit elektrischen Feldern sichern darf. Und mitkommen kannst du natürlich auch nicht.»

«Auch nicht, wenn du den Doktor fragst? Ich fasse auch nichts an, das verspreche ich.»

Kappe schüttelt entschieden den Kopf. Er hat gar nicht vorgehabt, sich in dieses Labor zu begeben. Aber ist da nicht eingebrochen worden? «Ich werde mir das morgen mal angucken», sagt er. «Der gute Doktor wollte nämlich gerade einen Einbruch anzeigen.»

Hartmut sieht seinen Vater an. In seinen Augen leuchtet die ganze Weisheit seiner zwölf Lebensjahre. «Das ist der Schlüssel zu deinem Mordfall», sagt er mit Nachdruck.

Kappe lacht. «Ach, Junge», sagt er voller Zärtlichkeit und umarmt seinen Sprössling, «wenn nur alles im Leben so einfach wäre wie in deinen Zukunftsromanen ...»

Urlaub hat sich Adelheid immer etwas anders ausgemalt: in einem Hotelzimmer an der See beispielsweise oder in einer romantischen Almhütte vor steiler Bergkulisse. Der Bauernhof, auf dem sie schließlich mit Leo gelandet ist, hat mit solchen Träumen allerdings wenig gemeinsam. Ein verlotterter Fachwerkbau mit eingesunkenem Dach, ein Misthaufen dahinter, auf dem sich drei Gänse und etliche Hühner ergehen, und zwei Stallgebäude, aus denen es durchdringend stinkt. Links hört sie Schweinegrunzen, rechts ragt ein Pferdekopf über die Halbtür.

Das Ganze ist ein Albtraum für Adelheid. Der jährliche Besuch bei Onkel Bernhard und Tante Bertha auf dem Dorf gehört zu ihren schrecklichsten Kindheitserinnerungen. Einmal hat eine Kuh nach ihr getreten und ihr das Sonntagskleid verdorben, ein anderes Mal hat ein Pferd mit zu kurzen Beinen ihr beim Füttern in den Finger gebissen, und jedes Mal ist der Ganter auf sie losgegangen. Von dem bissigen Hund an der Kette und den störrischen Katzen auf dem Hof ganz zu schweigen. Gerochen hatte es dort genauso wie hier.

«Das ist der Vater eines guten Kameraden», hat Leo ihr den mürrischen Bauern vorgestellt. «Hier können wir bis morgen mal richtig die Seele baumeln lassen.»

«Meinetwegen könnt ihr auf dem Heuboden schlafen», brubbelt der Alte und weist hinüber zum Pferdestall, über dem eine dunkle Öffnung gähnt. «Hast du was zu rauchen bei dir?»

Eilfertig bietet ihm Leo sein versilbertes Zigarettenetui an.

«Streichhölzer?»

Auch die hat Leo. Der Alte nimmt sich drei Zigaretten und steckt die Zündholzschachtel ein. «Kriegst du morgen früh wieder», sagte er. «Sicher ist sicher.»

Leo, sonst immer zu einem Widerwort bereit, lacht gequält. «Wir stecken die Bude schon nicht in Brand», sagt er. «Aber vielleicht will ich ja nach dem Abendbrot noch eine rauchen?»

Der Alte nickt und geht wortlos ins Haus.

«Übertrieben gastfreundlich sind die aber nicht», wagt Adelheid einzuwenden. Ginge es nach ihr, wären sie längst wieder auf dem Heimweg. Sie hält diesen ganzen Urlaubsausflug aufs Land für keine so gute Idee. Für den Abend hatte sie sich fest vorgenommen, ihre Schwester Elisabeth zu besuchen und sich für das geplatzte Rendezvous am Vorabend zu entschuldigen. Sie darf Elisabeth nicht enttäuschen. Die hat ihr versprochen, sie endlich mal in ein schickes Restaurant mitzunehmen. Vielleicht wird sie ihr sogar diesen Schauspieler vorstellen. Und nun sitzt sie hier fest auf einer stinkigen Bauernklitsche und hat die Schwester nicht einmal angerufen! Was die wohl von ihr denken wird?

Die Bäuerin, eine abgearbeitete Frau, der man kaum ansieht, um wie viel jünger sie ist als der Bauer, behandelt die Gäste freundlich. Anscheinend ist sie froh, den Abend einmal nicht nur mit ihrem griesgrämigen Ehemann verbringen zu müssen. Ihr Mundwerk steht keinen Augenblick still, während sie das Abendessen zubereitet, eine Riesenpfanne mit Bratkartoffeln, Speck und Eiern. Sonst essen sie beide gleich aus der Pfanne, wie sie freimütig gesteht, heute stehen zu Ehren der Hauptstädter Teller auf dem Tisch. Der Bauer findet sich grummelnd damit ab und rückt nach dem Essen sogar die Flasche mit dem Selbstgebrannten heraus.

Adelheid nippt nur daran, das Gesöff verbrennt ihr fast die Kehle. Leo hingegen scheint es zu schmecken. Immer wieder prosten er und der Alte sich zu. Die Frau hält sich derweil an Adelheid. Ganz genau will sie wissen, wie es in Berlin zugeht. Nur einmal in ihrem Leben ist sie dort gewesen, als ganz junges Mädchen, noch dazu in den Kriegsjahren.

Haben die Leute alle ein Radio in Berlin? Sie liebt Musik, und sie möchte so gerne einen Apparat haben, seit sie in Pasewalk einmal eine Übertragung gehört hat. «Stimmen aus der Luft», meint ihr Mann verächtlich. «Vielleicht brauchst du auch noch 'n Telefon wie auf dem Postamt!»

Dagegen hätte die Bäuerin nichts einzuwenden. «Dann könnte ich jede Woche mit meiner Schwester in Angermünde telefonieren, die arbeitet nämlich bei einem Arzt, und der hat einen eigenen Fernsprechanschluss.»

Das Wort Telefon löst in Adelheid sogleich ein angenehm vertrautes Gefühl aus, die Erwähnung der Schwester dagegen weckt erneut ihr schlechtes Gewissen. Elisabeth wird sich unnötig Gedanken um die kleine Schwester machen.

Unaufhörlich schwätzt die Bäuerin weiter, von der harten Arbeit auf dem Lande und dem bequemen Leben in der Großstadt, aber dafür müssten die Berliner eben andere Nachteile in Kauf nehmen, nicht wahr?

Das gibt Adelheid gerne zu. Die engen, teuren Wohnungen, das viele Fahrgeld und die allgemeine Unsicherheit – ist das etwa nichts? In Berlin werden jeden Tag Leute auf der Straße überfahren, bringen sich reihenweise selbst um oder werden ermordet. Überall wird geprügelt und geschossen. Am besten geht man abends nicht mehr aus dem Haus. Vorgestern aber ist sie mit ihrer Schwester im Theater gewesen, ganz in der Nähe ihrer Wohnung und ihrer Arbeitsstelle bei der Post, und es ist ihnen erfreulicherweise nichts passiert.

«Da haben Sie Glück gehabt», bestätigt die Bäuerin. Sie kann eigentlich nicht viel älter sein als Adelheid, wirkt aber wie eine alte Frau. Ins Theater möchte sie auch gerne mal, doch man liest, dass auch das gefährlich sein kann. «Eine junge Frau ist aus dem Theater gekommen und danach in ihrem Zimmer ermordet worden», erzählt sie. «Bei Ihnen in Berlin ist das gewesen. Erst gestern, glaube ich. Heute steht es jedenfalls in der Zeitung.»

«Die Zeitung!», mischt sich ihr Mann ein. «Die schreibt überhaupt nur von Mord und Totschlag oder dass die Regierung uns mal wieder in die Tasche greift. Ich weiß gar nicht, warum ich dafür noch Geld bezahlen soll, für solchen Schietkram!»

«Weil ich wissen will, was in der Welt vorgeht!», trumpft seine Frau auf.

Er widerspricht: «Weil du jeden Tag den Roman lesen willst. Das ist es!»

«Haben Sie die Zeitung noch?» Adelheid weiß selber nicht, weshalb sie danach fragt. Spürt sie wirklich ein unbehagliches Gefühl?

Leo ist denn auch sofort dagegen. «Willst du hier anfangen, Zeitung zu lesen?», fragt er entrüstet. «Trink lieber einen mit. Dann ist es nachher im Heu gemütlicher.»

Davor fürchtet sich Adelheid schon die ganze Zeit. Was soll

sie nachher anziehen oder ausziehen auf dem Heuboden über dem Pferdestall? Sie hat nur bei sich, was sie auf dem Leibe trägt, und sich vielleicht halbnackt ins Heu oder auf eine kratzige Pferdedecke zu legen ...

«Hier steht es!» Die Bäuerin hat die Zeitung gefunden und reicht sie ihr. Es ist nur eine kleine Nachricht auf der dritten Seite:

In der Berliner Kantstraße ist gestern die Leiche der 32-jährigen Elisabeth T. aufgefunden worden. Die Frau hatte nach einem Theaterbesuch vermutlich einen Mann mit auf ihr Zimmer genommen, der sich an ihr verging und sie erdrosselte.

ELF

KAPPE hat wenig geschlafen und wirr geträumt. Wie erwartet, hat Klara am vergangenen Abend kein Wort mehr mit ihm gewechselt und seine Friedensangebote brüsk zurückgewiesen. Aus Ärger darüber hatte er sich ins Wohnzimmer zurückgezogen und bei zwei Flaschen Bier viel länger in dem Roman von Hartmut geblättert als beabsichtigt. Dass es sich dabei um keine geeignete Lektüre für Zwölfjährige handelt, war ihm bei gewissen schwülen Szenen mit einer russischen Baronin schnell klargeworden, aber daran ließ sich nachträglich nichts ändern. Auf keinen Fall darf der Schmöker Klara in die Hände fallen!

Was diesen ganzen Atomkram angeht, so hat ihn dieser Dominik einigermaßen verwirrt. Die halbe Welt sucht nach der mächtigen Atomkraft, die Amerikaner sprengen ihre Niagarafälle in die Luft, die Deutschen eine Nordseeinsel, und in Spanien herrscht ein mohammedanischer Kalif, der das Geheimnis unbedingt in seine Hände bekommen will. Ein deutscher Ingenieur aber findet ganz ohne fremde Hilfe die Lösung, schmilzt sich einen Klumpen Gold zusammen und legt mit seiner Wunderwaffe in der Hosentasche halb Spanien in Schutt und Asche, bevor die maurischen Gegenwaffen die Cheopspyramide in Brand setzen, Spanien befreit wird und die Welt kein Energieproblem mehr kennt.

Sogar an die Arbeitslosen hatte dieser Dominik gedacht. Kappe war über der ungewohnten Leseanstrengung am Tisch eingeschlafen und erst mitten in der Nacht aufgewacht. Natürlich tat Klara, als schliefe sie fest, als er endlich ins Bett kroch. Er träumte von explodierenden Feuerkugeln und von Gold, das sich aus einer

Ölkanne über ihn ergießt, bis die Feuerwehr mit schrillem Ton vorfährt …

Es ist der Wecker. Schwerfällig und wie betäubt erhebt sich Kappe. Was für ein Tagesanfang! Noch dazu hat ihm Klara die Zeitung vom Vortag auf den Frühstückstisch gelegt, damit er sich so recht ärgern kann. *Polizei tappt im Dunkeln*, heißt es mal wieder, und von einer neuen Notverordnung ist die Rede. Kappe kaut noch an der letzten, die gerade fünf Tage alt ist. Einem Verheirateten werden für die Beamten-Zwangssparkasse künftig 2,5 Prozent vom Gehalt abgezogen, die ab Juli 1937 zinslos zurückgezahlt werden sollen.

Juli 1937! Kappe schnauft nur unterdrückt, wenn er daran denkt. Hat überhaupt jemand eine Vorstellung, wie weit dieses Land in fünf Jahren heruntergewirtschaftet sein wird? Wenn die Nazis an die Macht kommen sollten, sind mehr als die 2,5 Prozent gefährdet. Die denken sich jeden Tag eine neue Gemeinheit aus.

Die nationalsozialistische Fraktion hat im Landtag beantragt, aus Gründen der politischen Sauberkeit und Moral den sogenannten Schrader-Verband der Polizeibeamten sofort aufzulösen.

Im Gegensatz zu vielen seiner Kollegen ist Kappe nicht Mitglied in diesem ältesten und weitaus größten «Verband Preußischer Polizeibeamten», aber diese Rotzfrechheit treibt ihm die Galle ins Blut. Was geht die Nazis diese Polizeibeamten-Organisation an? Mit einem gewissen SS-Führer Daluege an der Spitze versuchen die nur, ihr eigenes Süppchen zu kochen und alle kritischen Stimmen mundtot zu machen. Daluege kommt von der Müllabfuhr und ist in der Unterwelt unter dem anschaulichen Namen Dummi-Dummi bekannt. Mit solchen Figuren wollen die bei der Polizei was erreichen!

Lustlos blättert Kappe in der Zeitung, während er seinen Malzkaffee schlürft. *Stirbt die Berliner City? Gasverbrauch eingeschränkt*, liest er, *Die Tonfilmkrise geht um* und *Der marode Spreetunnel zwischen Stralau und Treptow bleibt geschlossen*. Dass die Spareinlagen sinken, kann ihm nur ein bitteres Lachen entlocken. Woher soll denn das Spargeld kommen? *Jeder vierte Berliner lebt von Unterstützung*, steht in der Spalte daneben. Lebt?

Liest man täglich die Zeitung, muss einem eher die steigende Zahl der Selbstmorde auffallen. Diesmal hat sich ein stellvertretendes Mitglied des preußischen Staatsrats umgebracht, in der vorigen Woche sind es der Pankower Jugendamtsleiter und der Wittenauer Irrenhausdirektor gewesen. Von den hundert Namenlosen, die der grüne Leichenwagen als tägliche Fracht aufsammelt, ist nicht die Rede. Überall in der Stadt hat man sich an das Gefährt gewöhnt.

Und uns bleibt die zusätzliche Arbeit damit, denkt Kappe. Die Meldungen über blutige Zusammenstöße am Bahnhof Jungfernheide oder den Straßenterror in Berlin N übergeht er.

Aber gerade darauf spricht ihn Klara an. «Hast du gelesen, was gestern hier in der Frankfurter los war?», fragt sie und weist mit dem Zeigefinger auf die entsprechende Stelle im Blatt.

Eine schwere Schlägerei nahm in einem Lokal in der Großen Frankfurter Straße 145 ihren Ausgang. Ein eingreifender Polizeibeamter musste zu seinem Schutz Gummiknüppel und Seitengewehr ziehen. Es mussten zwei Überfallkommandos herbeigerufen werden, die die Straße erst nach geraumer Zeit mit dem Gummiknüppel von den etwa tausend Personen säubern konnten, die sich angesammelt hatten.

Kappe sieht sie wortlos an. Seine Augen sind rot geädert.

«Schon gut», sagt sie. «Du hast wahrscheinlich andere Sorgen.»

Die hat er wahrhaftig.

Im Präsidium harrt seiner mit Leichenbittermiene der Kriminalkommissaranwärter Mischling, um sofort ein Geständnis abzulegen: «Dieser Valentin ist mir glatt durch die Lappen gegangen.»

Natürlich ist Kappe wütend. Am meisten auf sich selbst. Weshalb hat er die vorläufige Festnahme einem grünen Jungen wie Mischling überlassen, nur um selber eines wertlosen Alibis wegen in die Laubenkolonie zu fahren? «Fahndung auslösen», sagt er deshalb nur. «Das Signalement von dem Kerl haben Sie hoffentlich.»

Mischling, voller Diensteifer, antwortet: «Habe ich bereits weitergegeben. Das Photo ist übrigens älter und stammt aus einem Düsseldorfer Atelier, wie Dr. Kniehase festgestellt hat. Vielleicht sollten wir eine fernschriftliche Anfrage an die Kollegen ...»

Kappe stimmt zu. «Sollten wir unbedingt. Was haben Sie sonst noch ermittelt?»

«Leider keine Wohnanschrift. Sein Agent gibt vor, Valentin habe sich nur persönlich oder fernmündlich bei ihm gemeldet.»

«Und im Theater? Die müssen doch wissen, wo ihre Komiker wohnen!»

«Dort hat er angegeben, er sei gerade im Umzug begriffen.» Er beugt sich vertraulich zu Kappe. «Die Dame im Bureau hielt sich sehr bedeckt mit ihren Auskünften, ja, sie verweigerte sie schlicht.»

«Das werden wir ihr austreiben!» Er blickt Mischling an und ahnt, dass der wohl nicht so recht fertig geworden ist mit der Frau. «Wäre ja wohl lachhaft, wenn wir an so einem Theaterdrachen scheitern. Haben Sie durchblicken lassen, warum wir den Mann suchen?»

«Natürlich nicht. Wegen einer wichtigen Zeugenaussage, mehr nicht. Aber er ist gar nicht zur Vorstellung erschienen.»

«Also hat ihn jemand gewarnt. Sein Verschwinden macht ihn doppelt verdächtig.»

«Na eben!», betont Mischling eifrig. Wahrscheinlich ist er froh, dass Kappe sich nicht nach Einzelheiten erkundigt. «Und wissen Sie, was das Seltsamste ist? Die hatten schon einen Ersatz für diesen Valentin in petto!»

Nachdenklich klopft Kappe mit dem Bleistift auf den Tisch. «Diese Künstler!», sagt er unzufrieden. «Mit denen gibt es nichts als Scherereien. Haben Sie sonst noch was rausgefunden?»

Auf Mischlings breites Gesicht tritt ein selbstgefälliges Lächeln. «Aber ja! Nämlich, dass dieser Valentin am Dienstagabend auf der Bühne gespielt hat und in der zweiten Reihe im Parkett eine auffällige Blondine neben einem großen bärtigen Mann von etwa fünfzig Jahren saß. Die Billetts für die teuren Plätze hatte sich Valentin extra ausgebeten.»

Kappe verzieht anerkennend das Gesicht. «Das ist ja eine ganze Menge. Fragt sich nur, wer die Dame anschließend nach Hause begleitet hat – Valentin oder der bärtige Unbekannte.»

Mischling hat einen Einfall. «Möglicherweise ihr Vater?», gibt er zu bedenken.

Daran glaubt Kappe nicht. «Was wissen wir denn bisher über die Familie der Toten?»

Mischling muss zugeben: «Nichts. Nach langem Suchen habe ich eine Adelheid Tirschenreuth gefunden, Jahrgang 1906. Könnte sich um eine Schwester handeln. Zuletzt gemeldet in einer Pension am Stralauer Platz.»

«Keine besonders feine Adresse», knurrt Kappe. «Kümmern Sie sich trotzdem mal darum. Und versuchen Sie, an der Technischen Hochschule etwas über diesen Enno Damerow herauszufinden.»

Mischling erkundigt sich vorsichtig: «Können wir den unter diesen Umständen nicht fallenlassen?»

«Eventuell. Das ist mehr so ein Gefühl. Und den Bernsdorff werde ich mir auch noch mal gründlich angucken, samt seiner Atomanlage.»

Doch dazu kommt Kappe vorläufig nicht. Brettschieß spielt mal wieder den Aufgeregten und versammelt die ganze Truppe um sich.

Zu aller Überraschung schlendert Gennat herein. «Hab gehört, hier gibt es ein paar Tote zu viel», äußert er gemütlich.

Nicht einmal Brettschieß widerspricht.

Nachdem Kappe seinen knappen Bericht über den Stand der Ermittlungen referiert hat, ist Galgenberg mit dem Toten im Köpenicker Forst an der Reihe. Weit sind sie da nicht gekommen, und so übernimmt auf eigenen Vorschlag Kriminalpolizeirat Ernst Gennat die weiteren Untersuchungen, worüber Galgenberg nicht böse ist.

«Riecht mir zu doll nach Polletik», vertraut er Kappe flüsternd an. «Da kann unsereens sich heutzutage nur die Foten verbrenn'.»

Als Kappe den Raum verlassen will, hält Brettschieß ihn auf. «Das mit diesem Schauspieler klingt ja höchst ominös», sagt er. «Aber verlieren Sie darüber bitte nicht unseren jüdischen Freund aus den Augen. Atomforscher! Ich habe mich kundig gemacht. Das ist ein höchst gefährliches Gebiet.»

Das hat mein zwölfjähriger Sohn längst festgestellt, kann Kappe jetzt schlecht äußern. Stattdessen nickt er steif: «Ich befinde mich sozusagen bereits auf dem Weg zum Labor des Herrn Dr. Bernsdorff.»

So viele Zeitungen wie in den letzten Tagen hat Erwin Jauernick im ganzen letzten Jahr nicht gelesen. Klüger ist er dadurch nicht geworden. Immer noch haben sie diesen Dr. Bernsdorff am Wickel, und die Mittagsblätter berichten von einem Schauspieler, nach dem im Zusammenhang mit dem Mord in der Kantstraße gefahndet wird. Es trifft ihn im Nachhinein, dass außer ihm noch andere in der Gunst einer gewissen Dame gestanden haben sollen, andererseits kann es ihm nur recht sein. Er hofft noch immer, dass sie vielleicht gar nicht auf ihn kommen – vergebens, wie er ahnt. Noch hat die Erpresserin sich nicht wieder gemeldet, aber sie wird ihn nicht aus ihren Fängen lassen.

Seiner Frau schärft er ein, sofort aufzulegen, wenn sich eine fremde Stimme am Telefon meldet.

«Mann oder Frau?», fragt Edith argwöhnisch zurück, und er muss widerwillig eingestehen, dass es vermutlich eine Frau sein würde, deren Anruf er erwartet. Er kann nicht zulassen, dass Edith alle seine männlichen Geschäftspartner vergrätzt, von denen der eine oder andere aus guten Gründen die Privatnummer wählt.

Natürlich riecht Edith den verdorbenen Braten. «Was schuldest du ihr denn?», erkundigt sie sich zuckersüß.

Er braust auf: «Nichts! Nicht das Geringste! Das ist so eine Verrückte, die uns im Bureau schon seit Tagen attackiert.»

«Und weshalb?»

«Keine Ahnung.»

«Dann ist es doch besser, man spricht mal mit der Frau, meinst du nicht?»

«Auf gar keinen Fall! Wenn man sich mit solchen Leuten erst auf irgendwelche Debatten einlässt ...»

«... kommt am Ende noch heraus, was wirklich hinter der Sache steckt.» Manchmal hat Edith eine verdammt gute Nase. Und auch gleich einen Vorschlag, mit dem sie ihn gehörig erschreckt: «Ich werde in aller Ruhe mit ihr reden und versuchen, die Angelegenheit zu bereinigen.»

Das hat er nun davon! Auszureden ist ihr die Sache ohnehin nicht, und ihre blitzenden Augen verraten, dass sie ihm auf der Spur ist.

«Edith», sagt er nachdrücklich, «misch dich bitte nicht in geschäftliche Obliegenheiten ein! Man weiß nie, wohin das führt.»

Ihr Blick spricht Bände. «Erwin», antwortet sie ernst und gemessen, «es ist schließlich *mein* Geld, das in all deinen Geschäften steckt und sie dir überhaupt erst ermöglicht. Ist es nicht an der Zeit, mir dafür wenigstens ein gewisses Maß an Vertrauen entgegenzubringen?»

Das sind ja ganz neue Töne! Jauernick stößt Luft durch die Nase, um den aufschäumenden Zorn zu bezwingen. Und genau daran erkennt Edith, wie faul die ganze Angelegenheit riecht, in die er da verstrickt ist.

«Erwin!», mahnt sie mit erhobenem Zeigefinger. «Willst du mir nicht endlich erklären, was wirklich zwischen dir und dieser blonden Frau aus dem Bureau vorgefallen ist? Glaubst du, ich merke nicht, mit welcher Nervosität du die Zeitungen studierst und wie ängstlich du das Telefon beäugst? Wenn man dich beobachtet, könnte man meinen, du hättest etwas mit dem Mord in der Kantstraße zu tun!»

Das ist ein Wort zu viel. Statt hochzugehen, wie es seine Art ist, sinkt Erwin Jauernick auf das blausamtene Sofa und stöhnt auf. Viel fehlt nicht, und er legt ein Geständnis ab, doch er weiß genau, zu welcher Furie die im Augenblick so sanft daherredende Edith innerhalb der nächsten Minute werden kann.

«Ja, ich bin einmal mit ihr ausgegangen», gibt er schließlich mit sichtbarer Reue zerknirscht zu. «Es ging einfach um bessere Konditionen für dieses Radiumgeschäft mit Russland. Da dachte ich, ich könnte quasi mal privat ein paar Worte mit ihr reden.»

«Reden!», sagt Edith scharf und höhnisch.

«Ja, was glaubst du denn ... Jedenfalls muss mich jemand in ihrer Begleitung gesehen haben und versucht nun, aus dieser rein zufälligen Begegnung Kapital zu schlagen. Das ist die ganze Geschichte.»

«So? Und weshalb wendest du dich nicht an die Polizei?»

«Aber Edith! Nicht alle unsere Geschäfte sind so gelagert, dass ich die Polizei mit der Nase darauf stuken möchte ... Ich schwöre dir, ich habe mit dem Mord an dieser Frau nicht das Geringste zu tun – gerade deshalb kann ich doch nicht einfach zur Polizei rennen. Was soll ich denen sagen? Dass ich vor einem Vierteljahr mal mit der Dame in einem Restaurant war?»

«Wo dich eine andere *Dame* erkannt hat!» So schwerfällig Edith in ihren Bewegungen und mitunter auch im Denken ist – manchmal entwickelt sie geradezu hellseherische Fähigkeiten.

«Richtig!», sagt er. Plötzlich sieht er einen Weg vor sich, dem Dilemma zu entkommen. «Ich werde sie entlarven! Dann ist der Spuk vorbei.» Damit erhebt er sich, um endlich die Flucht ins Bureau anzutreten.

Wie ein etwas breit geratener Racheengel versperrt ihm Edith den Ausgang. «Heut Abend erfahre ich die ganze Wahrheit von dir – oder *ich* gehe zur Polizei», droht sie.

Er kennt sie gut genug, um zu wissen, wie ernst sie es meint.

«Die ganze Wahrheit!», verspricht er und streckt noch auf der Treppe feierlich drei Finger in die Höhe. Es ist allerdings die linke Hand.

Eine Stunde später sitzt er im Bureau wie auf glühenden Kohlen und kann nichts anderes tun, als zu warten. Die Idee, im Gelben Kakadu anzurufen und sich nach den Damen des Hauses zu erkundigen, die sich möglicherweise an jenem Abend, der keineswegs ein Vierteljahr zurückliegt, im Etablissement aufgehalten haben, ist erst einmal gescheitert.

Vormittags flattert dort noch keine bunte Vogelschar herum, und sein eigenes Gedächtnis lässt ihn im Stich. Er hatte mit Lisbeth in einer Art Séparée diniert, von dem aus man nur einen eingeschränkten Blick über den Rest der Lokalität hatte. Natürlich war er irgendwann auf die Toilette gegangen, und Lisbeth sogar zweimal, wenn er sich recht erinnerte, aber wer sich da bei Kerzenschein an den Tischen oder an der schummrigen Bar herumdrückte, war ihm gänzlich entgangen.

Es ist 11.48 Uhr, als das Telefon läutet. Fräulein May, der ältlichen Sekretärin, hat er eingeschärft, jede Anruferin ungesäumt durchzustellen. Er misstraut ihr seit einiger Zeit. Hoffentlich hört die neugierige Ziege nicht heimlich mit!

«Na, mein Guter, hast du es dir überlegt?», fragt die dunkle Frauenstimme. Im Hintergrund sind Geräusche zu hören. «Ich habe mir gedacht, fünf Finger hat die Hand ...»

Jauernick begreift nicht sofort, was sie meint, bevor er entgeistert aufschreit: «Fünfhundert?» Ängstlich schielt er nach der Tür. Das war jetzt entschieden zu laut. Beinahe flüsternd setzt er hinzu: «Sie sind verrückt!»

Die Frau lacht, und es scheppert im Hörer. «Ich kenne deine Geschäfte, mein Süßer. Fünftausend, keine müde Mark weniger.»

Die Summe raubt Jauernick beinahe die Beherrschung. «Ich werde Sie anzeigen, Sie unverschämte Person!», zischt er in das geschwungene Mundstück.

Auf der anderen Seite nur das falsche Lachen und im Hintergrund allerlei Geräusche und eine andere telefonierende Frauenstimme.

Jauernick spürt, wie ihm der Schweiß ausbricht. «Also gut», sagt er gepresst, «fünfhundert. Mein letztes Wort.»

«Auf eine Null mehr kommt's dir doch gar nicht an.» Die Stimme klingt jetzt geschäftsmäßig. «Ich melde mich wieder.»

Klick. Weg ist sie. Wie erstarrt sitzt Jauernick hinter seinem löwenfüßigen Schreibtisch. Die Stimme – wo hat er die schon einmal gehört? Lässt sich so ein Anruf nicht über die Fernsprechzentrale zurückverfolgen?

Das ist es! Unwillkürlich springt er aus dem Sessel. Weshalb ist er nicht gleich darauf gekommen?

In der nächsten Minute ergreift er seinen Hut, stürmt durch das Vorzimmer und gönnt der Sekretärin nur ein geschnauztes «Bin in zwei Stunden zurück!». Ihr Kopfschütteln und den wissenden Blick, den sie ihm nachschickt, nimmt er nicht wahr.

Er hat ein Ziel, und er weiß, wonach er fragen muss: Platz 37.

In der Kraftdroschke murmelt er die Zahl wie eine magische Beschwörung vor sich hin, bis ihn der prüfende Blick des Chauffeurs irritiert. Nicht umsonst hat ihm Elisabeth einmal von der Tätigkeit ihrer Schwester erzählt und ihm spaßeshalber die Platznummer verraten, falls er einmal eine dringende Fernverbindung benötige.

Im Fernamt in der Winterfeldtstraße scheint es unmöglich, zum verantwortlichen Beamten für die Vermittlungskräfte vorzudringen. Der unangemeldete Auftritt eines hieramts unbekannten Direktors Jauernick beeindruckt weder den Invaliden in der Pförtnerloge noch den schließlich herbeigerufenen Subalternen.

«Wir erteilen grundsätzlich keinerlei Auskünfte über personelle Belange», lautet dessen ablehnende Äußerung. «Falls Sie berechtigte Beschwerde zu führen haben, wird diese auf dem Dienstweg verfolgt.»

Erwin Jauernick ist dicht davor zu platzen. «Ich werde lediglich über Sie Beschwerde führen!», donnert er krebsrot. «Sie müssen mir doch sagen können, ob die betreffende Kraft mit der Platznummer 37 sich gegenwärtig im Dienst befindet oder nicht – und wie und wo man das Fräulein erreichen kann. Der Name ist übrigens Tirschenreuth, falls das die Sache vereinfacht!»

Endlich scheint der Mann in der Postuniform sich zu besinnen. «Sagten Sie Tirschenreuth?», vergewissert er sich, um gleich darauf den Herrn Direktor zu bitten, ihm zu folgen.

Auf verschlungenen Pfaden trabt Jauernick hinter ihm her bis in einen mit Akten und zahllosen Bänden vollgestopften Raum am Ende eines endlosen Ganges.

«Es kann ein bisschen dauern», sagt sein Führer. «Bitte haben Sie etwas Geduld.»

Hat der unverschämte Kerl dabei gegrinst? Ein merkwürdiges Gesicht hat er jedenfalls gemacht. Schon bei der Erwähnung des Namens Tirschenreuth. Aber das fällt Jauernick erst nach einer beinahe viertelstündigen, ihm endlos erscheinenden Wartezeit ein.

Er öffnet die Tür zum Gang. Nur in der Ferne bewegen sich Menschen in Uniformen. *Ablage*, liest er auf dem Schild an der Tür. Leise schließt er sie wieder.

Plötzlich fällt es ihm wie Schuppen von den Augen. Mein Gott, wie hat er sich nur in eine solche Lage bringen können! Tirschenreuth. Hundertmal hat er selber den Namen in den Zeitungen gelesen. In ganz Groß-Berlin weiß jedermann und jede Frau, dass in der Kantstraße ein blondes Fräulein gleichen Namens erwürgt worden ist, und er tappt hier herein wie ein Bär in ein Bienenhaus und fragt nach der Schwester der Ermordeten! Die sitzt längst zur Vernehmung bei der Kriminalpolizei, was ihre Vorgesetzten natürlich wissen. Kein Wunder, dass sie versuchen, ihn festzuhalten.

Nur die Tür haben sie nicht abgeschlossen. Niemand beachtet ihn, als er in den Gang hinaustritt. Ist er dem Uniformierten ein oder zwei Stockwerke hoch gefolgt? Führt dieser Gang zu der Treppe am Eingang oder jener, der rechtwinklig abbiegt? Vorhin hatte Jauernick an anderes gedacht als an den Rückweg, den er nun vergebens sucht.

Nach weiteren zehn Minuten hat er sich hoffnungslos im Gewirr der Gänge verloren, ist erschreckt von überlauten Wählgeräuschen aus einem riesigen Saal zurückgewichen und findet endlich auf der Herrentoilette einen Platz, sich zu besinnen. Die liegt im zweiten Stock, wie er beim Blick aus dem Fenster in den Hof feststellt, und schräg gegenüber müsste sich der Eingang befinden. Folgt er dem Gang um zwei Ecken, wird er hoffentlich zur Treppe gelangen. Bleibt als einziges Hindernis der Mann in der Pförtnerloge ...

Jauernick stöhnt auf. Dem hat er vorhin beinahe drohend seine Karte hingeschoben. Der hat sie achtlos weitergereicht an den Postfritzen, und nun haben sie alles, was sie brauchen, in der Hand. Jede weitere Flucht ist sinnlos.

Erwin Jauernick wäscht sich gründlich die Hände, betupft sein Gesicht mit dem feuchten Taschentuch, kämmt sein schütteres Haar und will den Hut aufsetzen. Doch den hat er oben im Aktenraum auf dem Tisch liegenlassen.

Egal. Aufrecht und gestrafft tritt er den schicksalhaften Weg an, umrundet auch richtig die beiden Ecken und ist mitten auf der Treppe, als es von oben hörbar erleichtert tönt: «Da sind Sie ja, Herr Jauernick! Wir suchen Sie schon im ganzen Amt.»

ZWÖLF

SO EILIG, wie Kappe sich vorgenommen hat, kann er nicht zur Koloniestraße fahren. Da ist zuerst einmal Dr. Kniehase, der mit ihm den – wie er meint, beängstigend oberflächlichen – Bericht der Leichenöffnung zu bereden gedenkt. Als Tatzeit nehmen die Pathologen zwischen acht Uhr abends und zwei Uhr früh an, was Kappe nur ein ärgerliches Grunzen entlockt. Zu einer ähnlich ungenauen Zeitangabe war Kniehase ohnehin gelangt.

Dass die Tote zuerst gewürgt und dann mit starkem Druck auf Mund, Nase und Kehle erstickt worden war, überrascht beide ebenfalls nicht. Selbst die als Spuren eines Kampfes gedeuteten schwachen Blutergüsse am Oberkörper der Toten sind von Kniehase nicht unbemerkt geblieben. Gewissheit gibt ihnen der Bericht nicht einmal darüber, ob das Opfer unmittelbar vor seinem Tod Geschlechtsverkehr gehabt hat oder nicht. *Keinen vollendeten jedenfalls*, heißt es in dem dürftigen Papier. Das bedeutet eine Hoffnung weniger, den Täter zweifelsfrei zu überführen. Und die Frage, ob es sich um ein Sittlichkeitsverbrechen mit Todesfolge oder um einen kaschierten Raubmord handelt, bleibt weiterhin offen.

Immerhin fehlen eine Geldbörse und Bernsdorffs Schlüssel, falls dessen Angaben korrekt sind. Das stimmt Kappe nachdenklich.

«Wer außer Bernsdorff selber weiß, was das für Schlüssel sind?», sinniert er.

Kniehase fällt dazu nichts anderes ein als: «Ich würde mir diesen Dr. Bernsdorff und sein Labor gerne einmal angucken. Atomforschung! Klingt irgendwie ein bisschen wichtigtuerisch.»

Kappe ist es recht. «Da wollte ich sowieso gerade hin. Wenn Gennat Sie nicht für seine Köpenicker Leiche braucht ...»

Kniehase winkt ab. «Der Mann hat sich niemals selber aufgehängt, das ist sonnenklar. Selbst wenn sie den ebenfalls so nachlässig obduzieren wie unser blondes Fräulein, kann nichts anderes dabei herauskommen.»

«Gut. Dann holen Sie vorsichtshalber ihren Knipskasten, bevor wir losziehen. Nach den Vorstellungen meines Sohns erwartet uns eine eindrucksvolle technische Anlage, mit der man aus Schwefel Gold macht oder so ähnlich.»

Da kann Kniehase nur verkniffen grienen. «Danach haben schon unsere Altvorderen vergeblich gesucht», sagt er. Über den Knipskasten verliert er kein Wort. Kappe ist für ihn sowieso ein technischer Ignorant.

Doch als er mit seiner Photoausrüstung anrückt, wird nichts aus dem gemeinsamen Ausflug zum Wedding.

Kappe hat gerade die kaum verständliche Polizeidienststelle Angermünde an der Strippe, die meldet, eine weibliche Person, angeblich eine gewisse Adelheid Tirschenreuth aus Berlin-Schöneberg, habe sich dort gemeldet, um sich nach den näheren Umständen des Mordes an ihrer Schwester Elisabeth zu erkundigen. Verdächtigerweise könne die Person sich nicht einmal ausweisen ...

«Setzen Sie die Frau in den Zug nach Berlin!», brüllt Kappe und versucht, die Antwort zu verstehen. «Automobil ...», hört er. Vorsichtshalber schreit er noch lauter: «Sie muss sich unverzüglich hier im Präsidium melden! Sofort! Haben Sie verstanden?»

«Jawoll!», lautet die knappe Antwort, die plötzlich so deutlich an Kappes Ohr dringt, als handle es sich um ein Hausgespräch. Gleich darauf ist die Leitung tot.

Seufzend fragt Kappe den Doktor: «Wie lange braucht man von Angermünde bis hierher?»

Derart läppische Fragen beantwortet Kniehase ungern. «Das kommt darauf an, ob Sie gut zu Fuß sind oder ob Ihnen ein moderner Flugapparat zur Verfügung steht.»

Kappe verzichtet auf eine Erwiderung. «Bis in die Koloniestraße und zurück werden wir es inzwischen wohl schaffen», entscheidet er. «Wir können ja den offenen Wagen nehmen.»

«Damit ist Gennat unterwegs.»

Und als sei das nicht genug, um sie an dem Laborbesuch bei Dr. Bernsdorff zu hindern, stürmt jetzt auch noch Mischling mit ungewohntem Temperament, ein Papier schwenkend, ins Zimmer und verkündet: «Wir haben ihn!»

«Den Schauspieler?», fragt Kappe skeptisch.

«Und Doppelmörder!», triumphiert der Kommissaranwärter. «Er hat schon in Düsseldorf eine Geliebte umgebracht.»

«Ach nee», sagt Kappe gedehnt. «Und wo ist er jetzt?»

Die Frage bringt den begeisterten Jungkriminalen auf den Boden zurück. Kleinlaut muss er eingestehen: «Wir haben ihn noch nicht gefunden ... Aber er ist es todsicher gewesen!»

Die Vermutung liegt nahe. Das gibt Kappe zu, nachdem er das Düsseldorfer Fernschreiben gelesen hat. Dort hat der 28-jährige Schauspieler Werner Valentin Sywszinski im Zusammenhang mit dem Tod seiner Geliebten, der 22-jährigen Ballettelevin Trudi Sommerfeld, vier Monate in Untersuchungshaft verbracht, bevor die Ermittlungen gegen ihn mangels Beweisen eingestellt worden sind. Der durch das Öffnen beider Pulsadern eingetretene Tod der Sommerfeld habe sich als von ihr selbst verschuldeter Freitod erwiesen und die mit ihrem Blut an der Wand aufgebrachte Aufschrift *Valentin* als mutmaßlicher Racheakt gegen den untreuen Geliebten. Dem hatte überdies eine weitere mit ihm intim bekannte Schauspielerin ein nicht zu widerlegendes Alibi verschafft.

«Tut mir leid, lieber Doktor», entschuldigt sich Kappe bei Kniehase. «Vorläufig wird es nichts mit der Koloniestraße. Wir müssen uns erst einmal um diesen Herrn Sywszinski kümmern.»

Den Doktor aber scheint das geheimnisvolle Labor brennend zu interessieren. «Ich kann ja alleine dorthin fahren», schlägt er vor. «Diesem Bernsdorff werde ich ein bisschen auf den Zahn fühlen. Oder trauen Sie mir das nicht zu?»

Das weist Kappe weit von sich. Er traut Kniehase, mit dessen Marotten er seit 22 Jahren bestens vertraut ist, allerhand zu – nur keine erfolgreiche Vernehmung. Bei Bernsdorff ist jedoch kaum etwas zu verderben, schon gar nicht, wenn sich der starke Verdacht gegen den Schauspieler erhärten sollte. «Fahren Sie getrost zur Koloniestraße», stimmt er deshalb zu. «Wir werden uns im Theater noch einmal gründlich umgucken.»

Mischling zieht es nicht unbedingt an den Ort seines Misserfolgs zurück. «Ich sollte mich doch um diesen Studenten Damerow kümmern», erinnert er Kappe.

«Na schön. Mit den Theaterfritzen werde ich hoffentlich alleine fertig.»

Leo könnte platzen vor Wut, hält jedoch Adelheid gegenüber seinen Zorn zurück. Sie ahnt nicht, dass er sie am liebsten in diesem Nest in der finstersten Provinz mitten auf der Straße stehenlassen möchte, um sich nie wieder bei ihr zu melden. Soll sie doch zusehen, wie sie zurück nach Berlin gelangt!

Nur wäre das in dieser verfahrenen Situation sicher grundfalsch. Und falsch ist in der letzten Stunde sowieso alles gelaufen. Nie wäre er auf die Idee gekommen, dass sie den Halt an der Tankstelle benutzt, um einen dort herumlungernden Polizeiwachtmeister mit ihrer Geschichte von der ermordeten Schwester zu belästigen. Etwas so Dämliches hat er ihr wirklich nicht zugetraut. Selbstverständlich hat der Grüne sie mitgeschleppt auf die Wache. Ihm, Leo Schisnowski, von ihr verschämt als Verlobter bezeichnet, ist nichts anderes übriggeblieben, als hinterher zu dackeln.

Dass sie keinen Pfennig bei sich hat und keinerlei Papiere, so dass er gleichsam für sie bürgen muss, passt ihm überhaupt nicht in den Kram. Ein wahres Glück, dass der aufnehmende Beamte sich nach wenigen Sätzen als ein Gesinnungsgenosse zu erkennen gegeben hat, der alle weiteren Fragen nach Grund und Ziel der Reise abwinkend unter den Tisch gewedelt hat: «Das Wort eines Kameraden genügt mir.»

Nun ist er also gewissermaßen in polizeilichem Auftrag unterwegs nach Berlin, und wahrscheinlich erwartet Adelheid, dass er sie zum Polizeipräsidium chauffiert. Doch da hat sie sich geschnitten! Er wird sie zu ihrer Bude kutschieren, da soll sie sich erst mal frisch machen und dann selber sehen, wie sie zurechtkommt.

«Erzähl denen bloß nichts von mir!», schärft er ihr mindestens zum dritten Mal ein. «Der Chef wird verrückt, wenn er rauskriegt, dass ich seinen kostspieligen Wagen für Privatausflüge benutze!»

Adelheid nickt nur und betupft ihr Gesicht mit ihrem einzigen, längst durchfeuchteten Taschentuch. Verheult und verquollen sieht sie aus nach dieser schlaflosen Nacht auf dem grässlichen Heuboden. Kaum dass sie wahrnimmt, was Leo da dauernd auf sie einredet. Als ginge es um ihn! Ihre einzige Schwester Elisabeth ist tot, das hat ihr die Polizei klipp und klar bestätigt. Schon fließen ihr die Tränen wieder über die Wangen.

«Heul nicht!», versucht Leo sie zu beruhigen. «Bereite dich lieber darauf vor, was die dich alles fragen werden! Ausquetschen werden sie dich wie eine Zitrone, und wie ich dich kenne, wirst du mehr erzählen, als du überhaupt weißt!»

«Aber ich weiß doch gar nichts», schluchzt Adelheid verzweifelt. «Wer kann denn so etwas Schreckliches tun – meine Schwester einfach umbringen?»

«Schlechte Menschen gibt es überall», sagt Leo philosophisch. «Sie hatte ja wohl einen etwas eigenartigen Bekanntenkreis, oder?»

«Sie war ein so guter Mensch. Keiner Fliege konnte sie was zuleide tun.»

«Vergiss nicht: Sie war eine Frau, die es mit den Männern nicht so genau nahm.»

«So etwas musst du gerade sagen! Sie sah eben gut aus, die Männer sind ihr nachgelaufen.»

«Und wenn einer besonders spendabel war, hat sie nicht nein gesagt.»

Neues Schluchzen. «Ich hätte dir nie davon erzählen dürfen!»

Leo lacht spöttisch. «Sie hätte ein bisschen vorsichtiger sein sollen, dein Fräulein Schwester. Dann würde sie vielleicht noch leben.»

«Du solltest dich was schämen!» Verzweifelt knüllt Adelheid ihr Taschentuch. «Über eine Tote so etwas zu sagen ...»

«Vom Reden wird sie nicht wieder lebendig. Hat die Polizei gesagt, ob sie den Mörder schon haben?»

Adelheid schüttelt den Kopf. «Die haben überhaupt nichts gesagt. Nur, dass sie tot ist.»

«Wirst du denen die Geschichte mit dem Schauspieler auftischen?»

«Mit dem war doch gar nichts weiter. Er hat sie angehimmelt, mehr nicht.»

Leo staunt. «Da hast du mir aber was anderes erzählt!»

Adelheid schlägt die Hände vors Gesicht. «Erinnere mich bloß nicht daran ...»

«Und dann dieser Koofmich, Jauernick oder wie der heißt. Der immer das Hotelzimmer bezahlt ...»

«Leo! Ich bitte dich inniglich: Sprich mit niemandem darüber!»

«Ich? Wie käme ich denn dazu? Mich wird keiner fragen. Ich kannte ja deine Schwester kaum.»

«Ach! Du hast sie doch genauso mit den Augen verschlungen wie die anderen Männer auch. Sie hat dir gefallen, das hast du selbst gesagt!»

Leo hebt die Schultern. «Sie war ganz ansehnlich. Schade um sie. Aber so was kommt eben von so was.»

Jetzt ist es genug! Wütend trommelt Adelheid ihm mit der Faust gegen die Schulter und schreit: «Ich verbiete dir, so über meine Schwester zu reden!»

Der Wagen macht einen Schlenker nach links, bevor Leo ihn wieder in der Gewalt hat. «Du kannst sagen, was du willst», meint er nachsichtig, «aber einer von ihren Kerlen muss deine holde Schwester schließlich auf dem Gewissen haben.»

Das will Adelheid nicht hören. Tränenüberströmt sinkt sie in sich zusammen.

Als sie durch Bernau fahren, kommt Leo der Gedanke, sie auf die S-Bahn zu setzen und sich in Richtung Eichkamp dünnezumachen. Von der Seite betrachtet er das Häufchen Unglück. Besser nicht. Wer weiß, wozu sie sich in ihrem Unglück hinreißen lässt.

«Vielleicht war's ja auch ihr Chef», sagt er mehr für sich.

Adelheid versteht sofort und schüttelt den Kopf. «Das ist ein durch und durch anständiger Mensch.»

«Ein Jude», sagt Leo.

«Das hat doch nichts zu bedeuten. Er war immer sehr galant und zuvorkommend zu Elisabeth.»

«Na eben. Alle Juden sind scharf auf blonde Frauen. Wer weiß, wozu so einer fähig ist, wenn eine germanische Schönheit ihm den ganzen Tag vor den Augen herumtanzt.»

«Ich glaube nicht, dass dieser Dr. Bernsdorff etwas mit Elisabeths Tod zu tun hat.»

«Ich an deiner Stelle würde jedenfalls die Polizei mal auf ihn hinweisen. Dann wird es sich schon rausstellen ...»

«Du meinst, ich soll den Valentin und diesen Jauernick lieber gar nicht erwähnen?»

«Das musst du selber entscheiden. Kein Mensch weiß, wie viel deine Schwester dir überhaupt erzählt hat.»

Das leuchtet Adelheid ein. «Ich weiß von überhaupt nichts», sagt sie schniefend. «Das wird das Beste sein.»

DREIZEHN

KAPPE hat Glück. Als er im Theater eintrifft, ist gerade eine Umbesetzungsprobe im Gange. Auf der Bühne stehen ein Dutzend Schauspieler in den Dekorationen eines Rummelplatzes herum.

Der Ton zwischen ihnen und dem Regisseur im abgedunkelten Zuschauerraum, der kaum einen Satz von der Bühne unbeanstandet lässt, klingt rau und wenig herzlich. Die Probe hat anscheinend schon stark an den Nerven aller Beteiligten gezerrt. Ein Weilchen hört Kappe sich das an, bis er seinen Einsatz für angemessen hält.

«Sie sind ja noch unbegabter als dieser dämliche Valentin!», dröhnt der Regisseur aus dem Dunkel der dritten Parkettreihe. «Sie stellen in dem Stück einen kleinen Ganoven dar, mehr nicht!»

«Halt!», donnert Kappe in diesem Augenblick und eilt mit ausladenden Schritten nach vorn. «Bleiben Sie bitte alle an Ihrem Platz.» Zu dem sprachlosen Regisseur gewandt, sagt er: «Kriminalpolizei. Mordinspektion. Oberkommissar Kappe.»

«Na, Sie haben mir gerade noch gefehlt in meiner Raupensammlung», knurrt der respektlos zurück und setzt eine beleidigte Miene auf.

Kappe stellt sich vor die Bühne. «Ich bitte darum, dass niemand den Raum verlässt, bevor ich ihn nicht befragt habe.»

«Bitte», sagt der Regisseur spitz, «tun Sie sich keinen Zwang an.»

«Danke», entgegnet Kappe ohne jede Ironie. An alle gewandt, fährt er fort: «Sie alle haben bis vorgestern Abend gemeinsam mit Herrn Valentin auf der Bühne gestanden.»

«Ich nicht!», widerspricht sofort Valentins soeben gemaßregelter Nachfolger. «Ich bin neu hier.»

«Und vorgestern war spielfreier Abend», weiß eine grell gekleidete und auf jung geschminkte Mittvierzigerin zu melden.

«Meinetwegen.» So leicht ist Kappe nicht aus dem Konzept zu bringen. «Bitte erinnern Sie sich an die Vorstellung am Dienstag. Ist Ihnen da an Ihrem Kollegen Valentin etwas aufgefallen?»

«Was sollte an dem auffallen?», fragt einer der Männer zurück. «Er war nicht viel schlechter als an den anderen paar Abenden, die er hier gespielt hat.»

Die Mittvierzigerin ist anderer Meinung. «Er war noch schlechter als sonst! Er hat sich nämlich besondere Mühe gegeben.»

«Weil seine Herzensdame im Parkett saß.»

Kappe kann nicht feststellen, von wem die Bemerkung stammt. «Wo saß denn die Dame?», fragt er.

Einer zeigt mit dem Finger auf den Regisseur. «In der zweiten Reihe. Schräg vor Franz.»

Der grollt: «Ich war gar nicht anwesend.»

«Natürlich nicht! Aber da saß die schicke Blonde. Neben so einem Alten mit Umhängebart.»

«Und die hat er umgebracht?», kreischt die grell Geschminkte plötzlich los. «Ein Mörder hat mich in den Arm genommen!»

«Besser als jar keen Mann!», ertönt eine männliche Stimme.

Allgemeines Stimmengewirr, bis Kappe begütigend beide Hände hebt. «Bis jetzt suchen wir Herrn Valentin lediglich als Zeugen. Ist jemandem etwas über seinen Verbleib bekannt?»

Schweigen.

Dann säuselt jemand: «Das müssen Sie eher die Damen fragen ...»

«Ach», höhnt die Geschminkte, «von dir wollte er wohl nichts wissen?»

«Na, von dir doch wohl schon gar nicht!»

Eine junge Frau, beinahe noch ein junges Mädchen, sagt halblaut: «Der hatte was für ältere Semester übrig. Frag mal die Ilona!»

Das geht dem Regisseur anscheinend zu weit. «Was sollen denn derartige Verdächtigungen?», mischt er sich ärgerlich ein. «Der Bursche hat nur ein paar Abende als Aushilfe gespielt. Wir weinen ihm keine Träne nach.»

Kappe nickt. Er hat längst eingesehen, dass er hier nicht viel erfahren wird. Dennoch unternimmt er noch einen Versuch. «Kannte jemand den bärtigen Herrn, der neben der blonden Dame saß?»

«Der sah aus wie ein Fuhrunternehmer» ist alles, was ihm zugerufen wird.

«Danke», sagt Kappe. «Ich möchte dennoch mit jedem Einzelnen von Ihnen sprechen. Ist das irgendwo möglich?»

Wiederum großes Stimmengewirr. «Ottilie, du hast die größte Garderobe», heißt es schließlich.

Die Geschminkte, offensichtlich die Diva des Unternehmens, zuckt hochmütig mit den nackten Schultern. «Meinetwegen. Dann fangen Sie am besten mit mir an.»

Sie hat nämlich etwas mitzuteilen. «Die Kerle können ja alle nicht mehr gerade gucken, wenn da mal so ein Blondchen sitzt. Sofort sind sie auf den möglichen Nebenbuhler fixiert. Dabei gehörte der bärtige olle Mann gar nicht zu der Frau. Links von ihr saß ein ganz unscheinbares junges Ding. Mit der hat sie geflüstert.»

«Sind Sie sicher?»

«Ich habe in diesem blöden Stück ganze zwölf Sätze. Da bleibt mir genügend Zeit, ins Publikum zu gucken. Dass die Blonde Valentins wegen dasaß, war unverkennbar. Jedes Mal, wenn der auftrat, hat sie der anderen einen aufgeregten Rippenstoß versetzt. Zu dem Bärtigen hingegen gehörte so ein aufgetakeltes altes Reff mit Dutt und Lorgnon, das sich die ganze Zeit nur über uns mokierte.»

«Haben Sie die beiden Frauen nach der Vorstellung gesehen?»

Die Diva verzieht spöttisch die bemalten Lippen. «Für ein Autogramm haben sie jedenfalls nicht angestanden!»

«Und Valentin? Haben Sie den noch einmal bemerkt?»

«Kaum. Ich bin nach dem zweiten Vorhang in meine Garderobe, und dann nichts wie raus aus dem Bau. Ich hatte noch eine Verabredung, falls es Sie interessiert ...»

Das interessiert Kappe nicht so sehr. Nur eine Frage möchte er noch beantwortet haben: «Wer von den Damen ist denn Ilona?»

Dafür hat Ottilie nur ein glockenhelles Lachen, das allerdings eher wie das Kollern eines Truthahns ausfällt. «Ilona ist Franz Lepperts Verflossene, deshalb ist er gleich so hochgegangen. Ein falsches Aas, wie es im Buche steht! Aber keiner von uns wagt, ein Wort gegen sie zu sagen, weil sie die Moneten verwaltet, sofern hier überhaupt welche reinkommen.»

Viel mehr erfährt Kappe auch bei den nächsten Befragten nicht. Niemand will Valentin am Dienstag nach der Vorstellung gesehen haben, ebenso wenig die auffällige Blonde und ihre unscheinbare Begleiterin. Und Ilona, mit ihrem hinreichend bekannten Faible für jüngere Männer, gilt allgemein als die eigentliche Seele des Unternehmens. Leppert habe in geschäftlichen Dingen nun einmal noch weniger Ahnung als von der Regie, darüber sind sich alle - offen oder insgeheim - einig.

Kappe beeilt sich, den Rest der Befragungen hinter sich zu bringen, um sich dieser Ilona zu widmen. Als er ihr Bureau betritt, versteht er Mischlings Respekt vor ihr ein wenig. Frauen mit derart ausgeprägtem Selbstbewusstsein fühlt auch Kappe sich nicht in jedem Fall gewachsen, aber er verfügt inzwischen über genügend Routine, um seine Befangenheit zu überspielen.

Kaum hat er seine Marke vorgewiesen und sich vorgestellt, fährt er die aparte Schwarzhaarige barsch an: «Sie haben meinem Kollegen jede Auskunft bezüglich des Werner Valentin Sywszinski verweigert. Würden Sie mir bitte die Gründe für Ihre Zurückhaltung nennen?»

Er rennt offene Türen ein, das hat er schon an ihrer Reaktion auf die Erwähnung der Mordinspektion gemerkt. «Wie gut, dass Sie kommen, Herr Oberkommissar», bricht es aus ihr heraus. «Ich hätte Sie in den nächsten Minuten sowieso angerufen. Ihr Kollege hätte mich doch immerhin warnen müssen! Wer ahnt denn, mit was für einem Menschen man es zu tun hat! Und wieso heißt der plötzlich Sywszinski, wo er hier nur als Valentin aufgetreten ist?

Ich meine, wir können ja hier nicht jede Vertretung auf Herz und Nieren überprüfen. Aber ein Mörder ...»

«Davon ist bis jetzt nicht die Rede», unterbricht Kappe ihren unerwarteten Redefluss. «Richtig ist vielmehr, dass wir Herrn Valentin Sywszinski als wichtigen Zeugen in einem Mordfall suchen. Mehr nicht. Von Ihnen erwarte ich vor allem Angaben über seine Adresse und seinen möglichen gegenwärtigen Aufenthaltsort.»

Ilona schüttelt ihr schwarzes Lockenhaupt. «Eine Adresse habe ich wirklich nicht in den Unterlagen», sagt sie und wirkt gar nicht mehr so selbstsicher. «Aber was seinen augenblicklichen Aufenthaltsort angeht ...»

Kappe wartet.

«Was haben Ihnen denn die Kollegen dazu gesagt?», erkundigt sich Ilona.

Jetzt ist es an Kappe, selbstsicher zu grienen. «Man hat mich an Sie verwiesen und gute Gründe dafür angeführt.»

«Ich konnte doch nicht ahnen, weshalb sich ihr junger Kollege gestern nach diesem ... Valentin erkundigte. Meinen Sie wirklich, er hat die Frau umgebracht?»

Wieder einmal ist Kappe nahe daran, die Geduld zu verlieren. «Um das zu erfahren, müssen wir mit ihm reden», sagt er grantig. «Wollen Sie mir nicht endlich reinen Wein einschenken?»

«Er machte so einen hilflosen Eindruck ...»

Kappe wartet, sein Blick spricht Bände.

Sie seufzt tief. «Er hat bei mir am Hohenzollerndamm übernachtet. Aber wenn Ihr junger Kollege auch nur ein Wort gesagt hätte ...»

Kappe schneidet ihr das Wort ab. «Hält sich Valentin noch immer in Ihrer Wohnung auf?»

«Was denken Sie denn von mir! Nach einem Blick in die Morgenzeitung habe ich ihn achtkantig rausgeworfen. Ich bin doch keine Schlummermutter für irgendwelche Frauenmörder!»

«Und Sie haben keine Ahnung, wohin er sich gewandt haben könnte?»

«Natürlich nicht.» Sie fühlt sich schon wieder obenauf. «Es ist mir auch gänzlich einerlei.»

«Uns nicht», sagt Kappe. «Es wäre besser gewesen, Sie hätten die Polizei verständigt. Möglicherweise auch ungefährlicher.»

Ihr dunkler Teint ist eine Spur blasser geworden. «Sie meinen also wirklich ...»

«Ich meine, dass Sie sich sehr unvorsichtig verhalten haben.»

Für den Augenblick ist Erwin Jauernick noch einmal mit einem blauen Auge davongekommen. Die Postbeamten haben sich tatsächlich mit der Behauptung abspeisen lassen, er hätte Adelheid Tirschenreuth nur gesucht, um ihr als ein weitläufiger Bekannter der Familie sein Beileid zum schrecklichen Tod ihrer Schwester auszusprechen.

Schwitzend ist Jauernick dem unheimlichen Amt entkommen. Die Vermutung, diese Adelheid stecke hinter der Erpressung, hat sich jedenfalls als ein Holzweg erwiesen, und ein Blick auf die Uhr belehrt in, dass der Gelbe Kakadu inzwischen seine Pforten geöffnet haben müsste.

Mit dem Taxi ist er in zehn Minuten vom Nollendorfplatz in der Meinekestraße, wo man seinen Fragen mit Zurückhaltung begegnet. Man kennt ihn hier, aber ein wirklicher Stammgast ist er nicht. Erst ein brauner Schein, von dem er sich in diesem Fall leichten Herzens trennt, hilft dem Gedächtnis des Barkeepers auf bemerkenswerte Weise auf die Sprünge.

«An dem Abend, als Sie mit dieser großen Blonden hier waren?», vergewissert sich der Mann mit dem messerscharfen Scheitel und der Narbe über dem Glasauge.

«Ja», bestätigt Jauernick. «Schenken Sie uns erst mal einen anständigen Cognac ein.» Den kann er jetzt gebrauchen, und der einäugige Barkeeper sagt nicht nein.

«Wenn ich mich recht erinnere», meint der gedankenvoll und schwenkt das Glas genießerisch unter seiner Nase, «dann ist mir an dem Abend die Gräfin aufgefallen, die dort hinten am Tisch saß.»

Er deutet in eine Ecke neben dem kleinen Musikpodium. «Die hat sich meiner Ansicht nach ganz ungebührlich für Sie und Ihre Begleiterin interessiert.»

«Die Gräfin?», fragt Jauernick. Dann begreift er. «Sie meinen diese ... Nita oder wie sie sich nennt?»

«Ebendie», bestätigt sein Gegenüber. «Wie sie wirklich heißt, weiß ich nicht. Jedenfalls renommiert sie überall mit ihrem Adelsprädikat. Wenn ich mich recht erinnere ...»

Jauernick winkt ab. Er weiß, wer gemeint ist, und er weiß auch, dass er selber schon mit dieser Person im Gelben Kakadu gesessen hat. Ein länger zurückliegender Abend, an den er sich mit gemischten Gefühlen erinnert. Später, im Licht eines schäbigen Hotelzimmers, hatte die angebliche Gräfin sich als nicht ganz so jung und frisch erwiesen, wie im Schummerlicht der Bar erhofft. Eine zweite Begegnung hatte er dankend abgelehnt.

Das also ist ihre Rache! Mit Schwung gießt er sich den Rest Cognac hinter die Binde, zählt das Geld auf den Tresen und verabschiedet sich. Die zwanzig Mark hätte er bei einigem Nachdenken sparen können, aber darauf kommt es nicht mehr an. Diesem Miststück wird er das Handwerk legen, aber gründlich!

Das Taxi kommt nicht recht voran im Mittagsverkehr, vor der Herkulesbrücke staut sich der Verkehr. Polizei und Feuerwehr sind im Einsatz, die Brücke ist schwarz von Menschen.

«Wahrscheinlich wieder eener in' Kanal jeschprung'», vermutet der Droschkenkutscher. «Ick würde ma ja 'ne tiefre Stelle suchen.»

Jauernick schweigt dazu. Ins Wasser zu gehen bietet keinen Ausweg aus seinem Dilemma. Wäre da nicht der bewusste Dienstagabend, könnte er leicht reinen Tisch machen und sich selber im Präsidium melden. Was können die ihm denn? Das Schlimmste mit Edith hat er ja schon hinter sich.

Mit diesem Gedanken betritt er aufrechten Ganges sein Bureau. «Na endlich!», ruft Fräulein May aus. «Das Telefon klingelt ununterbrochen.»

«Hat diese Frau wieder angerufen?»

«Was für eine ...»

«Sie wissen schon!», schnauzt Jauernick. «Stellen Sie sich nicht so an!»

Und richtig, sie weiß genau, wer gemeint ist. «Ich habe sie vertröstet. Nicht vor eins, habe ich gesagt.»

«Die stellen Sie sofort durch zu mir! Alle anderen wimmeln Sie ab.»

Um Viertel zwei klingelt der Apparat auf seinem Schreibtisch. Bedächtig greift Jauernick zum Hörer. «Ja bitte?», fragt er mit öliger Höflichkeit.

«Hast du die fünf?» Es ist ihre Stimme.

«Aber wer wird denn so gierig sein! Reichen nicht auch drei?»

«Ich habe gesagt: fünf. Und keinen Pfennig weniger.»

«Na gut», stimmt er scheißfreundlich zu. «Wie hätten Sie es denn gerne – à Konto oder bar ... liebe Nita?»

Kein Ton von der anderen Seite.

«Hallo, Gräfin, hat es dir die Sprache verschlagen? Sag doch mal was! Der Herr von der Kripo, der neben mir steht, möchte deine Stimme gerne noch mal deutlich hören.»

Im Hörer scheppert es. Befriedigt legt Jauernick auf. Fünftausend Mark spart man nicht jeden Tag. Wenn er nun noch ein Alibi für den Mordabend nachweisen könnte ...

VIERZEHN

KAPPE ist guter Hoffnung. Es ist nur eine Frage der Zeit, bis ihnen dieser Sywszinski ins Garn gehen wird. Ein nahezu mittelloser Schauspieler, der sich in der Berliner Halb- und Unterwelt nicht auskennt, hat selbst in der Großstadt wenig Chancen, sich auf Dauer zu verbergen. Und schon gar kein Frauenmörder. Eine kleine Belohnung ausgesetzt und die richtigen Informanten scharfgemacht – wäre ja gelacht, wenn das nicht funktioniert.

Als Kappe guten Mutes von der Fahndungsabteilung kommt, sitzt Galgenberg mit missmutig herabgezogenen Mundwinkeln hinter dem Schreibtisch und blättert lustlos in einem Aktenstück.

«Wie weit seid ihr mit eurem Waldtöter?», erkundigt sich Kappe jovial. «Hat Gennat eine heiße Spur?»

Griesgrämig sieht Galgenberg auf. «Frag lieber Teichmüller. Für den waren es die Kommunisten, die einen Verräter liquidiert haben.»

«Und was meinst du?»

«Hast du schon mal Kommunisten erlebt, die einen teuren Strick kaufen, um jemanden aufzuhängen? Proletarische Abreibung, das ist deren Handschrift. Wenn's sein muss, auch mit einem dicken Knüppel, allenfalls einem Messer oder einer übriggebliebenen 08 – aber doch nicht mit einem extralangen Strick!»

«Der Mann ist also noch nicht identifiziert?»

Galgenberg schüttelt den Kopf. «Nee. Ick bin gerade dabei, die Vermisstenanzeigen durchzugehen. Aber der hing ja noch nicht lange. Muss übrigens ungefähr zur gleichen Zeit gestorben sein wie unser Blondie.»

«Bei der haben wir immerhin eine vielversprechende Spur. Leider ist der Kerl flüchtig.»

Mischlings Rückkehr stört ihre angeregte Unterhaltung. «An diesem Enno Damerow ist doch mehr dran, als wir glauben», berichtet er naseweis. «An der Technischen Hochschule ist er jedenfalls seit Monaten nicht mehr gesehen worden. Er stehe kurz vor der Ex ... Exmatrikulation, heißt es.» Das schwierige Wort liest er von seinem Notizblock ab. «Gehörte vorher zu den Nazi-Studenten, die dauernd Stunk machen.»

Kappe und Galgenberg wechseln einen Blick. «Davon jibt's sicherlich 'n paar hundert», vermutet Galgenberg. «Matrikula hin oder her.»

Doch Mischlings Eifer ist nicht zu dämpfen. «Das Schönste kommt ja noch!», trumpft er auf. «Damerow ist nämlich verschwunden! Ich bin sicherheitshalber in die Kantstraße gegangen, um ihn zu befragen, aber dort hat er sein Zimmer so gut wie ausgeräumt, wie mir das Dienstmädchen bestätigte. Hat sich gestern Abend noch mit einem Koffer in der Hand auf- und davongemacht.»

Ärgerlich haut Kappe mit der Faust auf den Tisch. «Damit hätten wir jetzt den zweiten Verdächtigen auf der Flucht! Fehlt bloß noch, dass dieser Bernsdorff uns durchbrennt, dann können wir den Laden hier dichtmachen und uns zur Landgendarmerie versetzen lassen.»

Mischling fehlt jeder Sinn für Ironie. «Da komme ich doch her», sagt er bieder und versteht gar nicht, weshalb Galgenberg und Kappe so hässlich lachen.

Aber Dr. Bernsdorff ist noch da und sehr beschäftigt, wie Kniehase zu referieren weiß, nachdem er sich mit gewohnter Umständlichkeit zurückgemeldet hat. «Sie werden staunen, Kappe, wenn Sie die Photos sehen», kündigt er an. «Der Mann hat Apparaturen da zu stehen – so etwas habe ich mein Lebtag noch nicht zu sehen bekommen. Eine Kathodenstrahlröhre, die er mit einer Million Volt betreibt! Und alles aus dem allgemeinen Stromnetz der Bewag.»

«Woher soll er den Strom sonst nehmen?», sagt Kappe, und die Niagarafälle kommen ihm in den Sinn, die Dominik bei den Atomversuchen in die Luft fliegen lässt. «Aber sind die nicht sehr gefährlich, diese Atomversuche?»

«Na, und ob! Ich habe das Gefühl, der Mann ist sich dessen kaum bewusst!»

«Ick bleibe lieber bei Jaslicht», sagt Galgenberg. «Eene Million Volten – so wat kommt mir nich in die Bude!»

«Sie sind ein Ignorant, Galgenberg!», ereifert sich Kniehase. «Ginge es nach Ihnen, würden wir noch immer mit der Postkutsche fahren.»

«Na und? Wär doch janz jemütlich, oder?»

Kappe kennt Galgenberg lange genug, um zu wissen, dass es keinen Sinn hat, ihm zu widersprechen. Dennoch sagt er: «Von Gasexplosionen hast du noch nie gehört, wie?»

Galgenberg verzieht das Gesicht.

Kniehase ist noch bei den Bernsdorff'schen Experimenten. «Meine Herren, Sie haben ja keine Vorstellung davon, welche gigantischen Energiemengen in dieser Atomtechnik stecken!»

«Aber was bezweckt dieser Dr. Bernsdorff mit seinen Atomversuchen?», erkundigt sich Mischling.

Kniehase, der glaubt, endlich einen Zuhörer für einen ausführlichen Vortrag gefunden zu haben, hebt den Zeigefinger. «Genau darüber spricht der Mann natürlich nicht! Er wollte nicht einmal, dass ich seine Apparate photographiere.»

Dafür hat Kappe Verständnis. «Die haben ja wohl auch nichts mit dem Mord zu tun», sagt er, doch Kniehase ist da nicht so sicher.

«Man weiß nicht, was wirklich dahintersteckt, lieber Kappe. Falls sich jemand für Bernsdorffs Experimente interessiert, wäre es jedenfalls sehr klug, sich die Schlüssel für die Laborräume zu beschaffen.»

«Durch einen Mord?», fragt Mischling skeptisch.

Auch Kappe ist erstaunt über die Spekulation Kniehases, der sonst eher für seine nüchterne Denkweise bekannt ist.

Galgenberg schließlich sagt einfach: «Det is ma zu hoch», greift seinen Aktendeckel und macht sich davon.

Kappe hat inzwischen nachgedacht. «Soweit mir bekannt ist, fehlten nur die Schlüssel zu den Geschäftsräumen in der Münzstraße», wendet er ein, doch so leicht gibt sich Kniehase nicht geschlagen.

«Darunter der Schlüssel für den Tresor. Und darin wiederum befand sich der Zweitschlüssel für die Koloniestraße.»

«Und für den dortigen Tresor», vermutet Mischling, aber Kniehase schüttelt den Kopf.

«So etwas gibt es dort gar nicht. Nur eine Art Giftschrank, in dem Bernsdorff verschiedene Stoffe und Chemikalien aufbewahrt. Der war angeblich aufgebrochen, aber es fehlte nichts Wesentliches.»

«Und wozu dann das ganze Theater?», fragt Kappe verständnislos. «Was hat denn der angebliche Einbrecher gesucht?»

Kniehase winkt beide dicht zu sich heran und flüstert: «Ebendas will der liebe Herr Doktor aus gutem Grund nicht verraten.»

Kappe kennt ihn lange genug, um laut zu mutmaßen: «Aber Sie haben es natürlich trotzdem herausgefunden.»

Kniehase grient, was bei ihm selten vorkommt und entsprechend diabolisch ausfällt. «Das habe ich. Der gute Mann ist hinter einem alten Traum der Menschheit her.»

Kappe, dank Hartmut und Dominik entsprechend vorgebildet, fragt eigentlich nur sicherheitshalber: «Er will aus Quecksilber Gold machen?»

Jetzt ist es an Dr. Kniehase, Kappe erstaunt, ja misstrauisch zu mustern. «Hat er das Ihnen gegenüber eingestanden, Kappe?»

«Das nicht», gibt Kappe zu. «Aber mein Sohn vermutet es schon die ganze Zeit.

«Seid ihr immer noch bei eurem Atomonkel?» Galgenberg ist zurückgekehrt und brennt sichtlich darauf, sie mit einer Neuigkeit zu überraschen.

«Hast du deinen Gehenkten endlich identifiziert?», fragt Kappe.

Galgenberg schüttelt den Kopf. «Viel besser – jedenfalls für dich. Sie haben deinen vermissten Schauspieler jefunden.»

Kappe schlägt dem erschrockenen Mischling munter auf die Schulter. «Das ist eine gute Nachricht!»

«Wenigstens zur Hälfte», schränkt Galgenberg die frohe Kunde ein. «Er is wahrscheinlich 'n bissken feucht jeworden im Kanal.»

«Was heißt denn das nun wieder?»

«Der wollte sich wohl das Leben nehmen und ist von der Herkulesbrücke gesprungen.»

«Und? Ist er tot?»

«Is det mein Fall oder deina? Laut Unfallkommando liecht er im Urban.»

FÜNFZEHN

ES IST IHR NICHT GELUNGEN, Leo zu überreden, sie zum Polizeipräsidium zu begleiten.

«Adelheid, ich bitte dich: Du hältst mich da raus – und zwar hundertprozentig! Ich möchte nicht wegen deiner Schwester meine Stellung verlieren. Und meine völkische Gesinnung geht die Polizei ebenso wenig was an wie meine SA-Uniform im Schrank. Verstehst du das?»

Natürlich hat sie verstanden. Weniger das mit der völkischen Gesinnung, die gute Stellung alleine ist überzeugend genug. In der verbotenen SA-Uniform hat sie ihn sowieso nur ein einziges Mal gesehen. Kleidet ihn nicht einmal schlecht, aber in der ledernen Chauffeurskluft gefällt er ihr besser. Eigentlich ist er ein ganz schmucker Kerl ...

Wenn er jetzt nur bei ihr wäre! Sie wird das Gefühl nicht los, dass alle Leute in der Bahn sie anstarren in dem scheußlichen schwarzen Kleid, das viel zu warm ist für die Jahreszeit. Vor sechs Jahren hat die Mutter es geschneidert, zu Vaters Beerdigung. Und vor einem Jahr hat sie es dann zu Mutters Beisetzung getragen. Beide Male war sie sich darin hässlich vorgekommen wie eine Krähe. Nur Elisabeth sah chic aus in Schwarz. Elisabeth hat immer chic ausgesehen.

Gleich muss sie in ihrer dunkelbraunen Handtasche kramen, um sich die Augen zu wischen. Eine schwarze Tasche besitzt sie nicht, doch irgendwo muss sie ihre Papiere und die Photos von Elisabeth lassen. Sie kann froh sein, dass sie das Kleid nicht weggegeben hat. Für ein neues hätte es nicht gereicht. Als leidtragende

Schwester kann sie schließlich nicht in einem bunten Fähnchen bei der Polizei erscheinen. Was würde das für einen Eindruck machen?

Das hat ihnen die Mutter immer eingeschärft: Auf den ersten Eindruck kommt es an. Elisabeth hatte damit nie Schwierigkeiten, sie nahm jeden sofort für sich ein. Vor allem jeden Mann. Vielleicht hat Leo ja recht, und Elisabeth könnte noch leben, wenn sie mit ihren Bekanntschaften etwas vorsichtiger gewesen wäre. Obwohl der Schauspieler wahrhaftig nichts Unheimliches an sich hatte bei seinem Rumgetue auf der Bühne. Und den anderen, den reichen Onkel, wie sie ihn seiner Großzügigkeit wegen insgeheim nennt, den hat sie nie gesehen. Auch von ihm hat Elisabeth nie etwas Unangenehmes erzählt.

Na gut, in ihren eigenen Berichten waren die Ohrfeigen auch nicht vorgekommen, die ihr Leo einmal voller Eifersucht verabreicht hatte, ebenso wenig wie seine unanständigen Reden und seine übergroße Lust auf sie. Über solche Intimitäten haben sie nicht miteinander gesprochen, weit eher über die Vorzüge, trotz der Männerknappheit einen *Festen* gefunden zu haben oder sogar zwei, zwischen denen sich Elisabeth nicht zu entscheiden vermochte.

Als Adelheid die U-Bahn-Treppe hinaufsteigt, beeindruckt sie der gewaltige Backsteinbau auf der anderen Straßenseite. So nah hat sie das Polizeipräsidium noch nie gesehen. Am liebsten möchte sie umkehren und sich irgendwo verkriechen, aber das ist natürlich nur ein feiger Gedanke.

Entschlossen überquert sie die Straße und geht auf den Eingang zu. Prompt erwischt sie den falschen. Doch zehn Minuten später sitzt sie mit zitternden Knien auf einem harten Stuhl vor einem Amtszimmer der Kriminalpolizei. Auf dem kahlen Gang herrscht reges Leben, ständig schleppen Männer Aktenbündel von einem Zimmer in das andere, klappen Türen, schnappt sie Gesprächsfetzen auf. Nur um sie kümmert sich niemand.

Das hat sie sich anders vorgestellt. «Wir rufen Sie herein.»

Mehr hat der ältere Beamte hinter dem Schreibtisch nicht gesagt. Nun wartet sie. Nach einiger Zeit kommt er heraus, nickt ihr immerhin zu und verschwindet ein paar Türen weiter. Wieder vergeht eine Ewigkeit. Als er endlich zurückkommt, winkt er sie in das Zimmer, gibt ihr sogar die Hand und stellt sich vor: «Oberkommissar Kappe. Mein herzliches Beileid.»

Sofort füllen sich ihre Augen mit Tränen. Was für ein dummes Gerede von Leo: die würden sie in die Zange nehmen! Der Oberkommissar strahlt Ruhe aus und Verständnis. Mit geschwungener Handschrift schreibt er ihre Daten von der Kennkarte ab, die sie ihm gereicht hat. Nur die Adresse in der Pallasstraße muss sie ihm nennen. «Ich bin noch nicht dazu gekommen, mich umzumelden», lispelt sie. Die Wirtin hatte ihr davon abgeraten, aus welchen Gründen auch immer.

Den Oberkommissar scheint das nicht zu interessieren. Er blickt auf und fragt ganz ruhig: «Wann haben Sie Ihre Schwester zum letzten Mal gesehen?»

Zum letzten Mal! Es trifft sie wie ein Keulenschlag. Sie kämpft mit den Tränen, als sie flüstert: «Am ... am Dienstagabend. Wir waren zusammen im Theater.»

Er nickt. «Und dann?»

«Danach habe ich sie nicht mehr gesehen.»

«Ich meine: Nach dem Theater – was geschah da?» Der leise Vorwurf in seiner Stimme ist nicht zu überhören.

«Ich ... ich musste zum Dienst ...»

«Und Ihre Schwester?»

Erst in diesem Augenblick wird ihr bewusst, dass Lisel bereits in der Nacht nach dem Theaterbesuch gestorben sein kann und nicht erst am Mittwoch, als sie mit ihr und vielleicht mit dem Schauspieler verabredet gewesen war. «Meine Schwester ist ... sie wird nach Hause gefahren sein.»

«Sind Sie sicher?»

Natürlich ist sie das. Wohin sonst sollte Lisel gefahren sein?

«Hatte sie vielleicht noch eine Verabredung?»

Adelheid schüttelt heftig den Kopf. «Nein. Das hätte sie mir gesagt. Sie war müde und wollte nach Hause.»

«Sie haben das Theater gemeinsam verlassen?»

Sie nickt. «Ich hatte es eilig. Ich musste ja zum Dienst, und es war schon kurz vor zehn.»

«Das schildern Sie jetzt bitte mal ganz genau», fordert er, und sie sieht keinen Grund, ihm nicht ausführlich alle Einzelheiten zu erzählen, an die sie sich erinnern kann. Sie waren aus dem Theaterfoyer getreten und hatten sich direkt davor voneinander verabschiedet. Drei Droschken hatten dort hintereinander gewartet, einer der Chauffeure hatte ihnen zugerufen: «Na, meine Damen, wohin soll's denn noch gehen?»

Lisel hatte freundlich abgewinkt, der Schwester einen Kuss auf die Wange gegeben und war in Richtung Nollendorfplatz gegangen, während Adelheid zwischen den wartenden Taxen die Straße überquerte, um auf dem kürzesten Wege zur Winterfeldtstraße zu gelangen.

Dreimal lässt er sich das berichten, bevor er sie nach ihrer Arbeit fragt, um gleich wieder auf das Theater zurückzukommen. «Ihre Schwester hatte Sie eingeladen, mit ihr diese Vorstellung zu besuchen. Gab es dafür einen besonderen Anlass?»

Sie hat Lisel versprochen, es für sich zu behalten. Doch was nützt das jetzt? Lisel ist tot, und dieser höfliche Herr Oberkommissar wird hoffentlich herausfinden, wer sie umgebracht hat. Warum soll sie also verschweigen, dass der Schauspieler Werner Valentin Lisel die beiden Karten geschenkt hat, damit sie ihn endlich einmal auf der Bühne bewundern konnte?

Sie hätte sich denken müssen, dass dieser Kappe es nicht dabei bewenden lässt.

«Wie eng war denn die Beziehung zwischen diesem Werner Valentin und Ihrer Schwester?», will er prompt wissen.

«Das weiß ich nicht», haucht Adelheid, errötend ob der kleinen Lüge, die ihr der Oberkommissar natürlich nicht abnimmt.

Er poltert: «Na hören Sie mal! Sie sind doch eine erwachsene

Frau, und Ihre Schwester wird doch kaum Geheimnisse vor Ihnen gehabt haben!»

Er kannte eben Lisel nicht. Die hatte es durchaus verstanden, ihre Geheimnisse zu bewahren, wenn sie wollte. Über Valentins Vorzüge allerdings hatte sie sich gründlich ausgelassen. Sie war in ihn verliebt gewesen, daran bestand für Adelheid kein Zweifel. Über einen Mann, der einem gleichgültig ist, spricht man nicht so ausführlich – und will ihn nicht der Schwester vorstellen, wie Elisabeth es vielleicht an diesem vertrackten Mittwoch vorgehabt hatte. Das zumindest erzählt sie dem neugierigen Polizisten.

Zufrieden ist Kappe damit nicht. «Wie lange ging denn das schon mit den beiden?», fragt er.

Sein Ton ist längst nicht mehr so verbindlich wie am Beginn ihres Gesprächs. Oder ist das inzwischen ein Verhör? Es ist Adelheids erste Bekanntschaft mit der Kriminalpolizei. Bei ihrer Arbeit hat sie gelernt, jede plumpe Anspielung, jede Unverschämtheit zu überhören und in jeder Situation sachlich zu reagieren. Dabei handelt es sich jedoch um anonyme Stimmen, nicht um wirkliche Menschen aus Fleisch und Blut, die ihr leibhaftig gegenübersitzen.

«Das weiß ich wirklich nicht», entgegnet sie fest. «Und ich weiß auch nicht, wie ... wie intim sie miteinander waren.»

Wenn nur diese verflixte Röte nicht wäre. Sie spürt, wie ihr Gesicht förmlich erglüht, weil ihr ausgerechnet jetzt Einzelheiten einfallen, die Lisel in ganz ungewohnter Offenheit erwähnt hat. «Der perfekte Liebhaber», hatte sie verzückt geflüstert, und Adelheid hatte ein bisschen beschämt an Leo gedacht.

«Hat Valentin gelegentlich oder öfter bei Ihrer Schwester übernachtet?»

«Sie hat nur einmal so etwas erwähnt ...»

«Na, sehen Sie! Am Dienstagabend war sie nach der Vorstellung sicherlich mit Valentin verabredet.»

«Nein, ganz gewiss nicht. Das hätte sie mir gesagt.» Der scharfe Blick, der sie trifft, ist ihr unangenehm. «Sie wollte gleich zur U-Bahn», sagt sie hilflos.

«Na schön. Darauf kommen wir noch mal zurück. Sie sind also vom Theater aus direkt zum Dienst gegangen. Und am nächsten Tag ...»

«Hatte ich noch einmal Nachtdienst.»

«Sie haben keine Zeitung gelesen?»

Sie schüttelt den Kopf. «Dafür gebe ich kein Geld aus.»

«Sehr löblich», knurrt Kappe. «Aber am Donnerstag früh ...»

Die Antwort hat sie sich lange genug überlegt. «Da bin ich für zwei Tage aufs Land gefahren. Ab und zu brauche ich frische Luft nach der Anstrengung im Amt.»

Das scheint ihrem Gegenüber zu genügen.

«Meine Gastgeberin hatte zufällig eine Zeitung. Darin habe ich Elisabeths Namen entdeckt. Ich bin dann in Angermünde gleich zur Polizei gegangen ...»

Kappe hebt die Hand. Das weiß er ja bereits.

Anderes will er immer wieder hören. Elisabeths Beziehung zu Valentin, zu den Mietern in der Wohnung, zu anderen Männern. Auch zu Dr. Bernsdorff, ihrem Chef. Für den hatte Elisabeth ein bisschen geschwärmt. Ein gebildeter Mann in den allerbesten Jahren. Und noch dazu ein Junggeselle. Aber Jude, würde Leo verächtlich anmerken. Lisel hat es nicht gestört, und auch der Oberkommissar scheint nichts dabei zu finden. Er will nur wissen, wie das Verhältnis zwischen den beiden war.

«Gut», sagt sie. «Er war immer sehr höflich und galant zu ihr.»

«Mehr nicht?»

Sie weiß selber nicht, wie sie dazu kommt, doch sie sagt mit einem koketten Augenaufschlag: «Das weiß man doch bei Männern nie genau ...»

«Hat er Ihre Schwester mal eingeladen oder ihr Geschenke gemacht?»

Sie schüttelt den Kopf. «Über die Arbeit haben wir selten miteinander gesprochen. Sie hat sich, glaube ich, gut mit ihm verstanden. Er hat ihr öfter Komplimente über ihr Aussehen gemacht. Und über ihre Kleidung.»

Oberkommissar Kappe ist nicht zufrieden mit ihren Antworten, das spürt sie. Immer wieder hakt er nach – hundert Fragen, die Adelheid mit vorsichtiger Zurückhaltung und nachlassenden Kräften beantwortet. Zwei Nächte hat sie nicht geschlafen, und allmählich verwirren sich ihre Sinne. Als sie schließlich auf dem Stuhl zusammensinkt, beeilt sich der Oberkommissar, ihr ein Glas Wasser zu holen.

«Es ist der Schreck ...», murmelt sie entschuldigend, und Kappe fragt: «Gibt es jemanden, der Sie nach Hause begleiten könnte?»

Matt schüttelt sie den Kopf und erhebt sich wankend. «Leo!», möchte sie jetzt rufen und sich an seine Schulter kuscheln. Oder hat sie etwa seinen Namen tatsächlich ausgesprochen? Der Oberkommissar sieht sie so seltsam an.

Als er fragt: «Wie sind Sie denn von Angermünde ganz alleine nach Berlin gekommen?», sinkt sie vorsichtshalber ohnmächtig an seiner breiten Schulter nieder.

Mischling merkt gleich, als er zur Tür hereinkommt, dass Kappe nicht in bester Stimmung ist. Er bringt schlechte Nachrichten mit. Die schlechteste, dass er vor einer halben Stunde Brettschieß in die Arme gelaufen ist und der sich – unter Umgehung des korrekten Dienstweges – hat haarklein berichten lassen, wie weit sie im Mordfall Tirschenreuth sind, verschweigt er lieber gleich.

Sie treten auf der Stelle, wie Mischling eingestehen muss. Der Unglücksrabe Valentin jedenfalls kommt seiner Ansicht nach kaum länger als Täter in Betracht.

Schmutzig weiß im Gesicht wie die seit Jahren nicht gekalkte Decke in dem Zwölf-Betten-Saal im Urban hat er dagelegen mit seinem dicken Kopfverband und nur gemurmelt, man solle ihn endlich in Ruhe sterben lassen.

Nach Ansicht des Arztes kann davon gar keine Rede sein. «Eine ordentliche Gehirnerschütterung, mehr nicht», meinte der. «Quälen Sie ihn nicht zu lange.»

Mischling hatte Diagnose und Mahnung weitherzig ausgelegt

und war dem Schauspieler nicht von der Bettkante gewichen, obwohl ihn dessen monoton wiederholte Beteuerung, er habe weder Elisabeth Tirschenreuth noch die Elevin in Düsseldorf umgebracht, allmählich langweilten.

Auf Mischlings bohrende Fragen hin schob Valentin alle Schuld Elisabeths Chef zu, diesem verheirateten Madensack mit den dicken Ringen an den Fingern, der die junge Frau mit Sicherheit auf dem Gewissen habe. Seine Beschreibung passt absolut nicht auf Dr. Bernsdorff, Mischling hörte dennoch genau zu und machte sich Notizen. Valentin jedenfalls war fest überzeugt von einem intimen Verhältnis Elisabeths mit diesem Mann. Vermutlich sei es nach dem Theaterbesuch seinetwegen zu einer Auseinandersetzung zwischen den beiden gekommen, in deren Verlauf der eifersüchtige Chef die ungetreue Geliebte umgebracht habe.

Valentins Auffassung erklärte natürlich in keiner Weise seine Flucht und den dilettantischen Selbstmordversuch. Was hatte er zu verbergen? Mit pommerscher Hartnäckigkeit kam Mischling immer wieder darauf zurück, bis der erschöpfte Schauspieler schließlich nach tausenderlei Ausflüchten bereit war, seinen Aufenthalt für die Nacht zum Mittwoch zu offenbaren, nur um den sturen Quälgeist endlich loszuwerden.

Was Mischling Valentins verschwommenen Andeutungen mit einiger Mühe entnommen hat, bestärkt ihn in seiner Verachtung für das sittenlose Komödiantenvolk, schränkt den Verdacht gegen Valentin Sywszinski jedoch stark ein. Was für ein armer Teufel, der den eigenen Hintern für ein paar Mark verkaufen muss, um am nächsten Abend standesgemäß mit einer Frau auszugehen!

Abgestoßen von derlei abscheulichen Praktiken, hatte sich Mischling dennoch sofort auf den Weg in die angegebene Lasterhöhle an der Augsburger Straße gemacht und war dort nach dem Austausch einiger verbaler Grobheiten mit dem Personal fündig geworden.

Widerwillig hatte der Wirt jenes Etablissements Valentin Sywszinski als Begleiter eines anderen, ihm nur mit dem Vornamen

Hänschen bekannten Schauspielers identifiziert. Ja, die beiden seien am Dienstagabend gegen halb elf erschienen und hätten das Lokal gleich nach der Polizeistunde gemeinsam und in trauter Umarmung verlassen. Eine Frau? Dafür hatte er nur ein affektiertes Lachen. Natürlich sei keine Frau dabei gewesen!

Missmutig hört Kappe sich den gewundenen Bericht an. Man merkt eben, dass Mischling noch nicht lange in der Großstadt lebt. «Es kann sich natürlich trotzdem um eine faule Ausrede handeln», meint er, weil Mischling ihm ein bisschen zu sehr von der Beweisführung seiner Ermittlungen überzeugt scheint. «Von der Augsburger zur Kantstraße sind es nur ein paar Minuten.»

«Das hieße aber, dass dieser Valentin sich seinem Gönner entzogen und sich auf irgendeine Weise Eintritt in die Wohnung der Tirschenreuth verschafft hat.»

Kappe macht eine abwehrende Handbewegung. Daran glaubt er selber nicht. Das gut gezimmerte Indizien-Gebäude, in dem er den Schauspieler schon eingesponnen sah, ist eingestürzt. Grantig sagt er: «Was ich nicht verstehe: Weshalb ist der Kerl überhaupt ins Wasser gegangen?»

«Gesprungen. Anscheinend mit geschlossenen Augen und Ohren. Es kam nämlich gerade ein Lastkahn unter der Brücke durch, und so ist er mit dem Kopf auf dessen Bugaufbau geprallt und erst dann ins Wasser gestürzt.»

Fassungslos schüttelt Kappe den Kopf. DbddhkP, fällt ihm da nur ein, Galgenbergs gegenwärtige Lieblingsfloskel.

«Wussten Sie, dass der Landwehrkanal kaum zwei Meter tief ist?», fragt Mischling. «Jedenfalls hat die Feuerwehr das behauptet.»

Kappe nickt. «1,50 bei Niedrigwasser.» Dazu fällt ihm ein weiterer Galgenberg'scher Spruch ein: «Manche Menschen sind so dämlich, die ersaufen inner Pfütze.»

Wie lange liegt es zurück, dass er im Leichenschauhaus eine tote Sechzehnjährige aus dem Luisenstädtischen Kanal begutachten musste? Nicht einmal den Kanal gibt es mehr, vor fünf Jahren hat man ihn zugeschippt. «Bleibt imma wat zu tun für de Nachwelt», hatte Galgenberg philosophiert. «In fuffzich Jahren könnsen wieder ausbuddeln.»

In fuffzich Jahren is alles vorbei, singt Otto Reutter auf der Schallplatte, die ihm sein Freund Liepe im letzten Jahr zum Geburtstag geschenkt hat, und manchmal wünscht sich Hermann Kappe, dass es schon so weit wäre. Bis zur Pensionierung kann noch allerlei geschehen.

Und schon geht es los mit den Unannehmlichkeiten, denn Brettschieß betritt den Raum, als wolle er die Klinke abreißen, und spielt, als sie aufspringen, den betont Jovialen. «Behalten Sie Platz, meine Herren!»

Das verspricht dicke Luft, wie Kappe weiß. Er kann sich bereits denken, was der Herr Vorgesetzte will. Erfolge will er sehen, aufgeräumt werden muss mit dem kriminellen Gesindel, Zustimmung aus den rechten Blättern und aus denen der Mitte soll ihm entgegenschlagen, nicht dauernd dieses Genörgel um eine wenig effektive Polizeiarbeit.

Was die Linken schreiben, steht ohnehin nicht zur Debatte. «Gennats Mordbuben», wie Brettschieß sie einmal mit einem besonders sonnigen Einfall genannt hat, erfüllen gewöhnlich seine Erwartungen, doch jetzt warten zwei ungeklärte Morde auf ihre Aufklärung, und die Presse wird allmählich unruhig.

Auf die Köpenicker Sache will er nicht näher eingehen, da scheinen die Kommunisten die Finger drin zu haben, und Gennat wird denen hoffentlich gehörig draufklopfen. Aber dieser rätselhafte Frauenmord in Charlottenburg ist geeignet, Erregung in Bevölkerungskreisen hervorzurufen, die man in politisch derart angespannten Zeiten besser nicht beunruhigt ...

Kappe lässt ihn reden und wartet auf das dicke Ende, von dem er bereits ahnt, worauf es hinausläuft. Er soll sich endlich mal den Juden Bernsdorff richtig vornehmen, nun, nachdem sich die Schauspielerspur als Irrweg in den moralischen Sumpf dieser verlotterten Großstadt erwiesen hat.

Erstaunt begreift Kappe, wie gut Brettschieß ausgerechnet darüber Bescheid weiß. Ein Blick zu Mischling verrät, woher Brettschieß' Erkenntnisse stammen. So viel Heimtücke hat er dem pommerschen Holzkopf nicht zugetraut.

«Der Mann ist doch im höchsten Grade verdächtig», referiert Brettschieß derweil, «und wie mir Dr. Kniehase bestätigte, überdies mit höchst bedenklichen chemischen Versuchen beschäftigt. Auch dafür sollte sich möglicherweise die Staatsanwaltschaft interessieren!»

Kappe widerspricht: «Wir haben bis jetzt keinerlei beweisfähige Handhabe gegen den Mann.»

Einen solchen Einwand wischt Brettschieß mit einer weiten Handbewegung vom Tisch. «Dann beschaffen Sie endlich das Beweismaterial!», tönt er. «Der Kerl hat doch nicht einmal ein Alibi!»

Kappe ist ein bisschen mulmig zumute. Ein Glück, dass Mischling vorhin nicht bei der Vernehmung der Schwester dabei gewesen ist. Deren Aussage schloss Bernsdorffs Täterschaft nicht aus.

Und Brettschieß hat noch einen Trumpf im Ärmel. «Wenn ich mich recht erinnere, haben wir doch sogar eine Zeugin, die den Mann wiedererkannt hat. Oder?»

Hilflos hebt Kappe die Schultern. «Mit dieser Zeugin wird jeder Verteidiger binnen zwei Minuten fertig.»

«Dann muss eben ihre Aussage hieb- und stichfest gemacht werden. Das brauche ich einem alten Kriminalen wie Ihnen wohl nicht zu erläutern! Ich will Bewegung in dieser Sache sehen! Oder fühlen Sie sich etwa überfordert?»

Das geht zu weit. Steif erhebt sich Kappe hinter seinem Schreibtisch, legt die Hände an die Naht seiner seit Tagen nicht gebügelten Hose und schnarrt: «Nein, Herr Kriminalpolizeirat! Wir werden unser Möglichstes tun!»

«Na bitte. Nichts anderes erwarte ich von Ihnen, Kappe. Sie sind doch bis jetzt mit jedem Fall fertig geworden!»

Und raus ist er. Dass Kappe inzwischen die Hände zu Fäusten geballt hat, bemerkt er nicht mehr. Und Kappes vernichtenden Blick auf Mischling ebenso wenig.

Der versucht, sich zu verteidigen: «Ich kann wirklich nicht dafür. Er hat mich auf dem Gang abgefangen und ausgehorcht ...»

Kappe gönnt ihm einen ausgiebigen bösen Blick, dann sagt er scharf: «Na los, worauf warten Sie?»

«Was ... soll ich denn jetzt machen?», fragt Mischling zutiefst verunsichert.

«Das haben Sie doch gehört. Den Juden des Mordes überführen!»

Diesmal stutzt sogar Mischling. «Aber was wird aus dem flüchtigen Damerow?», fragt er zweifelnd.

SECHZEHN

EDITH JAUERNICK ist die Tochter ihres Vaters, und der hat sich in seinem arbeitsreichen Leben niemals die Butter vom Brot nehmen lassen. Na, schön, so angenehm, wie sie es sich eingerichtet hat, ist es ihm in seinem irdischen Dasein nicht ergangen. Die Mutter ist ein ziemlicher Zankteufel gewesen, soweit sie sich daran erinnert, «zweebeenje Distel» war so ein Wort, das ihr noch in den Ohren klingt.

Vielleicht hat sie sich deshalb all die Jahre ihrem Erwin gegenüber recht nachsichtig verhalten. Viel zu nachsichtig, wie ihr jetzt scheint. Von Vatern her war sie daran gewöhnt, dass Männer immer mal ein hübsches Pferdchen nebenbei laufen hatten, «aber doch nie wat Ernsthaftet, meine Kleene», worauf er auch als Witwer bestand. Sie war ihm heute noch dankbar dafür, dass er keine Stiefmutter ins Haus gebracht und der Tochter ein bisschen Freiheit gelassen hatte.

Also hat auch sie Erwin an der langen Leine laufen lassen. In seine Geschäfte guckt sie nicht rein, jedenfalls nicht so, dass er es bemerkt. Immerhin ist es ja ihr Geld, und da muss ein bisschen Kontrolle schon sein.

Als die Stelle der Sekretärin in der Ex- und Importfirma neu zu besetzen war, fiel ihm kaum auf, dass Edith ganz unauffällig Einfluss auf die Auswahl nahm und der Nichte ihrer Friseuse zu der Stellung verhalf. Natürlich hätte Erwin lieber eine Jüngere, Hübschere genommen. Das redete Edith ihm mit guten Argumenten aus, und verärgern wollte er sie schließlich auch nicht. Mit der Zeit gewöhnte er sich an das Fräulein May, ohne die bald nichts mehr in der Firma lief. Fräulein May war schon in der Schule als ein besonders intelligentes Mädchen aufgefallen. Kein Wunder, dass sie keinen Mann gefunden hat.

Bis heute weiß Erwin nicht, wie gut Edith und Fräulein May sich kennen. Es kostet sie nicht mehr als einen wöchentlichen Anruf in der Firma – sie weiß schließlich, wann er dort abwesend ist –, um über alles Wichtige auf dem Laufenden zu sein. Mit der Zeit hat es sich eingebürgert, dass die Botschaften der dankbaren Sekretärin sich nicht alleine auf die Firmengeschäfte beziehen, sondern auch die eine oder andere Mitteilung über Erwins sonstige Betriebsamkeiten enthalten, an denen Edith sich interessiert zeigt. Dass Fräulein May dafür monatlich ein kleines Salär aus Ediths Privatschatulle bezieht, ist nicht mehr als recht und billig.

Der aufmerksamen Sekretärin waren denn auch die häufigen Gespräche zwischen der Radiolyt-Firma und dem Herrn Direktor Jauernick aufgefallen, die in keinem rechten Verhältnis zum schmalen Umfang der gemeinsamen Geschäfte standen.

So unauffällig, wie sie es schon seit Jahren tat, hörte Fräulein May gelegentlich mit. Hätte man sie gefragt, wäre in ihren stenographischen Notizen sogar das Datum des Tirschenreuth-Jauernick'schen Stelldicheins im Gelben Kakadu zu finden gewesen. Glücklicherweise fragte sie niemand, denn außer Edith gegenüber, der sie in Treue anhing, war sie verschwiegen wie ein Grab.

«Mein Gott, wo kann er nur hingegangen sein?», rätselten sie gemeinsam während Jauernicks geheimnisvoller Abwesenheit, und Fräulein May versprach weitere Nachrichten, sobald sie alleine im Bureau sein würde.

Das ist jetzt anscheinend der Fall, denn endlich klingelt das Telefon. Doch die Frauenstimme, die sich meldet, gehört nicht Fräulein May. «Spreche ich mit Frau Direktor Jauernick?», vergewissert sich die Dame und fährt nach Ediths Bestätigung in gleichermaßen gewählter Ausdrucksweise fort: «Ich hätte da einige gewichtige Informationen für Sie ...»

«So?» Edith ist misstrauisch. «Worum handelt es sich denn?»

«Es geht um Ihren Gatten ... den Herrn Direktor persönlich ...»

Edith versteht. «Ach», sagte sie und hält das Lachen zurück, «da rufen Sie wohl besser bei der Firma an.»

«Aber nein! Es handelt sich um rein persönliche Angelegenheiten.»

«Danke. Ich bin nicht darauf erpicht.»

«Warten Sie! Ich kann mir nicht vorstellen, dass es eine Frau nicht interessiert, wenn ihr Mann sie betrügt.»

Wenn sie will, kann Edith zuckersüß klingen. «Wissen Sie, Kindchen», flötet sie, «so etwas kommt leider in den besten Familien vor.»

Ihre Reaktion bringt die Gesprächspartnerin anscheinend aus dem Konzept. «Ihr Mann verprasst sein Geld mit billigen Weibern!», tönt es laut aus der Hörmuschel.

«Na, allemal besser als wie mit teuren! Guten Tag, meine Liebe.»

Sie legt natürlich nicht auf, sondern hört genau, was die Frau am anderen Ende aufgeregt ruft: «Halt, halt! Hören Sie doch mal zu!»

Das tut Edith mit einem gewissen Genuss. Und sie ist durchaus in der Lage, sich ebenfalls einer vornehmen Ausdrucksweise zu bedienen, wenngleich ihr Berlinisch ein wenig durchschimmert. «Ick möchte Sie jetzt bitten, jede weitere Belästigung tunlichst zu unterlassen.»

Die eilig hervorgestoßene Antwort lautet: «Frau Jauernick, Ihr Mann ist in einen Mordfall verwickelt!»

Edith lacht, was ihr in diesem Augenblick wirklich nicht leichtfällt. «Sie meinen dieses Fräulein Tirschenreuth aus der Kantstraße? Darüber haben wir ausführlich miteinander gesprochen.»

Zufrieden registriert sie die Pause. Jetzt hat es der Person die Sprache verschlagen.

«Es macht Ihnen also nichts aus, mit einem Mörder gemeinsam unter einem Dach zu leben?»

Die vorgetäuschte Heiterkeit bleibt Edith im Halse stecken. «Wie meinen Sie das?», fragt sie atemlos.

«Wie ich es gesagt habe. Stellen Sie sich mal vor, jemand hat die beiden an dem Abend vor dem Mord zusammen gesehen.»

«Das ... das kann jeder sagen ...» Ediths Stimme klingt schwach. Dass Erwin an dem bewussten Abend nicht zu Hause war, ist ihr aufgefallen. Er ist überhaupt selten zu Hause, und an dem Abend hat er was von den Russen gefaselt, mit denen ein Riesencoup ins Haus stände.

«Aber nicht jeder kann die Einzelheiten beschreiben», bohrt die Frau weiter. «Zum Beispiel die Kleidung der Tirschenreuth.»

Edith ist wie gelähmt. Was für ein schrecklicher Gedanke, wenn die Frau recht hätte! «Was erwarten Sie von mir?», fragt sie leise.

Die Stimme klingt aalglatt. «Nun, ich kann auch schweigen ...»

Edith spürt förmlich, wie die andere Oberwasser gewinnt, und ernüchtert stellt sie fest: «Sie wollen Geld!»

«Ich kann ja warten, bis die Polizei eine hohe Belohnung für die Ergreifung des Mörders aussetzt ...»

Das ist zu viel für Edith. In einer Aufwallung, die sie jede Vorsicht vergessen lässt, schreit sie: «Du kannst meinetwejen warten, bis de schwarz wirst, du heimtückisches Luder!» Dann knallt sie den Hörer auf die Gabel.

Doch der Stachel sitzt tief in ihr. Erwin ein Mörder – traut sie ihm das zu? Im Krieg hat er Menschen erschossen, davon war oft genug die Rede. Aber eine Frau erwürgen?

Sie erschauert bei dem furchtbaren Gedanken. Was soll sie tun? Noch nie in ihrem Leben hat sie mit der Polizei zu tun gehabt. Die natürliche Zurückhaltung vor ihr hat ihr auch der Vater eingeimpft. Aber in dieser Situation ist es wahrscheinlich der einzige Ausweg. Die werden schon herausfinden, ob Erwin etwas mit dem Mord zu tun hat oder nicht!

Dass er sich verdächtig benommen hat, ist ihr ja von Anfang an aufgefallen. Und weshalb, wenn er einfach nur mal was mit der Frau gehabt hat, ist er nicht selber auf die Idee gekommen, sich bei denen zu melden?

Entschlossen greift sie zum Telefonbuch, bis ihr einfällt, dass in der Zeitung eine Telefonnummer steht, unter der sich Zeugen melden sollen.

Die wählt sie mit zitternden Fingern. Als sich eine Männerstimme meldet, versagt ihr vor Aufregung fast die Stimme. «Ich möchte Anzeige erstatten», krächzt sie, während ihr die Tränen die Wangen hinunterlaufen.

SIEBZEHN

SCHLEIMSCHEISSER ist ein mildes Wort, das Kappe insgeheim für seinen Vorgesetzten einfällt. Aber wenn dieser Kerl sich einmal was in den Kopf gesetzt hat, dann räumt er jeden Widerstand aus dem Wege. Wären wir bloß schon aus dem Haus gewesen, flucht Kappe innerlich, doch dieser Anruf hat ihn zurückgehalten und ließe ihn auch weiter zögern, stünde da nicht Brettschieß schon wieder leibhaftig vor ihm und wedelte mit einem Formular herum, das Kappe nur zu gut kennt.

«Hier ist der Haftbefehl für diesen Bernsdorff. Oder wollen Sie die Sache weiterhin verzögern?»

Nein, das will Kappe nicht. Er möchte nur, dass Brettschieß namentlich als Verantwortlicher genannt wird, wenn die Festnahme ins Auge geht. Nur ist das eine vergebliche Hoffnung. Es wird heißen: Die Kriminalpolizei hat mal wieder den Falschen erwischt. Und sein Freund Liepe beispielsweise wird kopfschüttelnd fragen: Könnt ihr euch so was nicht vorher überlegen?

Ich schon, denkt Kappe. Wer ahnt denn, dass Brettschieß voller Übereifer selber zum Staatsanwalt rennt? Wortlos nimmt er Brettschieß das Papier aus der Hand und winkt Mischling.

«Brauchen Sie Verstärkung?», fragt der Kriminalrat. Bei jedem anderen würde Kappe das als Hohn auffassen, aber Brettschieß ist wohl wirklich so beschränkt, wie er tut. Nach sechs Jahren im Amt ist er immer noch der Neue, der nicht weiß, wo's langgeht.

Immerhin gestattet ihnen der Haftbefehl, mit dem Auto zum Wedding zu fahren. Noch werden, allen Einsparungen zum Trotz, Gefangene nicht in der Straßenbahn transportiert.

«Was war denn das für ein Anruf?», erkundigt sich Mischling unterwegs. «Eine neue Spur?»

«In diesem Fall entscheidet allein unser Herr Vorgesetzter, welche Spuren wir zu verfolgen haben.»

Mischling wagt keine weitere Frage.

Schließlich lenkt Kappe ein: «Valentins Beschreibung vom Chef der Tirschenreuth werden wir vielleicht noch brauchen.»

Wider Erwarten versteht Mischling sofort. «Sie meinen, um zu beweisen, dass es sich nicht um Dr. Bernsdorff handelt?»

Kappe nickt. «Der Mann heißt wahrscheinlich Erwin Jauernick und hatte anscheinend schon länger ein Verhältnis mit unserem schönen Fräulein.»

Mischling hat in den letzten Tagen genug erlebt, um die Mitteilung stoisch hinzunehmen. Was für ein Sündenbabel!, denkt er zwar, doch so richtig entsetzt ist er nicht mehr. Es ist eben alles anders hier in Berlin, und vielleicht sollte auch er endlich ein paar seiner Hemmungen über Bord werfen. Bei der niedlichen Verkäuferin im Zigarettengeschäft beispielsweise, die ihm immer so freundlich zulächelt ...

Die Gebäude in der Koloniestraße machen nicht den Eindruck, als würde hier die Energie der Zukunft entwickelt. Und nach der Formel zur Goldherstellung sieht es noch weniger aus. Verlotterte Vorstadtbauten, in denen eine Altpapierfirma und eine Eisenformerei ihren Betrieb unterhalten, falls sie noch nicht pleite sind, dahinter erstreckt sich ein Flachbau, der verdächtig nach Schweinestall riecht. Seitlich steht eine mittelgroße Halle, die eine weiße Tafel als den Sitz des *Radiolytischen Instituts für Atomforschung* ausweist.

Ohne zu zögern, geht Kappe auf die Blechtüre zu, doch die ist verschlossen. Von drinnen hört man metallische Geräusche.

«Ich gehe mal hintenrum», bietet Mischling an, und Kappe stimmt zu. Dass Bernsdorff aus irgendeinem rückwärtigen Fenster türmt, scheint ihm allerdings unwahrscheinlich.

«Wenn Se bei den Dokta woll'n, missen Se ma richtich anne Diere bummern!», rät ihm ein unrasierter, speckig gekleideter Mann, der aus dem Nachbargebäude getreten ist. «Wenn der da drinne hockt, hert und sieht der nischt – et sei denn, er lässt ma wieda de Sicherungen durchbrenn'.» Mit einem meckernden Lachen verschwindet der Altpapierhändler.

Im gleichen Augenblick schließt jemand die Blechtür auf, und Willy Eschborn steht vor Kappe.

«Sie schon wieder!», sagt er. Es klingt nicht gerade begeistert.

Kappe setzt seine amtliche Miene auf. Jetzt biegt auch Mischling um die Hausecke und pflanzt sich neben ihm auf. «Wir möchten zu Herrn Dr. Bernsdorff», sagt Kappe, obwohl er sich die Antwort schon selber ausrechnen kann.

Eschborn sagt: «Bedaure!» Sein Grienen verrät, wie wenig wahr das ist.

«Wo finden wir denn den Herrn Doktor?»

Eschborn hebt die Schultern und schüttelt den Kopf.

«Na, nun mal nicht so maulfaul!», murrt Kappe. «Sie werden doch wohl wissen, wo sich ihr Chef befindet.»

Eschborn bleibt bei seinem Kopfschütteln. «Er ist nicht mein Chef», sagt er. «Ich habe hier nur etwas für ihn erledigt.»

«Als Freund des Hauses sozusagen?»

«Als Schlosser, falls es Sie interessiert.»

Kappe mag solche Antworten nicht. Dabei ist dieser Eschborn nicht einmal unsympathisch. Er lässt ihn nur seine Abneigung gegen die Polizei etwas zu deutlich spüren. Barscher als notwendig sagt Kappe deshalb: «Wir würden uns gerne mal ein bisschen umgucken.»

Eschborn zögert einen Augenblick, dann öffnet er weit die Tür. «Bitte schön. Aber fassen Sie vorsichtshalber nichts an!»

Eine überflüssige Warnung. Schon aus Respekt vor der unsichtbaren Elektrizität würde Kappe keinen von den Riesenapparaten berühren, die in dem großen, sehr sauberen Raum herumstehen und deren Zweck ihm gänzlich dunkel ist. Er möchte sich das alles genau einprägen, um es Hartmut zu schildern. Dabei weiß er nicht einmal, wie all diese Geräte heißen.

Auch Mischling blickt ziemlich ehrfürchtig auf die Transformatoren und Porzellanisolatoren, zwischen denen Kabel gespannt sind.

«Wozu dient denn das alles?», will er ausgerechnet von Kappe wissen.

«Na, eben Atomforschung ...», antwortet der und sieht Eschborn an. «Oder?»

«Das müssen Sie den Doktor selber fragen.»

«Ist er in der Münzstraße?», fragt Kappe.

Eschborn versteckt sein Grinsen auch diesmal nicht. «Ich dachte, da kommen Sie her. Das ist doch bei Ihnen schräg gegenüber.»

Da hat er natürlich recht. Kappe könnte sich selber eine Ohrfeige geben für unbestrittene Dämlichkeit. Vor Freude über die Autofahrt zum Wedding glatt das Naheliegende zu vergessen!

Den kleinen Triumph aber will er Eschborn nicht gönnen. «Wenn Sie so genau wissen, wo unser Bureau ist, dann melden Sie sich mal morgen Vormittag bei uns. Wir müssen da noch ein Protokoll bezüglich Ihrer Aussage formulieren.»

Tatsächlich ist Eschborn das Grienen vergangen. «Morgen Vormittag?», fragt er ärgerlich. «Da muss ich arbeiten.»

Nun ist es an Kappe, ein schiefes Grinsen aufzusetzen. «Dann kommen Sie eben nachmittags oder abends. Da muss unsereins nämlich arbeiten!»

Als sie aus der Tür treten, dreht Kappe sich noch einmal zu Eschborn um. «Wir haben einen Mord aufzuklären.» Er tippt dem Schlosser mit dem Zeigefinger auf die Brust. «Das sollten Sie nicht vergessen.»

Eschborn sieht ihn ernst an und nickt. «Aber Dr. Bernsdorff hat damit garantiert nichts zu tun», sagt er.

Galgenberg hat es mal wieder erwischt. Er darf die Tippeltappeltour absolvieren – wer sonst. Soll Gennat mit seinen drei Zentnern Lebendgewicht sich vielleicht persönlich auf die Jagd machen?

Oder Teichmüller, der sowieso nur kluge Sprüche absondert? Der wird sich in der politischen Szene umgucken, lautet die Order.

Bleiben für Galgenberg die vermissten Personen. Kein Mensch ahnt, wie viele Männer täglich, und noch dazu in solchen Elendszeiten, in einer Großstadt verlorengehen. Natürlich tauchen die meisten bald wieder auf, tot oder lebendig, aber etliche verschwinden auf Nimmerwiedersehen.

Quer durch die Stadt hat es ihn heute schon getrieben, von Köpenick nach Weißensee, von Moabit in die Luisenstadt, die jetzt Kreuzberg heißt, aber daran will Galgenberg sich ebenso wenig gewöhnen wie an Prenzlauer Berg und andere Kunstnamen.

Gefunden hat er niemanden, auf den die Beschreibung des Erhängten passt, obwohl manche der Angehörigen geradezu abenteuerliche Signalements für den Gesuchten liefern. Einen davon hat er selber aufgespürt. Der roch noch nach dem Fusel, mit dem er seine viertägige Abwesenheit begründete.

Allmählich hat Galgenberg den Kanal gestrichen voll. Zumal ihn der Appetit auf ein gepflegtes Bier und zwei, drei Buletten plagt. Jeder einzelne Zeh in den ausgelatschten Tretern peinigt ihn, und immer wieder krampft es schmerzhaft in der rechten Wade. Raucherbein soll so was angeblich heißen. Na wenn schon! Darauf muss er sich erst mal eine anstecken.

Eine Adresse wird er noch abarbeiten, in der Ackerstraße, oben zum Wedding hin, wo eine gewisse Meta Dusenschön seit Dienstag ihren Sprössling Joachim vermisst. Galgenberg hat nicht vor, ihr zu sagen, was er von einem 26-Jährigen hält, der noch bei Muttern auf der Bude hockt. Die Zeiten sind eben so. Arbeit ist rar, und eine eigene Wohnung kann sich kein Mensch leisten. Wer weiß, wohin sich der junge Dusenschön verkrümelt hat, mit wem und warum.

Die Mietskaserne, vor der Galgenberg schließlich steht, ist schon Grund genug, die Flucht zu ergreifen. Zwei Hinterhöfe und dahinter noch ein angebliches Gartenhaus, ein lieblos angeklatschter Bau an der Brandmauer zum Nebengrundstück, in dessen viertem Stock ein geradezu protziges Messingschild den Namen

Dusenschön verkündet. Eine von Galgenbergs goldenen Lebensregeln bewahrheitet sich einmal mehr: Menschen, die von der Kriminalpolizei be- oder gesucht werden, wohnen immer ganz oben.

Frau Dusenschön, von Galgenberg auf die ihm eigene Weise längst in Busenschön umgedeutet, macht diesem Namen leider keine Ehre. Vor ihm steht eine flachbrüstige, abgezehrte alte Frau mit trüben Augen, der ein paar Zähne fehlen, bekleidet mit einer einstmals farbigen Kittelschürze und zerschlissenen Pantoffeln.

«Frau Dusenschön?», vergewissert er sich und zeigt ihr die Marke, auf die sie lange starrt, bevor sie erschrickt.

«Sie kommen wegen ...», wispert sie bange.

«Ihres Sohns wegen.»

Fast scheint sie ein wenig erleichtert. «Hat er was ... Oder haben Sie ihn gefunden?» Aus ihren milchigen Augen blickt sie hoffnungsvoll zu ihm auf.

«Können wir das bei Ihnen drin besprechen?»

«Ja, ja.» Dennoch öffnet sie die Tür nur zögernd.

Mit einem Schritt steht Galgenberg in der kärglich eingerichteten Küche, in der es nach Gas und Kohlsuppe riecht und von der aus eine Tür in das oder die Zimmer führt. Die Räume nehmen die ganze Tiefe dieses schmalen Rattenbaus ein, einen Flur gibt es nicht.

«Es wird meinem Mann nicht recht sein, wenn ich die Polizei reinlasse», sagt Frau Dusenschön. «Aber ich mache mir solche Sorgen um meinen Achim. Er ist doch alles, was ich noch habe.»

Galgenberg ist ein abgebrühter Knochen, doch die zerbrechliche Alte tut ihm leid. «Und Ihr Mann?», fragt er mehr der Höflichkeit halber.

Sie macht eine schlaffe Handbewegung. «Der ist mit seiner Partei verheiratet.» Sie sagt nicht, mit welcher. Galgenbergs geübter Blick hat die *Rote Fahne* auf dem Küchenschrank längst erspäht.

«Haben Sie vielleicht ein Bild von Ihrem Sohn?»

«Aber ja.» Das Weiblein wackelt nach nebenan in die Stube und kommt mit einer goldgerahmten Photographie zurück, die einen ernst blickenden jungen Burschen mit glattgescheiteltem blondem Haar zeigt. Er trägt eine Uniformbluse.

«Ist schon ein paar Jahre her», sagt die Alte.

Galgenberg nickt. Er hat den Jungen sofort erkannt. Aber das wird er ihr nicht sagen, jedenfalls nicht gleich, obwohl sie fragt: «Sie haben ihn also noch nicht gefunden?»

«Er ist auch in der Partei?», fragt Galgenberg zurück.

Die Frau wendet sich ab und hantiert am Küchenherd herum. «Ich weiß nicht», sagt sie schließlich. «Ich glaube, er war mal drin.»

Galgenberg möchte sie beruhigen. «Ist ja nicht verboten», sagt er freundlich. «Aber wenn wir jemanden suchen, müssen wir möglichst viel über ihn wissen.»

Die Frau steht immer noch am Herd, sie dreht sich nicht um. Nur am Zucken ihrer knochigen Schultern merkt Galgenberg, dass sie weint. «Ich weiß gar nicht mehr, was ich denken soll», stößt sie hervor. «Die Politik bringt uns noch alle um!»

Dem will Galgenberg nicht widersprechen. Er lehnt sich gegen das weiße Küchenspind und wartet einfach ab.

«Setzen Sie sich doch!» Eifrig rückt sie ihm einen Schemel hin und fährt mit einem Lappen darüber.

Galgenberg lässt sich nieder.

Mit dem Schürzenzipfel wischt sie sich die Augen. «Ich sollte Ihnen das nicht sagen», fährt sie fort, «aber der Achim, der scheint jetzt bei den Braunen zu sein ...»

Galgenberg nickt verständnisvoll. «Wir von der Polizei sind neutral», sagt er. «Wenn die sich nicht gegenseitig die Köpfe einschlügen, brauchten wir uns gar nicht einzumischen.»

Sie nickt gedankenvoll. «Achim war immer ein ganz friedliches Kind.»

«Ich nehme an, er hatte dennoch Streit mit seinem Vater.»

Sie sieht ihn an. Jetzt, wo er sitzt, befinden sich ihre Augen fast auf gleicher Höhe. «Schon immer!», sagt sie. «Daran ist absolut nichts Neues. Mein Mann ist schrecklich rechthaberisch. Und der Junge hat eben seinen eigenen Kopf.»

Das kennt Galgenberg. Er hat schließlich eigene Kinder. «Sie meinen also», vermutet er, «Ihr Mann kann sich mit dem Richtungswechsel Ihres Sohns nicht abfinden?»

«Das ist es nicht.» Sie schüttelt den Kopf. «Ich verstehe das ja alles nicht so ganz. Solange die Ursel noch da war, hätte die versucht, es mir zu erklären. Aber die Männer tun immer furchtbar geheimnisvoll und werden gleich böse.»

«Die Ursel ist wer?»

«Die war lange mit Achim zusammen ...»

«Sie hat sich von ihm getrennt?»

Meta Dusenschön schüttelt ihren kleinen Kopf mit den grauweißen Haarzotteln. «Sie ist in Schweden», sagt sie scheu. «Haben sie mir jedenfalls gesagt. Sie selber schreibt ja nie.» Wieder sieht sie ihn lange an. «Ich darf darüber nicht reden», flüstert sie geheimnisvoll.

Galgenberg erwartet keine sonderliche Überraschung. Mehr aus Routine sagt er: «Na, mir können Sie es ruhig anvertrauen.»

Frau Dusenschön sieht sich ängstlich um, als lauere da ein Lauscher hinter der Stubentür. Dann raunt sie: «Ich glaube nämlich, sie ist in Wirklichkeit in Moskau.»

Galgenberg schiebt seinen Finger in den Hemdkragen. Er fühlt sich unwohl. Es scheint sich doch eher um eine Angelegenheit für Teichmüller zu handeln. Ob der Schmalspurkriminale allerdings so einen Fall klären kann, erscheint ihm zweifelhaft.

«Na ja», sagt er, «nach Moskau wird sich Ihr Achim ja kaum abgesetzt haben. Es sei denn, er hat was Schlimmes ausgefressen.»

Sofort protestiert sie. «Nicht mein Achim!»

«Erzählen Sie mal ein bisschen von ihm. Hat er noch andere Freundinnen und Freunde, wie ist sonst sein Umgang?»

Sie zögert. «Er ging mal mit der Rosi aus der Boyenstraße. Aber die wollte plötzlich nichts mehr von ihm wissen.»

«Rosis Name und Adresse?»

«Die weiß auch nicht, wo er steckt. Bei der war ich schon.»

Dennoch notiert Galgenberg die Angaben. «Und sonst? Seine Freunde?»

Ein Achselzucken. «Von denen lässt sich schon lange keiner mehr sehen. ‹Es kommt der Tag, wo die mir alle dankbar sein werden›, hat der Achim mal gesagt.»

Ein vieldeutiges Wort in diesen Zeiten, findet Galgenberg. Allmählich erschlafft sein Eifer in dem stickigen Küchendunst, doch er rafft sich auf. «Bei den Braunen – da hat er keine neuen Freunde gefunden?»

«Ich sage doch, er tut immer so geheimnisvoll. Einmal hat er meinem Mann was vom Teufel mit oi erzählt, und sie haben beide gelacht.»

«Der Teufel mit o und i? Wer soll das sein?»

«Keine Ahnung.»

So geht es Galgenberg ebenfalls. Vergeblich versucht er, der Alten irgendeine brauchbare Auskunft zu entlocken. Entweder weiß sie wirklich nicht mehr, oder sie will bei den kommunistischen Exfreunden nicht mit der Sprache heraus. Wenn er ihr jetzt sagt, dass der Junge tot ist, ermordet und mit einem langen Strick gehenkt, wird sie einfach zusammenklappen – und er erfährt gar nichts mehr. Also schlägt er behutsam vor: «Am besten kommen Sie morgen mal ins Präsidium.»

Sie sieht ihn aus ihren rot umränderten, trüben Augen an. «Sie wissen also doch was über ihn», stellt sie fest.

«Möglicherweise. Aber ob es sich wirklich um ihren Joachim handelt, müssen wir erst feststellen.»

Mit einer Kraft, die er ihren abgearbeiteten Händen gar nicht zugetraut hätte, krallt sie sich plötzlich an seinem Ärmel fest. «Sie wissen doch was! Warum sagen Sie es mir nicht? Ist er ... tot?»

Galgenberg erhebt sich, und notgedrungen lässt sie ihn los. «Sie sagen mir auch nicht alles, was Sie wissen», knurrt er.

Die Frau schlägt die abgearbeiteten Hände vors Gesicht. «Ich grüble schon die ganze Zeit. Einmal hat er einen Namen genannt, von einem, mit dem er sich treffen muss ...»

Galgenberg lässt ihr Zeit.

«Es war so ein komischer Name. Es liegt mir auf der Zunge. Eher wie ein Stadtteil oder so was.»

«Wie Rixdorf?», fragt Galgenberg. «Oder Schöneberg?»

«Nein, nein, viel kürzer. Der Name hat mich irgendwie an meine Schwägerin erinnert ...»

«An Ihre Schwägerin? Wie heißt die denn?»

«Bertha Schmidt.»

Galgenberg verdreht die Augen. «Und wo wohnt sie?»

«In der Immanuelkirchstraße, das ist ...»

«Am Prenzlauer Tor», ergänzt Galgenberg. Er kennt den Kiez. «Postalisch NO 55», fügt er hinzu.

Sie horcht auf. «Deswegen!», ruft sie. «Enno hieß der! Der Name kam mir gleich so komisch vor.»

ACHTZEHN

DER PATIENTENANDRANG in Dr. Martin Schattschneiders Praxis in der Pestalozzistraße hält sich im Allgemeinen in Grenzen. «Vormittags war es ruhig, nachmittags hat es etwas nachgelassen», pflegt er seiner Frau abends mit resignierendem Lächeln zu berichten. Auch sie ist Ärztin und arbeitet in der Charité.

An diesem Freitagnachmittag jedoch blättern gleich mehrere Kranke im karg möblierten Wartezimmer in den Journalen, während Schattschneider sorgsam die klaffende Kopfwunde eines brüllenden Knaben versorgt, den alles Zureden von Mutter und Arzt nicht zum Schweigen bringt.

Zu allem Überfluss kommt auch noch die Sprechstundenhilfe herein und flüstert ihm zu: «Der Privatpatient ... Er wartet schon eine ganze Weile.»

«Ich kann mich nicht zerteilen!», entgegnet Schattschneider ziemlich entnervt. «Sie sehen doch, es handelt sich um einen Notfall.»

«Das habe ich ihm bereits mitgeteilt. Ist ja auch kaum zu überhören.» Strafend sieht sie das noch immer greinende Kind an, das sofort sein Sirenengeheul verstärkt.

«Kommen Sie am Montag mit ihm wieder», sagt der Doktor laut und reicht der Mutter flüchtig die Hand.

Doch die hat noch hundert Fragen, will ein Beruhigungsmittel für den Jungen, ein Schlafmittel für den empfindlichen Vater und gleich auch etwas gegen ihre beständigen Kopfschmerzen, die sie plagen, seit der Junge ...

«Den Rest klären wir am Montag», sagt Schattschneider schließlich, während er die Frau sanft aus dem Behandlungszimmer drängt. «Sie sehen ja, das Wartezimmer ist voll.»

Vorwurfsvoll mustern die Wartenden Mutter und Sohn. «Der Nächste bitte!», ruft der Arzt und blickt auf einen Zettel. «Herr Lorenz?»

Natürlich hat sein Blick den Privatpatienten sofort identifiziert, auch wenn ihm der Name Lorenz nichts sagt. Bis jetzt gibt es nur einen kleinen Stamm von Patienten. Der aufgeplusterte Kerl mit der blau geäderten Nase und dem dazu passenden Bluthochdruck gehört nicht dazu. Seine teure Kleidung riecht nach Zigarrenrauch, er selber nach Bier. Er hat es mit dem Magen, wie er mit überlegener Siegesgewissheit verkündet, und er weiß genau, welche Mittel ihm helfen und welche nicht – er kennt den ganzen Schwindel.

Weshalb kommen Sie dann zum Arzt?, möchte Schattschneider fragen, verkneift es sich jedoch. Der Mann ist Privatpatient, also untersucht er ihn sehr gründlich, horcht auf das rasselnde Atemgeräusch, das heftige Herzpumpen und fühlt allzu deutlich die Größe der Leber.

«Sie trinken reichlich», konstatiert er zurückhaltend.

Stolz stimmt Herr Lorenz zu. Über seinen Beruf will er sich nicht äußern, aber man müsse eben öfter mal mit den Kunden ein Glas trinken oder auch zwei, und überhaupt – was bietet einem das Leben denn sonst ...

Schweigend überhört Schattschneider die vulgärphilosophischen Allgemeinplätze, während er das Rezept ausschreibt und auch gleich die Rechnung. Lorenz steigt derweil wieder in seinen Maßanzug und spannt die goldene Uhrkette über den feisten Leib.

Er zuckt mit keiner Miene, als der Arzt die Summe nennt, sondern entnimmt seiner prall gefüllten Brieftasche einen Schein, auf den Schattschneider nur unter Aufwendung nahezu seiner gesamten Barschaft herausgeben kann.

«Versuchen Sie, etwas weniger Alkohol zu sich zu nehmen!», rät der dem Patienten abschließend, wohl wissend, dass es ein nutzloser Ratschlag ist.

In der nächsten halben Stunde beschäftigen ihn eine Wundrose und das offene Bein einer Dauerpatientin.

Den angetrunkenen Privatpatienten Lorenz hat er längst vergessen, als endlich Frau Schulz an der Reihe ist mit ihren arthritischen Schmerzen, die sie des Nachts kein Auge schließen lassen.

«Und dann noch solche Aufregungen wie dieser entsetzliche Mord!», sagt sie. «Weiß man denn, ob man nicht die Nächste sein wird?»

Da könnte Schattschneider sie beruhigen, hat er doch das Bild der Toten noch deutlich vor Augen. Andererseits gehört es nicht zu seinen Gewohnheiten, sich auf Plaudereien mit den Patienten einzulassen. Schroff möchte er natürlich auch nicht wirken. Hat es sich etwa herumgesprochen, dass man ihn gerufen hat, um den Totenschein für die Ermordete auszustellen?

Bedachtsam bewegt er die Finger der Frau Schulz. Die stöhnt etwas. Wohl um den Schmerz zu überdecken, sagt sie: «Die beiden müssen sich ja gut gekannt haben, wenn man dem Mann trauen darf.»

Eine dunkle Andeutung, die Schattschneider zwar nicht versteht, die aber sein Interesse weckt. «Welche beiden?», fragt er.

«Na, die Frau und ihr Mörder! Er behauptet, sie wären zusammen um die Ecke gegangen.»

Für einen Augenblick lässt Schattschneider alle Vorsicht außer Acht und drückt Frau Schulzens Fingergelenk etwas zu heftig. Sie wimmert, und er entschuldigt sich sofort. «Ich habe die Zeitung noch nicht gelesen», sagt er. «Man hat also eine neue Spur?»

«Keine Zeitung!», sagt sie. «Der Mann vorhin im Wartezimmer hat den Mörder selber gesehen! Deshalb bin ich ja so aufgeregt. Er könnte ihn genau beschreiben, hat er gesagt.»

Dr. Schattschneider kann ihre Erregung verstehen. Es geht ihm ja nicht anders. Immerhin ist das sein Fall, dieser Mord, den schließlich er und kein anderer zuerst entdeckt hat. Er hält die verkrümmten Finger der alten Dame sanft in seinen warmen Händen.

«Das müssen Sie mir jetzt mal ganz genau erzählen, Frau Schulz», bittet er.

Jetzt sprudelt geradezu aus ihr heraus, was der Mann, bei dem es sich nur um den Privatpatienten Lorenz handeln kann, im Wartezimmer von sich gegeben hat: dass er nämlich an dem bewussten Abend vor dem Mord aus der Kneipe in der Wielandstraße gekommen sei und im Schatten eines Straßenbaums noch ein gewisses kleines Geschäft zu erledigen gedachte. «Sie wissen ja, Herr Doktor, ordinäre Menschen wie der scheuen sich nicht, so etwas auf offener Straße zu tun!»

«Ja, und weiter?» Schattschneider hört ihr gespannt zu, erfährt aber nicht viel mehr.

Der Patient habe nur jede Minute auf seine goldene Taschenuhr geguckt und beiläufig erzählt, der fremde Mann und die große blonde Frau hätten sich gestritten, dann seien sie um die Ecke verschwunden. «Stellen Sie sich das mal vor, Herr Doktor!» Ihre Stimme ist zu einem Flüstern herabgesunken. «Das kann doch nur der Mörder gewesen sein!»

Schattschneider ist sich nicht so sicher, ob dieser Lorenz nicht bloß ein Wichtigtuer und Aufschneider ist. «Warum ist der Mann mit dieser Beobachtung nicht zur Polizei gegangen?», fragt er mehr sich selber als die Frau, die ihn erwartungsvoll anguckt.

«Das wollten wir auch gerne wissen. Aber da haben Sie ihn ja reingerufen, obwohl er noch gar nicht an der Reihe war!»

Die Verhaftung von Dr. Harry Bernsdorff haben Kappe und Mischling so unspektakulär hinter sich gebracht, dass nicht einmal die Kinobesucher in der Münzstraße etwas davon mitbekommen haben. Achselzuckend, wenn auch unter Protest hatte der Doktor den Haftbefehl akzeptiert und Kappe dabei mit einem Blick angesehen, der nichts Gutes verhieß. Beinahe verächtlich sagte er: «Sie müssen ja wissen, was Sie tun ...»

Wäre es nach Kappes Gefühl gegangen, hätte er dem Mann wenigstens die Handschellen erspart. Aber Mischling muss lernen, in keiner Situation leichtfertig zu handeln. Um diese frühe Abendstunde tobt der Verkehr rund um den neuen Alex, alle naselang muss der Wagen auf den paar hundert Metern hinüber zum Präsidium stehen bleiben. Da könnte einer leicht türmen, wenn er es darauf anlegt. Also verkneift Kappe sich eine Bemerkung darüber, dass Mischling die andere Hälfte der stählernen Acht ums eigene Handgelenk geschlossen hat und nun neben dem Häftling im Fond hockt, als hätte er Jack the Ripper persönlich an der Leine.

Entgegen Mischlings Erwartung liefert Kappe den Doktor sofort als Untersuchungshäftling ein. «Wollen wir ihn nicht gleich vernehmen?», schlägt der Kommissaranwärter vor.

«Nee», sagt Kappe wie ein echter Berliner, mehr nicht. Er kann Mischling schlecht erklären, dass er einfach keine Lust dazu verspürt, diesem Dr. Bernsdorff noch einmal die gleichen Fragen zu stellen wie am Mittwoch und sich die gleichen, kaum widerlegbaren Antworten anzuhören. Er wird sich stattdessen um diesen Jauernick kümmern, den die eigene Frau angeschwärzt hat. Möglicherweise nur ein Racheakt, wie er in solchen Fällen oft genug vorkommt. Aber vielleicht ist ja an der Sache mehr dran, als er im Moment zu hoffen wagt.

Im Bureau trifft er auf einen bedrückt wirkenden Galgenberg. «Was ist dir denn für 'ne Laus über die Leber gerannt?», fragt er.

Galgenberg hockt da, den großen Kopf in die Hände gestützt, und murmelt: «Ick weeß ooch nich. Nu habe ick schon so ville Dote jesehn – und ausjerechnet bei der ollen Frau jeht et mir nahe.»

«Was denn für eine alte Frau? Haben wir einen neuen Fall?»

Galgenberg schüttelt den Kopf. «Frau Dusenschön. Die Mutter von dem Jungen aus Köpenick. Ick war mit ihr im Leichenschauhaus. Die is zusammjeklappt wie 'n ollet Taschenmesser.»

Kappe sieht die Sache nüchterner. «Du hast ihn also identifiziert», stellt er fest. «Das ist doch ein Erfolg!»

«Na, und wat für einer! Manchmal glaube ick einfach, ick habe den falschen Beruf erjriffen. Vielleicht hätte ick Pastor werden sollen.»

Dazu hat Kappe seine eigene Meinung. Doch er kennt solche Tiefpunkte aus eigener Erfahrung. Bei Galgenberg hat er sie am wenigsten erwartet. Immer lustig, immer froh, wie der Mops im Paletot, würde der ihn im umgekehrten Fall aufmuntern. Oder: Nu weene man nich, inne Röhre stehn Klöße, du siehst se bloß nich.

Den blöden Spruch probiert er. Galgenberg blickt nur auf wie ein getretener Hund. «Lass man, Hermann», sagt er. «Es jeht alles vorbei, wie die alte Klofrau zu sagen pflecht. Aber dass der junge Dusenschön ausjerechnet am selben Tag geboren ist wie mein Hannes, das bringt einen schon zum Grübeln. Der hat neuerdings auch so braune Anwandlungen.»

«Ach, also einer von denen. Da werden die Nazis ja wieder einen schönen Zirkus veranstalten.»

«Glaube ick kaum.» Galgenberg schüttelt den Kopf. «Die Sache stinkt zehn Meilen gegen den Wind. Meint Gennat übrigens auch. Die Mutter weiß nämlich nicht so recht, zu welcher Farbe der Junge eigentlich gehört hat.»

«Und was sagt Teichmüller dazu?»

«Der ist noch unterwegs. Aber für dich habe ich noch eine Überraschung.»

«Da bin ich aber gespannt.» Galgenbergs Überraschungen bestehen üblicherweise aus einem faulen Witz oder einer albernen Redewendung. Diesmal aber überrascht er Kappe wirklich.

«Du suchst doch einen gewissen Enno.»

Kappe bestätigt es. «Enno Damerow», sagt er.

«Ich suche ebenfalls einen Enno. Ick weiß bloß noch nicht, wie viele es davon in Berlin jibt.»

«Meiner gehört zur SS», sagt Kappe nachdenklich.

Galgenberg richtet sich kerzengerade auf, so dass Teichmüller, der gerade den Raum betritt, ihn erstaunt mustert.

«Wenn man vom Teufel spricht», entfährt es Galgenberg. «Oder vom Toifel mit oi, wie ich gerade gehört habe.»

Jetzt ist es Teichmüller, der Galgenberg argwöhnisch anstarrt. «Wie kommen Sie denn ausgerechnet auf den, Herr Kommissar?»

«Hat mir eine Zeugin zugeflüstert. Können Sie was damit anfangen?»

Das kann Teichmüller. «Othmar Toifl», referiert er, «aus Tirol zugewanderter NSDAP-Anhänger. Unterhält in der Bahnstraße in Schöneberg zur Tarnung das sogenannte Ingenieurbureau Berthold. Ein ganz undurchsichtiger Verein. Wir glauben, dass es sich um so etwas wie einen Nachrichtendienst der SS handelt. Wahrscheinlich steckt dieser Daluege dahinter.»

Kappe und Galgenberg wechseln einen Blick. «Passt ja wie der A ... rm auf den Eimer», sagt Galgenberg. «Nu fehlt bloß noch, dass Ihnen auch zu dem Namen Dusenschön was Politisches einfällt.»

Das bestätigt Teichmüller. «Deshalb suche ich Sie. Ich habe gehört, der Tote ist als Kommunist vom Wedding identifiziert.»

Galgenberg, der eigentlich stolz darauf sein könnte, erinnert sich ungern an die Szene mit der Mutter im Leichenschauhaus. «Kann man so sagen», brummt er nur.

Teichmüller ist in seinem Element. «Wir kennen einen Max Dusenschön. Gehört seit langem zum geheimen M-Apparat der Kommunisten ...»

Galgenberg nickt bedächtig. «Jenau det dacht ick mir!», sagt er sorgenvoll. «Der werte Herr Vater des Toten. Aber der Appel hing diesmal recht weit vom Stamm ...»

Auch Kappe ist nicht sonderlich begeistert. Da stechen sie also mal wieder in ein Wespennest. Jeder kann sich die Schlagzeilen der verfeindeten Presse ausrechnen und das Tamtam drum herum. Der M-Apparat ist eine der mysteriösen Nebenorganisationen der KPD. Kein Wunder, dass die Nazis auf dessen geheime Funktionäre einen besonderen Rochus haben.

Aber Teichmüller vermutet etwas anderes, nicht weniger Unangenehmes. «Wir haben seit einiger Zeit den Verdacht, dass die Kommunisten versuchen, die Braunen zu unterwandern. Also laufen jüngere Leute wie dieser Dusenschön pro forma zu denen über. Irgendwoher müssen die Roten schließlich ihre Informationen über den Gegner beziehen.»

«Sie meinen, unser Achim Dusenschön war so ein Maulwurf?», fragt Galgenberg.

«Der Verdacht liegt nahe. Passt doch alles ins Bild. Toifls Truppe ist dahintergekommen und hat ihn kurzerhand beseitigt.»

«Und wenn nu dein Enno auch noch mein Enno is, können wir die Kiste zunageln», stellt Galgenberg fest. Ein bisschen scheint sich seine Stimmung gehoben zu haben.

Für Kappes Geschmack läuft alles ein wenig zu rund. Dennoch muss er zugeben, dass Enno Damerows fehlendes Alibi exakt in diese Variante passt. Er fragt: «Welchen Zeitraum nennen denn die Herren Leichenfledderer für den Tod von Dusenschön?»

«Dienstagabend ab zehn bis etwa zwei Uhr nachts.»

«Also genau die Zeit, in der Enno Damerow entweder aushäusig war – oder die Tirschenreuth abgemurkst hat.» Kappe fährt sich durchs Gesicht. Er hat diesen Jauernick noch vor sich, und wenn er heute noch etwas unternehmen will, muss er sich noch einmal rasieren. «Besprecht das mit Gennat», sagt er. «Und wenn ihr meinen Enno gleich mit einfangt, dann soll mir das sehr recht sein.»

Die beiden trollen sich.

Kappe ist gerade dabei, sein altes Rasiermesser aus der untersten Schreibtischlade hervorzubuddeln, da läutet schon wieder das Telefon.

«Schattschneider», meldet sich eine deutliche Männerstimme. «Ich weiß nicht, ob Sie sich erinnern ...»

«Doch», sagt Kappe, «ich erinnere mich gut.»

NEUNZEHN

NITA VON KUTZSCHBERG fühlt sich völlig aus ihrem gewohnten Lebensrhythmus gerissen. Außerdem geht ihr Geld zur Neige. Das Schlimmste jedoch ist die Unsicherheit, die sie seit dem letzten Anruf bei Erwin Jauernick verspürt. An den Kripobeamten neben dessen Schreibtisch will sie nicht glauben. Aber weiß man denn, wozu so einer fähig ist? Da sitzt man nun quasi als Kronzeugin eines Mordfalls sozusagen an der Quelle – und kann nicht trinken. Nita hat bis jetzt aus jeder sich bietenden Gelegenheit in ihrem Leben etwas gemacht – und nun eine solche Kette von Reinfällen!

Wäre sie abergläubisch, und das ist sie natürlich insgeheim, müsste sie an die Kraft dunkler Mächte oder an eine ungünstige Sternenkonstellation glauben. Um das zu überprüfen, wäre der Blick einer ihr gut bekannten Dame in die Karten notwendig oder ein Horoskop, wie es der koksende Doktor in einem ihrer Stammlokale ausstellt – wenn man dafür bezahlt.

Dass sie heute noch nichts gegessen hat, fällt Nita erst auf, als ihr das Schlüsselbund aus der Hand fällt, sie sich danach bückt und wiederaufrichtet. Vor ihren Augen dreht sich alles, so dass sie sich am Rahmen der Wohnungstür abstützen muss.

Emma, die in der Küche den Lärm vernommen hat, schielt misstrauisch in den Korridor. «Is was mit Ihn', Frau Kutzschberg?» Das *von* unterschlägt die dreiste Person glatt.

«Nur eine kleine Unpässlichkeit», erklärt Nita schwach. «Haben Sie mal einen Schluck Wasser und vielleicht eine Scheibe Brot?»

Sichtlich widerstrebend bringt ihr Emma ein Glas Wasser. Über das Brot verliert sie kein Wort.

Die ließe einen glatt verhungern, denkt Nita.

Emma beunruhigen andere Kümmernisse. «Man macht sich ja allmählich Sorgen um die Mieter», sinniert sie. «Erst wird Frollein Tirschenreuth ermordet, denn verschwindet der Damerow mir nichts, dir nichts, und jetzt kippen sie einfach im Flur um, als wär'n Se schwanger ...»

Das fehlte noch! Aus dem Alter ist Nita glücklicherweise raus. Oder unglücklicherweise? An ollen Semestern besteht kein Bedarf, hat ihr erst neulich so ein unverschämter Kerl glatt ins Gesicht gesagt und ihr dabei frech an den Busen gegriffen.

Nita reicht Emma das leere Glas, hoheitsvoll verkündet sie: «Ich gehe dann ...»

Emma schweigt dazu.

Doch Frau Klose, diese Klaffte von Nachbarin, scheint nur darauf gewartet zu haben, dass endlich jemand aus der Tür tritt, den sie in ein Gespräch verwickeln kann.

«Na, meine Liebe, was hört man denn Neues?», flötet sie, als wäre Nita eine ihr nahestehende Person und nicht jene, über deren Lebenswandel sie sich hundertmal das Maul zerrissen hat.

Dementsprechend frostig entgegnet Nita: «Nichts, was Sie etwas angehen würde!», und stolziert erhobenen Hauptes die Treppe hinunter, statt im Angesicht von Frau Klose auf den Lift zu warten.

Auf der Straße empfängt sie der Menschenstrom, der sich hastig durch die staubgeschwängerte milde Abendluft bewegt. Nitas gewohnte Zeit ist schon vorüber, die flauen Nachmittagsstunden haben ihr gelegentlich einen guten Fang eingebracht. Dazu ist es heute viel zu spät. Und die Männer sehen alle so gejagt aus. Oder wie Arbeitslose.

Sie hat es eilig, in ein Restaurant zu kommen. So eilig, dass ihr erst am Tresen bewusst wird, was sie versäumt hat: sich beim Bäcker wenigstens zwei Schrippen zu kaufen.

Es muss auch so gehen. Doch irgendetwas ist anders als sonst. Vergebens starrt sie in den Spiegel hinter den Flaschen, ob etwas Merkwürdiges oder Auffälliges an ihr ist. Sie kann nichts feststellen. Und dennoch guckt der Glatzkopf hinter der Theke sie nicht an, und fällt sein Blick überhaupt einmal in ihre Richtung, geht er durch sie hindurch, als wäre sie aus Glas. Dabei kennt er sie gut und erinnert sich sicherlich an die Rechnung, die sie einmal an ihm abgearbeitet hat.

«Otto!», ruft sie schließlich etwas ungehalten.

Nach dem dritten Anruf blickt er auf. In seinen wasserhellen Augen glitzert es gefährlich. «Verschwinde!», sagt er rau. «Du bist hier nicht erwünscht.»

Nita ist mancherlei Kummer gewöhnt, auch eine solche Erfahrung ist ihr nicht ganz fremd. «Arsch mit Ohren!», verkündet sie vernehmlich und tritt den Rückzug an. Wer weiß, was der für Ärger hat ...

Erst nachdem es ihr in zwei weiteren Lokalen, in denen ihre Konkurrentinnen locker herumlungern wie an jedem gewöhnlichen Abend, ganz ähnlich ergangen ist, kommt Nita zu der Erkenntnis: Die haben etwas gegen mich. Aber was?

Im Gelben Kakadu erfährt sie es. Der Einäugige hinter der Bar lässt sie gar nicht erst auf einem Hocker Platz nehmen, sondern weist ihr mit ausgestrecktem Zeigefinger den Weg zum Ausgang. «Für Denunzianten ist hier kein Platz», zischt er scharf und so vernehmlich, dass es auch der letzte Gast an der Bar nicht überhören kann.

Zur gleichen Zeit hat Erwin Jauernick endlich den Weg nach Hause gefunden. Auf Luxus-Etablissements wie den Kakadu hat er heute verzichtet, um sich für die zwangsläufige Auseinandersetzung mit seiner Frau zu wappnen. Ein ordentliches Eisbein, ein paar Mollen und die entsprechenden Körner dazu hat er in einer Eckkneipe nahe seiner Wohnung zu sich genommen. Jetzt fühlt er sich gestärkt genug für das Kommende.

Als er die Wohnungstür aufschließt, versperrt ihm die vorgelegte Sicherheitskette den Eintritt. Heftig klopft er gegen die Tür. «Was soll denn das!», poltert er, doch drinnen rührt sich nichts.

Na gut. Nicht umsonst hat er mit der Beleuchtung auch elektrische Klingeln im Haus installieren lassen. Schrill tönt das anhaltende Läuten durch das Treppenhaus.

Immer noch keine Reaktion. Jauernick schiebt den Hut ins Genick und drängt mit Gewalt gegen die Tür. Die Kette, von ihm selbst montiert, hält seinem Gewicht stand. «Edith!», ruft er unterdrückt, aber schon reichlich aufgebracht, durch den Spalt. «Was sollen denn diese Kindereien?»

Die gegenüberliegende Tür wird geöffnet. Der Mann, der heraustritt und Jauernick mit unverhohlener Neugier mustert, ist einer seiner Lieblingsmieter. Im negativen Sinn natürlich. Ein Meckerkopp, der an allem etwas auszusetzen hat. Allerdings ein pünktlicher Mietzahler. Scheinheilig erkundigt der sich, ob er helfen könne.

Betont fröhlich verneint Jauernick. «Meine Frau hat versehentlich die Kette vorgelegt», sagt er leichthin. «Und jetzt hört sie vermutlich laut Radio.»

Der Nachbar bleibt abwartend in der Tür stehen. «Manchmal ist es sehr laut», sagt er spitz. «Wir selber brauchen da gar keinen Apparat ...»

Jauernick ist im Moment nicht in der Stimmung, über die Lautstärke des Rundfunkempfangs zu diskutieren. Er wendet dem Nachbarn den Rücken zu und zerrt noch einmal am Klingelgriff. Jetzt hört er Ediths Schritte im Korridor. «Nun mach endlich diese dämliche Kette auf!», sagt er erleichtert.

Doch Edith verharrt tatenlos hinter der Tür und erwidert fest: «Ich denke gar nicht daran!»

Jauernick verschlägt es die Sprache. Der neugierige Nachbar lungert noch immer in seiner offenen Tür herum und hört jedes Wort.

«Edith», grollt Jauernick, «was sollen denn die Leute von dir denken!»

Das ist einer von Ediths empfindlichen Punkten. Was die Leute denken, ist ihr keineswegs gleichgültig. Zu Jauernicks Überraschung ist es heute anders.

Edith piepst mit zitternder Stimme: «Das ist mir vollkommen egal!»

«Mir aber nicht!» Jauernick gerät allmählich in Rage. Er sieht sich nach einem Hilfsmittel um, kann aber kein passendes Werkzeug entdecken. Voller Wut darüber und über diesen unverschämten Menschen, der noch immer in der Tür lauert, herrscht er den an: «Nun kümmern Sie sich doch gefälligst um Ihren eigenen Dreck!»

Daraufhin verschwindet der wahrhaftig hinter seiner Wohnungstür.

Erwin Jauernick aber nimmt von den Treppenstufen her ein wenig Anlauf und wirft sich mit seinen gut zwei Zentnern gegen das massive Türblatt. Mit Erfolg, wie sich zeigt. Hässlich knirschend reißen die Schrauben aus dem Holz, die Kette klirrt, und die Tür knallt gegen den Gaszähler. Erwin Jauernick indes landet im düsteren Korridor sehr unsanft und mit heftig schmerzender Schulter zu Füßen seiner fassungslosen Frau.

«Hinaus!», schreit sie im nächsten Augenblick, in ihren flackernden Augen bemerkt Erwin Jauernick das blanke Entsetzen. Er erkennt seine Edith kaum wieder.

Mühsam rappelt er sich auf. «Bist du verrückt geworden?», erkundigt er sich ärgerlich.

Sie jedoch weist mit der Hand zur offenen Tür und krächzt: «Hinaus mit dir ... du Mörder!»

Daher also weht der Wind! «Edith», sagt Erwin, in seine Stimme so viel Wärme und Zuneigung legend, wie er aufzubringen imstande ist. Dabei geht er einen Schritt auf sie zu. «Wer hat dir denn diesen Blödsinn eingeredet?»

«Rühr mich nicht an!» Mit ausgestreckten Händen weicht sie vor ihm zurück.

Behutsam folgt er ihr. «Aber Edith», mahnt er mit pastoralem Timbre, «du glaubst doch nicht im Ernst, dass ich ...»

«Ich glaube dir erst, wenn die Polizei das überprüft hat!» Mit diesem Aufschrei verschwindet sie im Schlafzimmer. Hinter ihr knackt der Türriegel.

Das kennt Jauernick. Diese Situation ist nicht ganz so einmalig wie das Vorangegangene. In aller Ruhe zieht er seinen Überzieher aus, hängt den Hut an den Haken und wechselt von den Schuhen in die Pantoffel. Hinter der Schlafzimmertür bleibt es still.

Ungerührt geht Jauernick in die Küche, holt sich ein kühles Bier aus dem Fensterspind und lässt den Verschluss knallen. Edith wird zur Vernunft kommen, wie immer, doch das kann dauern. Andererseits muss diese Geschichte ein Ende finden, und zwar bald.

Jauernick ist ein praktischer Mensch. Und er gedenkt nicht, die lauschenden Mietparteien mit seinen Privatangelegenheiten zu unterhalten. Also rückt er im Herrenzimmer einen der bequemen Sessel vor die Durchgangstür zum Schlafzimmer und lässt sich mit seiner Flasche Bier darin nieder. Dass die Tür ebenfalls verriegelt ist, weiß er ohnehin.

Höflich klopft er. «Edith, lass uns vernünftig miteinander reden. Ich habe niemanden umgebracht, und das weißt du auch.»

Sie antwortet erst nach einer ganzen Weile. «Dann kannst du ja zur Polizei gehen.» Ihre Stimme klingt ungewohnt hoch und zittrig.

«Könnte ich», räumt er ein. «Aber denen müsste ich erklären, wo ich am Dienstagabend gewesen bin.»

«Na eben. Und das kannst du nicht, weil du der Mörder dieser armen Person bist! Ich kenne deine Wutausbrüche!»

Jauernick nimmt einen langen Schluck, bevor er antwortet. «Ich war am Dienstag mit keiner Frau zusammen», sagt er friedlich. «Und ich hätte die allerbesten Zeugen dafür, die sich beibringen lassen.»

«Hätte! Du hast mich ein Leben lang belogen und betrogen, mein Geld mit billigen Weibern verprasst – und jetzt auch noch das ...»

Jauernick atmet tief. «Na gut. Ich gebe zu, dass ich dir gelegentlich nicht ganz treu gewesen bin. Es tut mir leid, Edith. Und was das Geld angeht – ich habe schließlich auch ein bisschen was dafür getan, dass es nicht weniger wird.»

«Du hast den Mieterinnen die Zahlung erlassen – dafür, dass sie es mit dir getrieben haben!»

Jauernick horcht auf. Wie kommt sie denn plötzlich darauf? Na schön, im Hinterhaus gibt es eine ansehnliche junge Witwe, bei der in letzter Zeit gewisse finanzielle Schwierigkeiten aufgetreten sind, über die er großzügig hinweggesehen hat ...

«Du glaubst wohl, ich merke nicht, dass jeden Monat genau 34,60 Mark fehlen!»

«Aber Edith! Wegen 34 Mark fängst du einen solchen Zirkus an?»

«Nicht deswegen! Das weißt du ganz genau. Wo warst du denn am Dienstag?»

«Ich hatte eine geschäftliche Beratung. Genau, wie ich es dir gesagt habe.»

«Ich glaube dir kein Wort.»

Jauernick nimmt einen Schluck aus der Flasche. Nun ist sie leer. «Edith, ich schwöre dir ...», sagt er mit seiner ganzen Überzeugungskraft, doch sie fährt dazwischen: «Das heb dir lieber fürs Gericht auf!»

Immerhin klingt ihre Stimme inzwischen fast normal. Das beruhigt Jauernick. Auf leisen Sohlen schleicht er in die Küche und holt sich ein neues Bier.

«Erwin!», tönt es da schon hinter der Tür. Als er wieder sitzt, fragt sie: «Kniest du etwa?»

«Wenn du es möchtest, knie ich vor dir nieder», entgegnet er pathetisch und nimmt einen beruhigenden Schluck. Die Flasche hat er diesmal ganz leise geöffnet.

«Also, wo warst du?»

Das klingt fast schon gewöhnlich, und Erwin weiß: Das Schlimmste liegt hinter ihm. Sie muss nur noch die Tür öffnen, dann kann er ihr erklären, welches Bombengeschäft sich da mit den Russen anbahnt, von dem um Gottes willen niemand einen Ton erfahren darf. Nicht mal, wenn es um eine Mordanklage geht. Mit zwei Abgesandten der Handelsvertretung hat er am Dienstag ganz im Geheimen beisammengesessen, und der vierte Mann am Tisch hatte trotz Zivil den hohen Militärrang nicht verleugnen können.

«Waffen?», flüstert Edith schließlich.

Erwin antwortet mit Grabesstimme: «Wenn irgendjemand auch nur ein Wort davon erfährt, sind wir beide geliefert! Und zwar nicht bloß wegen der verbotenen Devisengeschäfte.»

Eine Viertelstunde später klingelt es.

«Kriminalpolizei», sagt der untersetzte Mittvierziger, der vor der Tür steht und seine Metallmarke vorweist. «Oberkommissar Kappe.»

Jauernick, das Herz in der Hose, bittet ihn höflich herein. An der Tür baumelt die abgerissene Kette samt Halterung, auf dem Linoleum liegen Schrauben und Holzspäne. Der Oberkommissar scheint beides nicht zu bemerken.

Genau so hat Kappe sich das vorgestellt. Der Hausherr hat ihn noch nicht einmal in das düstere Herrenzimmer komplimentiert, da beginnt die Ehefrau schon mit ihrem Lamento. Es handle sich um ein schreckliches Missverständnis, nur die Eifersucht habe sie getrieben, weil sie dahintergekommen sei, dass ihr Erwin mit dieser Person ...

Kappes Fragen scheint sie gar nicht wahrzunehmen, und Erwin, der den Biedermann spielt, kommt überhaupt nicht zu Worte. Immerhin, so viel ist sicher: Er hat Elisabeth Tirschenreuth gut gekannt. Sehr gut sogar, wie er zugeben muss, angeblich ist er jedoch nie in ihrem Zimmer in der Kantstraße gewesen, was nun wieder selbst seine Frau zu bezweifeln scheint. Sein stockendes Geständnis, er habe sich mit der auffälligen blonden Dame stets in Hotels vergnügt, nimmt sie mit schweigender Gelassenheit auf. Nur ihre Blicke verraten, dass da noch was kommen wird, wenn die Kripo erst aus dem Haus ist.

Dass bereits eine längere Auseinandersetzung stattgefunden hat, ist nicht zu übersehen. Die verquollenen Augen der Frau und die Schäden an der Wohnungstür sprechen eine deutliche Sprache.

Nicht einmal das taktische Ergebnis des Ehekonflikts klingt überraschend in Kappes Ohren. Erwin Jauernick ist am Dienstagabend pünktlich gegen sieben nach Hause gekommen, die Eheleute haben gemeinsam zu Abend gegessen und anschließend bei einem Glas Wein das Radioprogramm der Berliner Funkstunde genossen. Frau Jauernick vermag sogar die einzelnen Beiträge aufzuzählen, von den gruseligen Moritaten bis zur Tanzkapelle Adalbert Lutter, Erwin Jauernick nickt bestätigend dazu. Er besitzt gar die Frechheit, bei Erwähnung eines Vortrags über Lenin und den Bolschewismus anzumerken: «Das war hochinteressant.»

Kappe ist sich sicher, dass der Mann lügt und die Frau ihm ein falsches Alibi gibt – doch wie will er ihnen das beweisen? Seine Hoffnung ruht jetzt auf Dr. Schattschneiders Aussage. Sollte es wirklich einen Zeugen geben, der Elisabeth Tirschenreuth in männlicher Begleitung gesehen hat, so wird sich herausstellen, ob der Begleiter eher dem Schauspieler Valentin, dem Geschäftsmann Jauernick oder dem Dr. Bernsdorff glich.

«Wir sehen uns morgen Vormittag um neun im Präsidium», sagt er abschließend zu Jauernick. «Alleine. Und Sie ...», er wendet sich der Frau zu, «... melden sich so gegen elf beim Kommissaranwärter Mischling.»

Die beiden wirken ein bisschen verstört, als er sie verlässt. Wie gerne würde Kappe jetzt von der Schönhauser Allee direkt zur Großen Frankfurter heimkehren, sich ein, zwei Bier einverleiben und endlich einmal ausschlafen. An die Kinder wagt er gar nicht zu denken. Die wissen nicht mehr, wie der Vater aussieht, behauptet jedenfalls Klara.

Mit knurrendem Magen steigt er am Alex in die S-Bahn um und findet nicht einmal einen Sitzplatz. Touristen, Müßiggänger aller Art und Leute, die den Kinos und Theatern zustreben, sind zuhauf unterwegs an diesem Freitagabend. Gerade hat Kappe auf dem Bahnsteig den Theaterspielplan überflogen und sich gefühlt wie im Dienst. *Die Banditen, Die Räuber, Der Tiefstapler, Haifische* oder *Ganovenehre* heißen die zeitgemäßen Stücke.

Für einen Augenblick nur schließt Kappe die Augen, das Stimmengewirr um ihn herum sinkt zu einem monotonen Geräuschbrei herab. Kann man im Stehen schlafen? Es scheint zu funktionieren, denn als Kappe wie durch einen elektrischen Schlag zusammenzuckt, verlässt der Zug gerade die Station Savignyplatz.

Das hat er nun davon! Von Charlottenburg sind es zurück zur Wielandstraße bestimmt ein paar hundert Meter mehr.

Dr. Schattschneider scheint enttäuscht, dass Kappe nicht früher gekommen ist, Kappe wiederum ist unzufrieden mit den bescheidenen Auskünften des Doktors, die nicht über das hinausgehen, was er schon am Telefon mitgeteilt hat. Er hat weder den Vornamen noch die Adresse dieses ominösen Herrn Lorenz notiert, stellt Kappe aber auf Anfrage wenigstens Telefon- und Adressbuch zur Verfügung, damit der auf diese Weise nach dem Mann fahnden kann. Irgendwo in der Nähe muss er wohnen, und Auftreten und Kleidung lassen den Besitzer eines Fernsprechanschlusses vermuten.

Nach zwanzig Minuten hat Kappe dreimal den Namen Lorenz herausgefischt, von denen zwei sich als Blindgänger entpuppen. Der eine ist vor einem Jahr verstorben, wie die Witwe pikiert mitteilt, der andere ein bettlägeriger Pensionär von 78 Jahren. Beim dritten meldet sich niemand.

«Vielleicht fragen wir mal in der Kneipe nach, aus der dieser Lorenz gekommen sein will», schlägt Schattschneider vor. Anscheinend fühlt er sich verpflichtet, Kappe auf der Suche nach dem vorgeblichen Zeugen zu begleiten. Der hat nichts dagegen: Schattschneider ist der Einzige, der Lorenz identifizieren kann.

Vor der schmalen Kneipe in der Wielandstraße parken ein eckiger BMW Dixi und ein klotziger Ford.

Auch drinnen ist von der herrschenden Wirtschaftskrise nichts zu spüren. Der kleine Laden ist gut gefüllt, fast ausschließlich mit Männern. Nur mit Mühe finden Kappe und der Arzt Stehplätze in der Nähe der Theke.

«Darf ich Sie zu einem Bier einladen?», fragt Schattschneider,

der wohl ein schlechtes Gewissen bezüglich seines unbekannten Patienten hat.

«Danke», sagt Kappe, «ich glaube, ich muss erst mal was essen.»

Die Buletten in dem verglasten Hungerturm schimmern verdächtig. «Ich kann Ihnen höchsten 'ne Knackwurscht warm machen», bietet der Wirt an, ein quirliger junger Mensch.

Der Arzt hält ihn am Arm zurück. «Ich muss Sie mal was fragen.»

«Überlassen Sie das bitte mir», raunt Kappe ihm zu, doch der Wirt ist schon entwischt. Wie man sieht, hat er genug zu tun, und es vergeht einige Zeit, bis er mit Kappes Wurst auftaucht.

Inzwischen hat Schattschneider sich im Lokal umgeguckt, aber keinen Lorenz entdeckt.

«Sie wollten was von mir?», fragt der Wirt. Aus der Nähe sieht er gar nicht so jung aus. Mit den Augen ist er überall im Lokal, nur nicht bei Kappe und Schattschneider.

«Parken hier öfter Autos über Nacht vor Ihrer Tür?», erkundigt sich Kappe.

Schattschneider will etwas hinzufügen, doch Kappe hebt warnend die Hand.

«Da kümmere ich mich nicht drum», lautet die Antwort. «Über Nacht dürfen sie nicht. Die Laterne hat so 'nen roten Ring.»

«Brennt nicht die ganze Nacht», ergänzt ein Mann mit karierter Schiebermütze an ihrem Tisch. Er lauert längst darauf, sich in ihr Gespräch einzumischen. «Stehn manchmal trotzdem welche», sagt er.

Der Wirt ist unversehens wieder verschwunden.

«An Ihrer Stelle würde ick es nicht riskieren», rät der mitteilsame Tischgenosse. «Die Grünen passen hier uff, besonders seit letzter Woche.»

Kappe und Schattschneider sehen sich an, dann fragt Kappe ganz beiläufig: «Können Sie sich erinnern, ob hier Anfang der Woche mal ein großer Wagen stand?»

Der Mann lacht. «Den neuen Röhr 8 mein' Se? Na, der war wirklich uffällich jenuch.»

Röhr 8 sagt Kappe nichts. Er versteht nicht viel von Autos und hat gerade mal mitgekriegt, dass sich mehrere deutsche Firmen zur Auto-Union zusammengeschlossen haben, aber der Doktor und der Tischnachbar geraten sofort ins Fachsimpeln über den Wagen, dessen vorzügliche Schwingachse und die neue Karosserie vom Typ F.

«Welche Farbe hatte er denn?», mischt sich Kappe ein.

«Die sind alle so janz satt dunkelbraun. Doller Waren, sage ick Ihn', wenn auch 'n bisschen empfindlich für mein' Jeschmack.»

«Haben Sie auf die Autonummer geachtet?»

«Muss man det? Ick würde denken, der kam aus Berlin.»

«Wissen Sie zufällig noch, an welchem Abend das war, als der Wagen hier stand?»

Der Mann blickt sinnend in sein leeres Glas.

Der Doktor macht eine auffordernde Geste in Richtung Bierhahn, und das Gesicht unter der Schirmmütze hellt sich auf. «Jeht ma ja nischt an, weshalb Sie det wissen wolln, aber et muss Dienstach jewesen sein, denn et war nach 'n Kejelvaein, det weeß ick jenau.»

Kappe tut immer noch ganz harmlos. «Aber den Chauffeur, den haben Sie nicht gesehen? Oder sonst jemanden, der ein- oder ausstieg?»

«Nich det ick wüsste. Der Waren stand einfach da unter de Laterne, als ick hier rauskam. Weiter nüscht. Ick bin noch eenmal rundrum und hab'n mir jenau anjekiekt. Sieht man ja nich alle Tage, so'n jutet Stück.»

«Um welche Zeit war das ungefähr?»

Der Mann sieht Kappe ins Gesicht und zieht seine Mütze weit in die Stirn. «Sie kenn' fraren wie 'n echta Spanner!», stellt er fest. Dann mustert er den Doktor und sagt vertraulich: «Und ihr beede seid ooch welche, stimmt's?»

Ohne direkt zu antworten, beruhigt ihn Kappe: «Sie haben doch nichts zu verbergen ...»

«Stimmt ooch wieder.» Er betrachtet Schattschneider noch einmal eingehend. «Sie hätt' ick beinah für den neuen Doktor aus der Pestalozzistraße jehalten.»

Schattschneider lacht. «Gar nicht so falsch. Ich suche nämlich 'n Patienten, der manchmal hier verkehrt.»

«Ach. Wie heißt er denn?»

«Ein gewisser Lorenz.»

«Sagt mir nüscht. Aber mein' Familiennamen kennt hier womöglich ooch keena.»

Schattschneider beschreibt Lorenz, und Kappe muss zugeben, dass der Arzt ein guter Beobachter ist.

«Sehr gut gekleidet, mit goldener Uhrkette über der Weste», schließt Schattschneider das Signalement.

«Und alle zwee Minuten zerrt er die joldne Zwiebel raus und guckt druff?», vergewissert sich ihr Gesprächspartner, und als der Arzt nickt, triumphiert er: «Det is Uhrenkutte, wie er leibt und lebt! Wusste janich, dess der Lorenz heißt.»

Kurt Lorenz, denkt Kappe. Das ist der Fernsprechteilnehmer aus der Wielandstraße, den er vorhin nicht erreicht hat.

Ihr Informant weiß noch mehr. «Wenn der kommt, denn kommt er aber erst viel später.» Er sieht den Arzt zweifelnd an. «Und der hat so viel Schulden bei Ihn', dess Se gleich die Polizei hol'n? Hier jibter immer ziemlich an mit seim Kies.»

Schattschneider lacht. «Das ist ein Missverständnis. Er hat keine offene Rechnung bei mir. Wir wollten nur mal mit ihm reden.»

«War Lorenz denn am Dienstagabend auch hier?», fragt Kappe. Er kommt kaum dazu, seine Wurst zu essen, und der Wirt bringt gerade drei neue Bier.

«Na denn Prost!» Der Mann mit der karierten Mütze hebt sein Glas. Dann zeigt sich, dass er Kappes Frage nicht überhört hat. «Für Kutte war et wohl am Dienstag schon 'n bissken zu spät. Der kommt meistens so jejen zehne, trinkt zwee, drei Mollen und vaschwindet wieda. Hat villeicht 'ne strenge Rejierung oder so ...»

Kappe nickt ihm zu. Da ist noch eine Frage offen. «Um welche Zeit haben Sie denn den Wagen am Dienstag hier vor der Tür gesehen?»

Der Mann guckt erst ihn an, dann den Doktor, kneift vertraulich ein Auge zu und sagt: «Wollter ma nu nich endlich einweihen in euer Jeheimnis? Jejen wen jeht's denn überhaupt? Doch nich etwa jejen Uhrenkutte?»

«Aber nein. Es handelt sich lediglich um eine Zeugenaussage», betont Kappe und überlegt, ob er unauffällig die Marke vorweisen soll.

Doch der andere vertraut ihm auch so, wie es scheint. Jedenfalls packt er den vorbeihuschenden Wirt an der Schulter und fragt ihn halblaut: «Am Dienstagabend, wie ick hier nachm Kejeln rinkam – war da Uhrenkutte schon raus?»

Der Wirt blickt von einem zum anderen. «Kann schon sein», sagt er ungewiss, schon wieder unterwegs zur Theke.

Der Abend wird lang für Kappe, und zu viel Bier trinkt er auch.

Dr. Schattschneider hält mit und erzählt: «Ich wollte mir schon immer ein Stammlokal in der Gegend suchen.»

Der neue Bekannte schwört Stein und Bein, dass Lorenz spätestens gegen zehn auftauchen wird. Das sei so sicher wie das Amen in der Kirche. Also heißt es, sich in Geduld üben, auf die Gefahr hin, dass Uhrenkutte vielleicht der Falsche ist – oder gar nichts weiß.

Der Richtige ist er auf jeden Fall, denn als kurz vor zehn ein gutgekleideter Herr mit gerötetem Gesicht die Kneipe betritt, sagen Arzt und Mützenträger wie aus einem Munde: «Das ist er!»

Im selben Moment hat Lorenz auch schon den Arzt entdeckt und kommt lachend zu ihnen an den Tisch. «Wollen Sie mir jetzt Konkurrenz machen, Herr Doktor?» fragt er. «Wo Alkohol doch angeblich so ungesund ist?» Dabei ist ihm anzumerken, dass er den Tag keineswegs abstinent verbracht hat.

«In Maßen», entgegnet Schattschneider, «in Maßen, Herr Lorenz.»

Doch Kappe hat keine Lust, jetzt noch mehr Zeit zu verlieren.

Er zeigt Lorenz seine Marke. «Ich möchte Ihnen ein paar Fragen stellen, Herr Lorenz.»

Kurt Lorenz scheint nicht besonders beeindruckt. «Wenn ich dabei mein Bier und 'n Korn trinken darf ...», sagt er gleichmütig. «Meine Feierabendmolle lasse ich mir nämlich nicht nehmen», erläutert er nach dem ersten langen Schluck.

Im Lokal ist es etwas ruhiger geworden, sie haben einen kleinen Tisch in der Fensternische gefunden, wo sich Kappe einigermaßen ungestört fühlt.

Seine Befürchtung, dass Lorenz nur ein Aufschneider sei, erweist sich als unbegründet. Uhrenkutte sieht ihn aus seinen geröteten Trinkeraugen an und nickt nach der ersten Frage zustimmend. «Hätte mich selber melden müssen, ich weiß. Aber die Geschäfte ... Sie können sich gar nicht ausmalen, was unsereins den ganzen Tag hin und her hetzt. Das mit dem Mord hier um die Ecke hat meine Aufwartefrau mir erst gestern erzählt. Ich überfliege morgens bloß den Börsenkurier. Für Mord und Totschlag habe ich keine Zeit.»

Kappe könnte es dabei bewenden lassen und den Mann für morgen ins Präsidium bestellen, aber jetzt will er es wissen. Auf eine Stunde und ein Bier mehr kommt es kaum noch an. So ganz sicher ist er seiner Zunge nicht mehr, als er sagt: «Na, dann erzählen Sie mal, wie das am Dienstagabend war!»

Lorenz, nur unterbrochen vom Wirt, der ihm zweimal Molle und Korn nachliefert, gibt denn auch einen recht anschaulichen Bericht seiner Beobachtungen. Kappe schreibt eifrig mit.

Danach war Lorenz nach Verlassen der Kneipe einem dringenden menschlichen Bedürfnis nachgekommen, als von der Kantstraße her ein klotziger Wagen in die stille Straße eingebogen sei, anscheinend um unter der Laterne zu parken. Er habe es gerade noch mit offener Hose bis in den nächsten Hauseingang geschafft.

Die Insassen des Wagens seien ausgestiegen, eine vornehme große Blonde, von der er meint, sie schon in der Gegend gesehen zu haben, und ein etwas kleinerer Mann, den er für ihren Chauffeur hielt, bis er seine Begleiterin in recht barschem Ton anfuhr und duzte. «Natürlich bringe ich dich noch nach oben», habe er geäußert. «Was glaubst du, warum ich mir den Weg gemacht habe?»

Sie habe ihm leise widersprochen und sich gegen seine Begleitung gewehrt, doch schließlich nachgegeben, weil der Kerl laut drohte, dann erführe morgen die ganze Stadt, mit wem sie alles ins Bett steige. Dann seien die beiden um die Ecke verschwunden, und er habe sich kopfschüttelnd auf den Weg nach Hause gemacht. Auf die Autonummer habe er nicht geachtet, sei aber sicher, dass sie mit *IA* für Berlin begonnen habe. Natürlich würde er den Kerl wiedererkennen, und die Frau sei ebendiese, deren Bild ihm Kappe nun vorlegt hat.

Zu Valentins Photo schüttelt er den Kopf. «Ach wo», sagt er, «nicht so ein geschniegelter Eintänzer. Der sah irgendwie ... na eben wie ein Chauffeur aus. Passte überhaupt nicht zu ihr.»

Von Jauernick und von Bernsdorff besitzt Kappe keine Photos, was er lebhaft bedauert. Doch «Zu alt, viel zu alt», äußert Lorenz zu Jauernicks Beschreibung, während er bei Bernsdorff die Figur bemängelt: «Schlank war der nicht, eher kräftig. Trug so Gamaschen um die Waden. Aber das Alter könnte stimmen. Mitte dreißig, würde ich denken.»

Nach dem baumlangen Damerow braucht Kappe gar nicht zu fragen, tut es sicherheitshalber aber doch.

«Sie meinen den SS-Studenten, der hier um die Ecke wohnt? Den kenne ich doch. Vor zwei Jahren war der hier noch Stammgast, da können Sie jeden fragen. Seit der in Uniform rumrennt, trinkt er angeblich nicht mehr.»

ZWANZIG

KAPPE hat eine kurze Nacht hinter sich, und eine unbequeme dazu. Er hat auf dem Sofa im Wohnzimmer genächtigt, nachdem ihn Klara mit ihren Vorwürfen, jetzt fange er auch noch an zu saufen, statt endlich den Mörder zu fangen, am Einschlafen gehindert hatte. Auf dem Weg zur Toilette war ihm dann Hartmut über den Weg gelaufen. Sie hatten im Wohnzimmer gesessen und über die angebliche Goldmacherei von Dominik und Bernsdorff gesprochen. Viel Vernünftiges war nicht herausgekommen bei diesem nächtlichen Gespräch.

Kappes Frühstück verläuft einsam und stumm, während er versucht, die Gedanken in seinem brummenden Schädel auf den vor ihm liegenden Tag zu konzentrieren. Zuerst sind Jauernick und dessen Frau zu vernehmen, dann ist ein ausführliches Protokoll mit Kurt Lorenz aufzusetzen – und eins mit Willy Eschborn, wie ihm einfällt. Um Bernsdorff soll sich kümmern, wer immer sich dazu berufen fühlt. Zuallererst muss die Fahndung nach dem braunen Röhr 8 Typ F ausgelöst werden. Mal sehen, wer da ins Netz geht. Allzu viele können das ja nach Meinung der Autoexperten vom Vorabend nicht sein.

Den nächsten Schock – eigentlich hätte er es wissen müssen – verpassen ihm die Morgenzeitungen. Bernsdorffs Verhaftung lässt die Volksseele, sprich die Journalistenmoral aufschäumen, und das Lob kommt natürlich mal wieder von einer Seite, die Kappe höchst unsympathisch findet.

Brettschieß hat seine helle Freude daran und möchte Kappe, Galgenberg und Mischling teilhaben lassen. Gennat ist so früh noch nicht im Haus, aber sein Fall ist ja auch geklärt. Die Razzia in der Tarnfirma Berthold hat sich als voller Erfolg erwiesen, wie Galgenberg stolz berichtet, nachdem Brettschieß wieder verschwunden ist.

«Wir haben deinen Enno – und wie erwartet, ist es auch meiner. Dem Toifl können wir erst mal nichts anhängen, aber einer von seinen Jungs hat schon gesungen. Teichmüller kennt seine Kundschaft ganz gut.»

«Wenn das bei mir man auch so wäre», knurrt Kappe. «Mischling, Sie sollten sich mal um den Damerow kümmern, damit wir den endgültig ausschließen können.»

«Kannste beruhigt tun», sagt Galgenberg. «Der saß todsicher mit in dem Auto, mit dem die raus nach Müggelheim sind. So viel wissen wir schon.»

Kappe wird hellhörig. «Was war denn das für ein Wagen?»

«Na, nicht gerade 'n Maybach Zeppelin. Wie hieß die olle Jartenlaube, die da vor der Türe stand?»

«Ein Simson Supra», beeilt sich Mischling mitzuteilen, «ungefähr acht Jahre alt, mit offenem Verdeck. Kniehase sucht darin nach Spuren von dem zur Tat verwendeten Seil.»

«Und ich suche einen braunen Röhr 8, wahrscheinlich mit Berliner Nummer.»

Dazu fällt Galgenberg nichts ein.

Mischling aber darf sich auf den Weg zum Kraftverkehrsamt in der Blücherstraße machen. «Sicher ist sicher», meint Kappe. Er hat mit den telefonischen Auskünften der dortigen Beamten schlechte Erfahrungen gemacht.

So vergeht der Vormittag. Aus Jauernick holt Kappe noch eine Menge Einzelheiten über dessen Beziehung zu der Toten heraus, bis hin zu der Behauptung, er habe ihr einen wertvollen Nerz geschenkt, von dem Galgenberg in dem Zimmer keine Spur gefunden hat.

Kappe äußert sich erst mal nicht dazu, sondern konzentriert sich auf Jauernicks angebliches Alibi. Das ist nicht zu erschüttern. Die genannten Programme hat die Funkstunde ausgestrahlt, und auf die Frage nach Einzelheiten wendet Jauernick ergeben die Augen gen Himmel. «Sie wissen doch, wie das ist, Herr Oberkommissar. Meine Frau ist eine leidenschaftliche Radiohörerin. Sie hat früher selber mal Klavier gespielt und ist ganz verzückt beim Zuhören. Mir fallen dabei gelegentlich die Augen zu, wie ich zugeben muss ...»

Nach anderthalb Stunden ist Kappe kaum weiter als am Abend zuvor, zumal ihm Galgenberg gegen Ende der Vernehmung einen Zettel zuschiebt: *Dakty keine Übereinstimmung mit Kantstraße*. Jauernick ist also auch in dieser Hinsicht entlastet; im Zimmer der Tirschenreuth haben sich keine Fingerspuren von ihm gefunden. Übrigens auch keine von Bernsdorff, wie sich herausgestellt hat, wohl aber von Valentin. Der jedoch bestreitet nicht, zweimal bei und mit Elisabeth Tirschenreuth geschlafen zu haben. Nur nicht in der Nacht zum Mittwoch.

Als Nächster ist Kurt Lorenz an der Reihe, der sich zu dieser vormittäglichen Stunde längst nicht so aufgeräumt gebärdet wie am Abend in der Stammkneipe. Griesgrämig und zerknittert sitzt er Kappe gegenüber und murrt, dass man genau das von seiner Gutmütigkeit habe. Er könne sich an überhaupt nichts erinnern. Punkt.

Immerhin bringt ihn Kappe dazu, die eigenen Beobachtungen nach und nach zu bestätigen und das Protokoll zu unterzeichnen. Dass es sich bei dem Wagen um einen Röhr 8 Typ F gehandelt hat, muss Kappe allerdings wieder streichen.

«Ich bin kein Autohändler», protestiert Lorenz. «Ich kann nicht mal beschwören, ob der Wagen dunkelbraun oder schwarz gewesen ist.»

Tatsächlich gibt es auch schwarze Röhr-Wagen, wie der zurückgekehrte Kommissaranwärter berichtet, und gar nicht mal so wenige. Vom Typ F sind indes in Berlin erst sieben zugelassen, davon vier in dunkelbraun. Die Liste der Besitzer hat er mitgebracht.

Kappe fragt: «Na, worauf warten Sie, Mischling? Stellen Sie fest, was das für Leute sind und wer die Wagen üblicherweise fährt.»

«Am Sonnabendnachmittag?», fragt Mischling zweifelnd zurück. «Bei dem schönen Wetter?»

Da hat er ausnahmsweise mal recht. Die Autos gehen ihnen nicht verloren. Schließlich ist noch Edith Jauernick zu befragen, was er gerne Mischling überlässt.

Vor der Tür sitzt inzwischen auch Willy Eschborn, zwar nicht so zerknittert, aber mindestens genauso mürrisch wie Lorenz, und wartet auf seine Vernehmung. Dass er die für reine Zeitverschwendung und Bernsdorffs Verhaftung für einen amtlichen Unsinn hält, sagte er gleich zu Beginn – damit keine Zweifel aufkommen.

«Sie haben hier nur die reine Wahrheit zu sagen – und sonst nichts!», raunzt Kappe ihn an. Er kann ja wohl schlecht erklären, dass er im Grunde seines Herzens Eschborns Meinung teilt.

«Das ist die reine Wahrheit!», bestätigt Eschborn noch einmal. Der Kerl muss das letzte Wort behalten. Von seiner ursprünglichen Aussage rückt er ohnehin keinen Zentimeter ab. Unzufrieden blättert Kappe in der Akte herum. Die Berufsbezeichnung *Karosserieklempner* fällt ihm dabei ins Auge. Er vergewissert sich: «Eschborn, Sie wissen doch über Autos Bescheid?»

Wie nicht anders zu erwarten, begehrt der auf. «Für Sie immer noch *Herr* Eschborn!»

«Na, meinetwegen, Herr Eschborn. Erklären Sie einem Nichtfachmann wie mir doch mal den Unterschied zwischen einem Röhr 8 und dem Typ F.»

Eschborn guckt skeptisch, dann fragt er: «Acht oder acht R?»

Kappe hebt hilflos die Schultern. «Sie sind der Fachmann», sagt er. «Es soll sich um den neuesten Typ handeln.»

«Also Typ F. Habe ich hier in Berlin erst einmal gesehen. Sehr eleganter Wagen, dunkelbraun ...»

Kappe ist ganz Ohr. «Wo haben Sie den gesehen?», fragt er gespannt.

«Irgendwo in Schöneberg.»

«Schade. Ich dachte schon, unser Dr. Bernsdorff fährt so ein Auto.»

Eschborn lacht. «Der steckt sein Geld ausschließlich in seine Forschung. Der Rest reicht nicht mal für ein Kommissbrot.»

Damit ist ein kleiner Hanomag gemeint, das weiß sogar Kappe. Er gibt dennoch nicht auf. «Irgendjemand hat mir zugeflüstert, der gute Doktor könne mit seinen Apparaturen Gold aus anderen Metallen herstellen.»

Eschborn nickt, als wäre das ganz selbstverständlich. «Hat der Jemand auch die Menge genannt? Und die Energiekosten, die man für ein Mikrogramm aufwenden muss? Von den teuren Geräten ganz zu schweigen.»

Kappe winkt ab. Dass dazu ein ungeheurer Aufwand notwendig ist, hat er bei Dominik gelesen. Also belässt er es dabei und bittet: «Wenn Sie das nächste Mal so einen Röhr Typ F sehen, rufen Sie mich einfach an.»

Eschborn erhebt sich sichtlich erleichtert. «Hat der Wagen was mit dem Fall zu tun?», fragt er noch.

Kappe nickt, ganz gegen alle kriminalistische Gewohnheit. «Haben Sie etwa jemanden in dem Wagen erkannt?»

«Leider», entgegnet Eschborn. «Einen gewissen Leo Schisnowski. An der Somme mein Unteroffizier. Und, wenn Sie mich fragen, ein richtiges Schwein!»

Kappe sieht mit einem Blick, dass der Name Schisnowski nicht auf Mischlings Liste steht. Ohne viel Hoffnung fragt er: «Könnte es sein, dass dieser Schisnowski jetzt als Kraftwagenführer arbeitet?»

«So sah es jedenfalls aus. Neben ihm saß eine junge Dame im Auto.»

Kappe, der schon eine ganze Weile gegen die Mittagsmüdigkeit ankämpft, ist sofort putzmunter. «Wie sah die aus?», fragt er wie aus der Pistole geschossen.

Eschborn muss ihn enttäuschen. «Nicht groß und blond. Eher dunkelblond, mit Bubikopf.»

So laufen in Berlin Tausende Frauen herum. Doch etwas an der Kombination von Röhr, Chauffeur, Schöneberg und Bubikopf setzt in Kappes Kopf ein Räderwerk in Bewegung, bei dem eins ins andere greift. Leo – hat die Frau nicht Leo geflüstert, bevor sie in Ohnmacht fiel?

Fieberhaft beginnt er, zwischen den Papieren zu suchen, bis er endlich das Photo von Elisabeth Tirschenreuth und ihrer Schwester in den Fingern hält. Er legt es Eschborn vor. «Gucken Sie mal hier! Könnte es die gewesen sein?»

Eschborn betrachtet das Bild lange und pfeift ganz leise zwischen den Zähnen. «Könnte gut sein», sagt er schließlich. «Ist das die Schwester?»

Kappe ist schon aufgestanden. «Ja», sagt er, während er Eschborn das Bild beinahe aus der Hand reißt. «Entschuldigen Sie, aber ich habe es eilig!»

Im Fernamt hat Adelheid keine Schwierigkeiten, den Sonnabend freizubekommen. Sie fühlt sich einfach nicht in der Lage zu arbeiten, all diese drängenden fremden Stimmen im Hörer zu ertragen und dabei freundlich und zuvorkommend zu bleiben. Außerdem muss sie sich um Elisabeths Beisetzung kümmern und die persönliche Habe der Schwester aus der Kantstraße abholen. Doch sie schiebt das alles vor sich her. Sie kann jetzt nicht über die Ausstattung eines Sarges verhandeln oder gar den Raum betreten, in dem der schreckliche Mord geschehen ist.

Apathisch sitzt sie auf dem einzigen Stuhl in ihrem Zimmer und starrt aus dem Fenster in den düsteren Hof. Sie hat noch nichts gegessen, nur einen Tee getrunken. Es gelingt ihr nicht, überhaupt einen klaren Gedanken zu fassen.

Das Klingeln an der Wohnungstür schreckt sie auf. Die Wirtin hat sich vor einer halben Stunde mitleidig von ihr verabschiedet. «Wird schon wieder werden», hat sie gesagt.

Adelheid wäre es lieber, sie brauchte jetzt nicht an die Tür zu gehen und möglicherweise mit einem wildfremden Menschen zu reden, aber das Läuten wiederholt sich dringlich.

Zu ihrer Überraschung steht Leo vor der Tür. Im halbdunklen Treppenhaus erkennt sie ihn kaum. Er ist ganz anders gekleidet als sonst, trägt einen Hut und eine Hose, die ihm weit um die Beine schlottert.

«Ist was passiert?», fragt sie erschrocken.

Leo drängt sich an ihr vorbei in die Küche. «Bist du alleine?», fragt er zurück und wirkt erleichtert, als sie widerstrebend nickt. Er hat so einen fremden Gesichtsausdruck, etwas Beunruhigendes geht von ihm aus.

«Wem hast du von uns erzählt?», will er noch auf dem Weg in ihr Zimmer wissen, auch das klingt unheilschwanger.

«Niemandem. Das weißt du doch!»

«Nur der Polizei. Stimmt's?»

«Aber nein. Wie kommst du denn auf die Idee?»

Leo sieht sich lauernd um, als fürchte er einen heimlichen Beobachter. «Ich traue dir nicht. In deiner Dämlichkeit redest du uns beide um Kopf und Kragen!»

«Aber wieso denn? Wir beide haben doch nichts mit ... mit diesem schrecklichen Verbrechen zu tun.»

«Na eben!»

Leo hat sich auf ihr Bett gesetzt und sieht sie durchdringend an. «Deine Wirtin weiß von uns. Die hat mich mal gesehen.»

Und zwar mit runtergelassener Hose, wie Adelheid sich sofort voller Scham erinnert. «Ich habe ihr gesagt, du wärst ein alter Bekannter der Familie. Nur auf der Durchreise in Berlin ...»

Er nickt. «Wann kommt die wieder?»

«Nicht so bald», erwidert Adelheid. Ein seltsames Gefühl beschleicht sie, als sie das zufriedene Aufblitzen in seinen Augen bemerkt.

«Komm mal her!» Er streckt die Hand nach ihr aus.

Doch sie rührt sich nicht vom Fleck und bleibt zwei Meter von ihm entfernt stehen. Er ist ihr plötzlich unheimlich. «Was soll das alles? Diese Fragen ... Was habe ich denn falsch gemacht?»

Er lächelt – und es ist kein gutes Lächeln. Er sieht aus wie ein böser Kater, der sich an Gestohlenem satt gefressen hat. «Nichts hast du falsch gemacht», sagt er. «Nun komm endlich her!»

Sie schüttelt den Kopf. «Nicht jetzt, Leo!», sagt sie entschlossen. «Du musst gehen. Ich habe noch sehr viel zu erledigen heute.»

«Ich auch.» Seine Stimme hat einen gefährlichen Unterton, der ihr Angst einjagt.

Mit ein paar Schritten ist sie an der Zimmertür, doch er ist schneller. Erstaunlich behende ist er aufgesprungen und umfasst sie von hinten. «Nun zier dich nicht so wie ... deine Schwester!» zischt er.

Adelheid erstarrt. «Leo!», krächzt sie. «Sag das noch einmal!»

Leos Hand grapscht nach ihrer Brust. «Na klar habe ich mit ihr geschlafen!», sagt er lachend. «Die hat doch jeden rangelassen!»

Er zieht Adelheid mit sich und wirft sie wie eine Puppe auf die ächzende Bettstelle. «Nun sag bloß, das hat sie dir nicht erzählt!», setzt er hinzu, aber das ändert nun nichts mehr. Er hat sich verraten.

Adelheid liegt bewegungslos da und kann sich nicht rühren. Heiß und kalt überläuft es sie, denn sie ahnt, was vorgefallen ist. Einen wie Leo hätte Elisabeth nie auch nur angeschaut. Wenn Leo wirklich mit ihr geschlafen hat, dann bleibt dafür nur eine Möglichkeit. Und die lässt ihr Blut in den Adern stocken. Voller Entsetzen flüstert sie: «Du hast Elisabeth umgebracht!»

Leo macht ein verächtliches Gesicht, dann lacht er auf. «Da bist du aber schnell drauf gekommen», sagt er höhnisch. Auf einmal hält er dieses Metallding in der Hand, das er ihr am Grunewaldsee gezeigt hat.

So plötzlich, wie die Angst sie überkommen hat, schwindet sie wieder. «Das wagst du nicht, mich zu erschießen!», sagt sie. «Alle hier im Hof werden den Schuss hören.»

Im gleichen Augenblick fällt ihr ein, auf welche Weise Elisabeth ums Leben gekommen ist, und die Furcht ist wieder da. Wenn er sie anrührt, wird sie schreien, laut schreien ...

Er lässt sich jedoch auf den Stuhl fallen und schaut sie nur an. «Schade um dich», sagt er. Es klingt fast, als täte sie ihm wirklich leid. «Wir haben ganz gut zueinander gepasst.»

Was kann sie nur tun? Sie möchte weinen, aber es kommen keine Tränen. «Weshalb hast du ... das mit der armen Elisabeth ...», bringt sie mühsam hervor.

«Arme Elisabeth! Die ist selber schuld! Hätte sich nicht so anstellen müssen. Ich wollte nur, dass sie 'n bisschen nett ist – und dass sie mir das mit dem jüdischen Goldmacher mal genauer erzählt. Mehr nicht. War sowieso alles Schwindel. Bei dem war kein Gramm Gold zu finden.»

Mit was für einem Menschen hat sie sich da eingelassen? Ein Mörder, Räuber und Einbrecher ist das. Und er hat alles sorgfältig geplant. «Du bist Elisabeth vom Theater aus gefolgt, weil du wusstest, dass ich zum Dienst muss.»

Leo hebt die Achseln. «Ich habe sie im Wagen nach Hause gefahren. Das war ein Fehler. Heute Vormittag hat einer angerufen und sich nach dem Wagen erkundigt.»

«Und jetzt wirst du mich umbringen.»

Wieder zuckt er die Achseln. «Du weißt zu viel. Vor allem das mit dem Wagen.»

«Dann schieß doch», sagt sie kalt. «Einen Doppelmörder werden sie ganz bestimmt zum Tode verurteilen.»

Er betrachtet die Pistole in seiner Hand. «Lebend kriegt mich keiner. Und vorher nehme ich noch ein paar mit.»

Ihm ist alles zuzutrauen, denkt Adelheid. So ist das also, wenn ein Mensch seine letzten Minuten erlebt. Sie schließt die Augen und versucht, an etwas Schönes zu denken. An ihre Kindheit, an den Vater, die Mutter, Elisabeth ...

«Ich könnte natürlich sagen, du hättest mich angestiftet.» Leos Stimme dringt in ihr Bewusstsein. «Wolltest deine Schwester aus dem Wege haben ... Außerdem: Wenn du nichts von dem Auto sagst, kommen wir vielleicht auch so durch ...»

Nein, so viel Gemeinheit möchte sie nicht als letzte Erinnerung im Ohr behalten. Etwas schrillt in ihre Gedanken, und Leo springt auf.

Wieder das schrille Läuten. Die Türglocke.

Gehetzt sieht sich Leo um. «Wer kann das sein?»

Der Postbote? Eine Nachbarin? Irgendein Vertreter? Adelheid antwortet nicht. Sie hat mit allem abgeschlossen und nimmt nur im Unterbewusstsein das Geräusch der gewaltsam geöffneten Wohnungstür wahr. Es ist wie in einem dieser neuen Tonfilme, wenn die Rettung in letzter Minute naht.

Entsetzt öffnet sie die Augen. Leo steht zwischen Schrank und Zimmertür, die Pistole hoch erhoben, draußen im Flur poltern Schritte. Jetzt sind sie vor der Tür.

Adelheid richte sich auf und stößt einen so spitzen Schrei aus, dass Leo unwillkürlich herumfährt.

Da ist Kappe auch schon im Zimmer. Der Schuss fetzt wie eine Explosion durch den kleinen Raum. Die Kugel fährt durch Kappes Ärmel dicht über Mischlings Kopf hinweg in den Türrahmen.

Heiß spürt Kappe es an seinem Ellenbogen, bevor er den Pistolenschützen rücklings in die splitternde Schranktür drängt.

Die Frau auf dem Bett schlägt die Hände vor das Gesicht und bricht in Tränen aus.

«Alles vorbei», sagt Mischling beruhigend, während er Leo Schisnowski fachgerecht die Acht anlegt. «Ein Glück, dass die Nachbarin ihn gesehen hat, als er hier reinging.»

Kappe bewegt vorsichtig den Arm und betrachtet das Loch in seinem besten Jackett. «Mein lieber Freund», sagt er zu Leo, «das kommt Sie teuer zu stehen!»

NACHBEMERKUNG

Goldmacher ist ein Roman mit einer fiktiven Handlung und erfundenen Personen. Lokale Einzelheiten, die Zeitumstände, das Buch von Hans Dominik und die Geschichte der Goldgewinnung sind weitgehend authentisch. Unter der Überschrift *BOMBARDING the Atom for POWER and GOLD* berichtete das amerikanische Magazin *Modern Mechanix and Inventions* im Dezember 1932, der bis dahin unbekannte Berliner Wissenschaftler Heinz von Bohndorff habe mit Hilfe einer Eine-Million-Volt-Kathodenstrahlröhre reines Gold aus Quecksilber gewonnen und damit den alten Traum der Alchemisten erfüllt. Am Ende eines vierzigstündigen Protonenbombardements habe er 0,0008 Gramm reinen Goldes gewonnen, das von einer Gruppe hervorragender deutscher Wissenschaftler geprüft und für echt befunden wurde.

Ob es Heinz von Bohndorff-Bodendorf, 1902 in Elberfeld geboren, gelang, NS-Deutschland zu verlassen, ist ebenso ungewiss wie sein weiteres Schicksal. Ein letztes Lebenszeichen sandte er 1934 aus Hamburg. Vertraut man dem Internet, so wurde die von ihm erprobte technische Anlage 1934 in einem deutschen Film gezeigt, der 1953 für Curt Siodmaks Science-Fiction-Film *The Magnetic Monster* Verwendung fand.

Es geschah in Berlin …

Horst Bosetzky: **Kappe und die verkohlte Leiche (1910)**

Sybil Volks: **Café Größenwahn (1912)**

Jan Eik: **Der Ehrenmord (1914)**

Horst Bosetzky/Jan Eik: **Nach Verdun (1916)**

Iris Leister: **Novembertod (1918)**

Horst Bosetzky: **Der Lustmörder (1920)**

Peter Brock: **Das schöne Fräulein Li (1922)**

Wolfgang Brenner: **Stinnes ist tot (1924)**

Petra A. Bauer: **Unschuldsengel (1926)**

Horst Bosetzky: **Bücherwahn (1928)**

Petra A. Bauer: **Kunstmord (1930)**

Jan Eik: **Goldmacher (1932)**

Berliner Mauerkrimis

Horst Bosetzky: **Nichts ist verjährt**

Wolfgang Brenner: **Honeckers Geliebte**

Anja Feldhorst: **Teufels Genossen**

Bosetzky/Mohr: **Schau nicht hin, schau nicht her**

Jürgen Ebertowski: **Tränenpalast**